在我焚毁之前

Før jeg brenner ned

[挪威] 高乌特·海伊沃尔　著

邹雯燕　译

中国国际广播出版社

"北欧文学译丛"
编委会

主 编

石琴娥（中国社会科学院外国文学研究所）

副主编

徐 昕（北京外国语大学欧洲语言文化学院瑞典语专业）

编 委

（以姓氏汉语拼音为序）

李 颖（北京外国语大学欧洲语言文化学院芬兰语专业）
王梦达（上海外国语大学德语系瑞典语专业）
王书慧（北京外国语大学欧洲语言文化学院冰岛语专业）
王宇辰（北京外国语大学欧洲语言文化学院丹麦语专业）
余韬洁（北京外国语大学欧洲语言文化学院挪威语专业）
赵 清（北京外国语大学欧洲语言文化学院瑞典语专业）

绚丽多姿的"北极光"

——为"北欧文学译丛"作的序言

石琴娥

2017年的春天来得特别地早,刚进入3月没有几天,楼下院子里的白玉兰已经怒放,樱花树也已经含苞待放了。就在这样春光明媚、怡人的日子里,我收到中国国际广播出版社文史编辑部主任张娟平女士打来的电话,想让我来主编一套当代北欧五国的文学丛书,拟以长篇小说为主,兼选一些少量有代表性的短篇小说、诗歌等,篇目为50—80部左右。不久之后,中国国际广播出版社的王钦仁总编辑和张娟平主任又郑重其事地来到寒舍,对我说,他们想做一套有规模、有品位的北欧文学丛书,希望能得到我的支持,帮助他们挑选书目、遴选译者,并担任该丛书的主编。

大家知道,随着电子阅读器和智能手机的普及,越来越多的人通过电子设备来阅读书籍。在目前的网络和数码时代,出现了网络文学、有声书和电子书,甚至还出现了人工智能创作的作品,纸质书籍受到极大冲击,出版纸质书籍遇到了很大困难。有的出版社也让我推荐过北欧作品,但大都是一本或两本而已,还有的出版社希望我推荐已经过版权期的作品,以此来节省一些成本。而中国国际广播出版社却希望出版以当代为主的作品,规模又如此之大,而且总编辑又亲临寒舍来说明他们的出版计划和缘由,我被他们的执着精神和认真态度所感动，更被他们追求精神品位的人文热情所感动。我佩服出版社的魄力和勇气。面对他们的热情和宝贵的执着精神，我怎能拒绝，当然应该义不容辞地和他们一起合作，高质量、高品位地出好这套丛书。

大家也许都注意到，在近二三十年世界各国现代化状况的各类排行榜上，无论是幸福指数，还是GDP或者是人均总收入，还是环境保护或者宜居程度，从受教育程度和质量、医疗保障到养老、失业等社会保障，还有从男女平等到无种族歧视，等等，北欧五国莫不居于世界最前列，或者轮流坐庄拿冠夺魁，或是统统包圆儿前三名，可以无须夸张地说，北欧五国在许多方面实际上超过了当今世界霸主美国，而居于当今世界发达国家最前列，成为世界现代化发展中的又一类模式。

大家一般喜欢把世界文学比作一座大花园，各个时期涌现出来的不同流派中的众多作家和作品犹如奇花异葩、争妍斗艳。北欧文学是这座大花园里的一部分，国际文学中，特别是西欧文学中的流派稍迟一些都会在北欧出现。北欧的大自然，由于地理位置、自然环境和气候条件，没有小桥流水般的婀娜多姿，而另有一种胜景情致，那就是挺拔参天、枝叶茂盛的大树，树木草地之间还有斑斓似锦的各色野花和大片鲜灵欲滴的浆果莓类。放眼望去，自有一股气魄粗犷、豪放、狂野、雄壮的美。北欧的文学大花园正如自然界的大花园一样，具有一股阳刚的气概、粗豪的风度。它的美在于刚直挺立、气势崴嵬。它并不以琴瑟和鸣般珠圆玉润和撩拨心弦的柔美乐声取胜，却是以黄钟大吕般雄浑洪亮而高亢激昂的震颤强音见长。前者婉转优雅、流畅明快，后者豪迈恢宏、气壮山河。如果说欧洲其余部分的文学是前者的话，那么北欧文学就是后者。正如鲁迅所说，北欧文学"刚健质朴"，它为欧洲文学大花园平添了苍劲挺拔的气魄。以笔者愚见，这就是北欧五国文学的出众特色，也是它们的长处所在。

文学反映社会现实。它对社会的发展其功虽不是急火猛药，其利却深广莫测。它对社会起着虽非立竿见影却又无处不在的潜移默化作用。那么，北欧各国的当代文学作品是如何反映北欧当代社会的呢？它对北欧各国的现代化发展是不是起了推动促进作用了呢？也许我们能从这套丛书中看到一些端倪。

北欧五国除了丹麦以外，都有国土位于北极圈或接近北极圈。北极光是那里特有的景象。尤其到了冬天夜晚，常常能见到北极光在空中闪烁。最常见的是白色。当然有时也能见到五彩缤纷、绚丽多姿的北极光。北欧五国的文学流派众多，题材多样，写作手法奇异多姿，犹如缤纷绚丽的北极光在世界文坛上发光闪烁。

北欧包括5个国家：丹麦、芬兰、冰岛、挪威和瑞典。讲起当代的北欧文学，北欧文学史上一般是从丹麦文学评论家和文学史家勃朗兑斯（Georg Brandes，1842—1927）于1871年末在丹麦哥本哈根大学所作的《十九世纪文学主流》算起，被称为"现代突破"。从19世纪的1871年末到目前21世纪的2018年近150年的时间里，一大批有才华的作家活跃在北欧文坛上。在群英荟萃之中，出现了几位旷世文豪，如挪威的"现代戏剧之父"亨利克·易卜生，瑞典文学巨匠——小说家、戏剧家斯特林堡和荣获诺贝尔文学奖的第一位女作家、新浪漫主义文学代表塞尔玛·拉格洛夫，丹麦1944年诺贝尔文学奖获得者约翰纳斯·维尔海姆·延森和芬兰的批判现实主义作家约翰·阿霍等。"北欧文学译丛"拟以长篇小说为主,间选少量短篇作品,所以除了易卜生,因其作品主要是戏剧外,其他几位大家的作品我们都选编进了本系列。这些巨匠有的是当代北欧文学的开创者,有的是北欧当代文学中各种流派的代表和领军人物,都是北欧当代文学中的重要作家,他们的作品经历了时间考验。

在北欧文坛中,拥有众多有成就有影响的工人作家是其一大特色。有的还获得了诺贝尔文学奖,成为世界级的大文豪。这些工人作家大多自身是农村雇工或工人,有过失业、饥饿或其他痛苦的经历,经过自学成为作家。他们用笔描写自己切身的悲惨遭遇,对地主、资产阶级剥削和压榨写得既具体细腻,又深刻生动。正是他们构成了北欧20世纪以来现实主义文学的主流。在这些工人作家中最突出的有丹麦的马丁·安德逊·尼克索和瑞典的伊瓦尔·洛-约翰松等。对这些在北欧文坛上占有重要地位的工人作家的作品,我们当然是不能忽略的,把他们的代表作选进了这套丛书之中。

除了以上这些久享盛誉的作家外,我们也选了新近崛起的、出生于1970和1980年代的作家,如出生于1980年的瑞典作家乔安娜·瑟戴尔和出生于1981年的挪威作家拉斯·彼得·斯维恩等。他们的作品在北欧受到很大欢迎,有的被拍成电影,有的被搬上舞台。这些作品,虽然没有经历过时间的考验,但却真实地反映了目前北欧的现状,值得收进本丛书之中。

从流派来看,我们既选了现实主义作品,也不忽略浪漫主义、超现实主义和意识流的作品,力求使读者对北欧当代文学有个较为全面的印象。从作家本人的情况看，我们既选了大家公认的声誉卓越的作家的作品，也选了个别有争议作家的作品，如挪威作家克努特·汉姆生，他是现代挪威、北欧和世界文坛上最受争议的文学家。他从流浪打工开始，1920年成为诺贝尔文学奖得主，晚年沦为纳粹主义的应声虫和德国法西斯占领当局的支持者，从受人欢呼的云端跌入遭国人唾骂的泥潭，而他毕竟是现代主义文学和心理派小说的开创者和宗师，在20世纪现代文学中扮演了承上启下的转型角色。我们把他的"心理文学"代表作《神秘》收进本丛书。这部作品突破传统小说的诸多常规要素，着力于通过无目的、无意识的内心独白，以及运用思想流、意识流的手法来揭示个性心理活动，并探索一些更深层次的人生哲理。1978年诺贝尔文学奖得主、美国作家艾萨克·辛格说："在我们这个世纪里，整个现代文学都能够追溯到汉姆生，因为从任何意义上他都是现代文学之父……20世纪所有现代小说均源出汉姆生。"我们把这个有争议作家的作品选入我们的丛书，一方面是对北欧和世界文学在我国的译介起到补苴罅漏的作用，另一方面也可进一步了解现代文学的来龙去脉，以资参考借鉴。

总之，我们选材的宗旨是：把北欧各国文学史中在各个时期占有重要地位作家的代表作收进本丛书。虽然本丛书将有50—80部之多，但是同150年的时间长河和各时期各流派的代表作家和作品之多比起来，这些作品还是不能把所有重要作家的作品全部收入进来。譬如瑞典作家扬·米尔达尔（Jan Myrdal，1927— ）是20世纪60年代中期出现的一种新兴文学——报道文学的代表人物之一，他的《来自中国农村的报告》（1963）成为当时许多国家研究中国问题的必读参考材料，被译成十几种文字多次出版。尽管他的这本书因材料详尽、内容真实、记载细腻而风靡一时，但在这套丛书中，不得不割爱，而是选了其他在国际上更为著名的瑞典作家作品。

本丛书中的所有作品，除了极个别以外，基本都是直接从原文翻译，我们的目的是想让读者能够阅读到原汁原味的当代北欧文学。同英语、俄语、法语等大语种翻译比起来，我们直接从北欧语言翻译到中文的历史不长，译者亦不多，水平不高，经验也不足，译文中一定存在不少毛病和欠缺之处，望读者多多包涵，也请读者给我们提出宝贵的建议和意见，便于我们改进。

本丛书能够付梓问世，首先要感谢中国国际广播出版社社长张宇清先生和总编辑王钦仁先生，没有他们坚挺经典文化的执着精神和开拓进取的勇气，这部丛书是不可能跟读者见面的。我还要感谢本书所有的编委，是他们在成书过程中做了大量工作，从选材、物色译者到联系有关国家文化官员和机构，都付出了辛勤的劳动。不仅如此，他们还亲自翻译作品。没有他们的默默奉献和通力合作，这部丛书是难以完成的。在编选过程中，承蒙北欧五国对外文化委员会给予大力帮助和提供宝贵的意见，北欧五国驻华使馆的文化官员们也给予了热情关怀，谨向他们致以衷心的感谢。对编选工作中存在的疏漏和不足，还望读者们不吝指正。

2018 年 6 月
于北京潘家园寓所

石琴娥，1936年生于上海。中国社会科学院外国文学研究所北欧文学专家。曾任中国－北欧文学会副会长。长期在我国驻瑞典和冰岛使馆工作。曾是瑞典斯德哥尔摩大学、丹麦哥本哈根大学和挪威奥斯陆大学访问学者和教授。主编《北欧当代短篇小说》、冰岛《萨迦选集》等，为《中国大百科全书》及多种词典撰写北欧文学、历史、戏剧等词条。著有《北欧文学史》《欧洲文学史》（北欧五国部分）、"九五"重大项目《20世纪外国文学史》（北欧五国部分）等。主要译著有《埃达》《萨迦》《尼尔斯骑鹅旅行记》《安徒生童话与故事全集》等。曾获瑞典作家基金奖、2001年和2003年国家图书奖提名奖、第五届（2001）和第六届（2003）全国优秀外国文学图书奖一等奖、安徒生国际大奖（2006）。荣获中国翻译家协会资深荣誉证书（2007）、丹麦国旗骑士勋章（2010）、瑞典皇家北极星勋章（2017）等。

译　序

这是一个关于火的故事。

我们从小都被教育，不要靠近火，不要玩火，火焰灾难性的毁灭力被定格在警示的成语中——玩火自焚；但火的另一面是它致命的吸引力。不说它的光与热构成了人类文明的起源，仅仅是它本身自带的变幻莫测的光影和生命力，就让我们的目光难以离开它。任何孩童，恐怕都有呆呆地盯着燃烧的火焰跳动的经历，虽然那是大人口中令人恐惧、可以摧毁一切的力量——那么美丽动人、变幻莫测，仿佛带有生命。

这是一个发生在挪威的关于火的故事。

挪威，一个500多万人口、国土面积排名欧洲第六的国家，多年来它一直被评为世界上最幸福的国家。它十分符合小国寡民的标准——和平富足，在很多人眼中，可以算是人间的世外桃源。而在这本书的故事中，展现的大背景也似乎很符合人们的想象。挪威南部平原的芬斯兰村，一个被大片原野、森林和湖泊环抱的小村子，这种谁都认识谁的熟人社会，非常不像那种会有恶性事件发生的地方。可就是这样的地方，成了这样一起让人无法置信的连环纵火事件的舞台。

不仅如此，这件纵火事件是在历史上真实存在的，就发生在作者高乌特·海伊沃尔出生长大的家乡——芬斯兰。

作者高乌特·海伊沃尔出生于1978年3月13日，他的家乡芬斯兰是个典型的挪威南方小村庄，不偏远，但也不激动人心。它距离挪威第五大城市克里斯蒂安桑不过35公里，交通便利。可是这个只有800人的小村子，哪怕生活设施完备，也默默无闻，没有年轻人眼中的远大前程和向往的生活。作者出生的那一年，这个村子里发生了轰动全国的连环纵火案件。纵火犯接连作案，在作者受洗的那一天，事件发酵到了高潮。仿佛从出生，作者就和这起轰动而耸人听闻的纵火事件产生了模模糊糊的关联。

高乌特·海伊沃尔自小喜欢阅读、写作，很年轻的时候就展现出写作的才华。离开家乡后，他先在奥斯陆大学学习法律，后在卑尔根大学学习心理学，还在泰勒马克郡大学学院进修了创意写作的课程。2002年他出版了自己的处女作——短篇小说集《跳舞的小男孩》，获得广泛好评。之后的几年里，他持续从自己的家乡——挪威的南部地区汲取素材和养分，出版了诗歌作品、小说和写给儿童的作品。在不断的创作过程中，自幼伴随他成长的纵火犯的故事又一次进入他的视野。

作者基于这样一起真实的事件，借用一些真实的人物，将自己与纵火犯，将自己和家乡连接在一起，重新构建了那个真实惊悚的、在挪威历史上最广为流传的系列纵火案件。在这个过程中，一个活生生的纵火犯出现在读者的面前。而作者自己的人生也在平行叙述中跃然纸上。纵火者是谁？他为什么这么做？那个在火灾那天受洗的男孩是谁？他的人生又变成了怎样？他们之间有任何相似之处吗？为什么其中一个人走向了自我毁灭，另一个人会找到安身之法呢？在不同时空交织的叙述中，作者展现着我们每一个人心里都可能存在的疯狂念头和因子。

不过，虽然纵火事件是历史上真实发生过的，但这本书并非完全是纪实文学作品。小说中有很多真实的人名、地名、事件，作者也在叙述过程中讲他因此查询了很多历史影像和文字资料，探访了很多当年与事件相关的人物，但作者多次强调这是一部虚构小说。"我想写一本独立于事实的小说，但它又与现实密切相关。我用地名和事件本身建立了叙述的框架，但其中的内容是我必须去创造的。我的目的是要用令人信服的方式编一个故事。"作者也否认这是自己的自传。虽然他以第一人称来讲述故事，但他表示，他在书里制造了一个与自己本体平行的人物，哪怕他在书里使用的是自己的真名。

2010年，《在我焚毁之前》这本书在挪威一出版，就一炮而红，获得了诸多文学评论家和读者的推崇。在诸多的书评中，频繁出现的词是"精彩非凡，引人入胜"。作者通过将自身经历和纵火犯的生活经历的平行写作，将个体的疯狂和人类更普遍的心理状态结合在一起，赢得了读者的首肯。这本书在2010年获得了挪威最高文学奖项布拉哥文学奖，当时评委的获奖评价是："这是一部基于1978年初夏在作者家乡发生的连环纵火案写成的心理悬疑小说、纪实小说、艺术小说。"

如果从挪威当代文学发展的状况而言，这种基于真实事件、真实人物，但融入大量虚构成分的作品，近年来风头正劲。

2009—2011年，挪威作家卡尔·奥韦·克瑙斯高凭借半自传性的六卷巨著《我的奋斗》在挪威乃至国际文坛刮起一阵打破虚构与非虚构叙事的风潮，被称为"真实文学"。他在《我的奋斗》第三卷出版的2009年就拿到了挪威最高文学奖布拉哥文学奖。而2015年，当他获得德国《世界报》文学奖时，评委认为"他的小说从根本上重新定义了当代的自传体文学"。"毫不留情的诚实，挑衅，亦喜亦悲——有时狂躁。"克瑙斯高的成功显然对挪威当代文学的创作产生了积极的影响，为挪威当代文学在世界文学版图上画上了浓墨重彩的一笔，也带动了更多优秀的挪威作家走向世界舞台，被世界文坛所知。

《在我焚毁之前》这本书目前已被翻译成超过20种语言出版。《日报》评价本书："这个故事无情到让人激动，它完美地讲述了一个有关火和家庭的故事，疯狂与正常之间只有一线之隔。"《祖国之友报》评价本书："书里的很多内容会让你紧张到惊呼，让你感觉不安，充满张力的情节让读者拿起就放不下，与此同时，它又包含很多美好的段落，让人向往。这是高乌特·海伊沃尔里程碑的作品。"

译者简介：邹雯燕，毕业于北京外国语大学西班牙语专业，挪威奥斯陆大学挪威语专业。自2013年起从事挪威文化在中国的推广工作，现已翻译出版挪威儿童文学及当代文学作品十余本。

大多数事情都是如此毫无意义
但随后发生的却让人惊讶
天空中发光的云彩
带走一切

一切都变了
你也变了
这对你有很大的意义
但又根本没有意义
因为一切终将成灰
你也将成灰

佩尔·拉格奎斯特[1]

---

[1] 佩尔·拉格奎斯特（1891—1974），瑞典小说家、剧作家、诗人。1951年获得诺贝尔文学奖。

这个故事是我去探望阿尔弗莱德的时候听到的。刚开始的时候，我不觉得这和火有什么关系。此前我没听过这个故事。显然它让人心碎，但它同时又充满了……嗯，我该怎么形容它呢？

爱？

事情发生在大约一百年前，就在我出生长大的村子里。有一个男人自杀，把自己炸成了碎片。那时他三十五岁，用的是炸药。听说在那之后，他的妈妈四处寻找搜集他身体的碎片，装进自己的围裙。过了几天，在短暂的仪式之后，他身体剩余的部分被安葬在了35号墓穴中。这在教会记录上有登记，下面还特别标注了"疯子"。

我不知道这是不是真的，但也能理解。如果你沉下心来思考，或许也能慢慢理解。毕竟这是唯一对的事情，除此之外，没有别的选择。她只能四处寻找，在围裙里收集那些身体的碎片。

目 录

第一部分 / 001

第二部分 / 039

第三部分 / 085

第四部分 / 153

第五部分 / 207

第六部分 / 237

第七部分 / 255

后　记 / 269

第一部分

一

1978年6月5日,星期一。午夜刚刚过了几分钟,约翰娜·瓦特内里关上了厨房灯,小心地关上了门。她在冷冰冰的走廊走了四步,把小房间的门打开一条缝,让一丝光线能照到灰色的羊毛地毯上。哪怕在夏天,他们都铺着羊毛地毯。她的丈夫奥拉夫睡在关了灯的房间里。她在门边站了几秒,听了下丈夫沉重的呼吸声,然后走进狭小的洗手间,像往常那样打开水龙头。她低着头洗脸,洗了很久。光脚站在一块布上,她能感觉到脚下硬硬的地板有点冷。有那么一会儿,她直直地看着镜子里的自己,虽然她很少这么做。她更凑近镜子,盯着自己黑色的瞳孔看。随后理了下头发,从水龙头里接了杯水喝。最后,她脱下内裤,换下来的那条上已经浸满了血。她把换下来的内裤折了一下,浸在水盆里泡着。当她把睡裙从头顶脱下来的时候,感觉到肚子那里有些刺痛。之前她也有这样过,但最近变得厉害了,尤其是当她抬手,或是去够什么东西的时候,肚子就好像刀割一样痛。

在关灯之前,她卸下了假牙,把它放在镜子面前的架子上的一个水杯里,然后把它摆在奥拉夫的杯子边上。

就在这时,她听到了汽车的声音。

客厅黑着灯,但窗户上反射出灰白的光,那是院子里一盏微弱的灯的光线。她慢慢地走到窗边向外看。月亮升上了南边的树顶,她看到开花的樱桃树。如果没有雾的话,她能一直看到西面的丽芙湖。一辆没亮大灯的汽车从房前开过,慢慢地向麦塞尔的方向去了。车子可能是黑色的,也可能是红色的,看不清楚。车子开得很慢,然后在转弯处消失了。她站在窗边,等了一两分钟,或许有三分钟。然后她又回到了小房间。

"奥拉夫,"她低声说,"奥拉夫。"

他没有回答。像往常一样,他睡得很沉。她又急匆匆地走到客厅,中途撞到了摇椅的把手,把腿撞得生疼。当她走到窗边的时候,恰好看到那辆暗色的车又开了回来。它正好过了转弯处,慢慢地从客厅外的那面墙边开过。它肯定是在克努森家那儿掉的头。不过那里没有人,他们昨天晚上就回城里去了,她亲眼看到他们离开的。她听到了汽车轮胎摩擦地面的声音、马达的轰鸣声、广播里发出的声音。然后,车停了下来。她听见车门打开的声音,随后就是一片寂静。她的心跳到了嗓子眼儿。她跑回卧室,打开灯,摇晃着丈夫。这一次,他醒了过来,但还没等他起身,他们俩就听到了一声撞击声和厨房窗户玻璃碎裂的声音。她刚跑出走廊,就闻到了刺鼻的汽油味。她打开厨房门,面前是一道火墙。整个房间都烧了起来,大概只有短短的几秒钟,地板、墙、天花板,火焰就像一头巨大的受了伤的动物那样四处流窜呻吟。她站在门口,完全无法动弹。就在流窜的火焰中,她听到了玻璃爆裂的声音。她从前从没听过这种声音。她一动不动地定在原地,热量已经让人无法忍受,好像她的脸时刻就会融化,额头、眼睛、脸颊、鼻子、嘴一路流淌下去。

就在这个时候,她看到了他。只有一两秒的时间,也可能是三秒。他站在窗外,像一道黑影,站在火海的另一边。他一动不动,像被定身了一样。她也是。然后,他动了,消失了。

走廊里已经都是烟。它从厨房的墙缝中透过来,弥漫到天花板,像是浓浓的雾。她找到电话,拎起听筒,拨打辛斯内斯那边英恩曼的电话。前几天村里出事之后,她就用马克笔把这个电话号码写在了一张纸上。她一边转着拨号盘拨号,一边想自己该说什么。"我是约翰娜·瓦特内里。我们的房子着火了。"

电话里什么声音都没有。

就在这时,电线短路了,保险电箱发出了一声闷响,镜子前的插座爆出火花。灯全灭了,屋里一片漆黑。她拉住奥拉夫的手,摸索着贴地朝家门的方向走去。冒着寒气的晚风被吸进房子,让火越烧越旺。他们又听到了好几声闷响。随后火焰蹿上阁楼的地板,顺着窗户蜿蜒而上。

我曾很多次想象过这场火灾。火焰等待的就是这样的一个时刻,这样的一个夜晚,这样的分分秒秒。它们想要奔向黑暗,伸展到天空,点亮夜空,获得自由。它们确实很快就自由了。好几扇窗户同时碎裂,玻璃炸了开来。火焰完全失控了,它们在空气中伸展开来。很快,整个花园都被金色的、令人无法置信的光亮笼罩着。事后,没有人能描述这场火,毕竟除了奥拉夫和约翰娜之外没有人在现场。但我能想象出这一切。我能想象到那些靠得最近的树木距离火光越来越近。我能想象火焰如何默默汇聚,悄无声息地进入了花园。我能想象约翰娜是如何拉着奥拉夫走过了最后的五级台阶,走到草长得很高的菜地上。他们走到那棵已经老得像化石的樱桃树下，树干上覆盖着厚厚的灰色的苔藓。我能想象他们是如何穿过花园，直到走到了大马路上，她才觉得安全。他们在那里站着，看着他们从1950年搬家以来一直住着的这所房子。他们什么都没说，也什么都说不出来。或许过了一两分钟的时间，她从那里走开了。奥拉夫穿着睡衣，站在原地。在跳动的火光中，他看上去就像个孩子。他的嘴半张着，嘴唇蠕动着，仿佛想挤出一个怎么都说不出口的词。约翰娜急匆匆地穿过花园，穿过浆果树丛和几天前还开满花朵的苹果树。草地上满是露水，把她睡裙的下摆全洇湿了，水汽顺着脚踝蜿蜒而上。走上台阶的时候，她感觉从厨房传来的一阵阵热浪，冲向朝着东面的顶楼。

然后，她冲进去了。

在走廊里的时候，因为有些烟已经跑了出去，所以她还能看见通往厨房的门是关着的，通往客厅的门大敞着。她小心翼翼地往里走了几步。她的四周都在发出噼里啪啦的响声，可她还是要上楼去。每走一步她的小腹都更疼了，似乎有刀子在捅进捅出。她拉着栏杆，一步步把自己往上拖，直到来到面对阁楼的那几个房间的楼梯拐角处。她打开曾经是科勒的房间的那扇门，里面一切如常。他的床铺着白色床单，他死去后那些年一直都是这样。他的柜子还在那里，他坐过的椅子吱嘎作响。摆放的那张图片上，两个孩子在瀑布边玩耍，天使飞在他们头顶。所有的一切都在。他的包也在那里，那里面装有三千克朗。它被藏在五斗橱最上面的抽屉里，里面还放着科勒的衣服。当她看到他那件前胸有个小裂口的衣服那一刻，她知道自己没有力气再走下楼了。在看到那件衬衣的时候，她就突然决定放弃。她松开手,包落到地上,然后她平静地坐到床上。她听见床垫里的弹簧在她身下发出让人安心的声音。烟从地板的缝隙中透出来,聚集,逐渐弥漫到天花板。仿佛是烟在她眼前慢慢成形,有了手臂、手、脚和模糊的脸。然后,她低下头无声地祷告,没有开始,也没有结束,只是反复一两句话,嘴唇微微颤动着。突然,她背后发出了一声巨响,让她一下子忘记了一切。她突然站起身,仿佛是突然回过了神一般。烟雾形成的人形消失了。这时,房间已经完全被烟雾充满,呼吸都很困难。她拿起包,从阁楼走廊走出去。她急匆匆地跑下楼梯,脸一下子撞入浓密的烟雾中。她知道衣柜里装着的衣服已经被点燃,很快就会燃起大火。她的嗓子发紧,她觉得自己快吐了,眼前的一切开始旋转。可是,她很清楚自己要从哪里出去。最后的几米路,她已经什么都看不见了。她曾无数次走过这条路,所以很轻松地就找到了门。走下台阶的时候,身后的热量推着她,一下子把她推到距离房子好几米的地方。她感觉自己的肺里又充满了新鲜的、清新的、夜晚的空气。她一下子瘫倒在地。我想象着她跪在草地上,周围的火光变成了白色,又变成橙色、深红色。她低头看着草地,过了好几秒,才慢慢地找回了自己。很久,她终于站起身来。可她没看到奥拉夫,也没看到别的人。她匆匆地爬上山坡想去找邻居。他们的房子现在完全被火光照亮了。可她还没来得及敲门,邻居奥德·希维尔特森就一阵风似的下了台阶。他被火光惊醒了。她抓住他的手臂,紧紧地抓着他,或许只是为了让自己不要倒下。她觉得自己是在低声喘息,可他清楚地听到了每个字。

"我找不到奥拉夫。"

奥德·希维尔特森冲进房间去打电话,约翰娜又冲下山坡到了马路上。他们的整座房子已经完全被火焰吞没了。它越燃越高,爆裂的声音一直传到丽芙湖那边。火焰的颜色撕裂了天空,它就像是疯狂的大鸟在搏斗、挣扎,想挣脱,又无法挣脱。仅仅几分钟的时间,火焰变得更大了,可她感觉周围异常安静。我也想象过,一座在夜晚燃烧的房子,在大家反应过来前的那几分钟里,所有的一切都是安静的:只有火。房子孤独地矗立在那儿,没人能救得了它了。它被留在了那里,等待着自身的毁灭。火焰和烟直入云霄,爆裂和巨响仿佛是从很远的地方传来的音乐。它恐怖,令人恐惧,让人无法理解。

可同时,它几乎是有自己的美感的。

约翰娜呼喊着奥拉夫。一声,两声,然后是四声。她听到自己的声音混杂在火焰发出的声音里,这让人觉得越发难受。树好像离房子越发近了,枝丫伸展过去,仿佛好奇又恐惧。她朝着户外厕所的方向跑去,下腹部像刀割一样疼。这种感觉就像是身体里一个脓包破裂,温热的血从里面流出来那样。奥拉夫就站在房子和谷仓之间,好像被剧烈的火光捕获了那般。他的睡衣像旗子被风吹起来,紧紧地贴在身上,虽然那里没有风,他也站在原地一动不动。当她再走近一点的时候,她才发现那是大火带来的充满威胁感的气流,这种气流冰冷,又极端炙热。她把他从那边拉走,彼此紧紧依偎着走到了马路上。就在这时,奥德·希维尔特森从坡上跑下来,他站在两位老人的边上,气喘吁吁,神色紧张。他想让他们俩离开这儿,但他们不肯走。他们就这样站着,看着房子被烧尽。没人说一个字。奥拉夫仿佛变成了石头,可他的睡衣又让他整个人显得柔软,白色的布料不动声色地从肩膀上垂落到两条手臂上。他们的脸明亮、清晰、干净,仿佛时光被突然抹去了一样。突然,靠近厨房窗户的那棵樱桃树被火烧着了。这棵树开花总是特别早,科勒总喜欢爬到它上面去。夏末的时候,它会结满果实。他们曾经和我讲过,最大的果实都会挂在最高的树枝上。火焰很快爬了上去,火焰在花朵和树枝间滑滑梯,随后整个树冠都被点燃了,发出特别的爆裂声。这时,他听到一个尖细的声音,但他分辨不出来这是约翰娜还是奥拉夫:"上帝啊!上帝啊!"

我想象着这一切。这是第八起火灾,时间是1978年6月5日凌晨1点半多。

随后,消防车到了。

在福德农场那边就能听到警笛声,甚至在更远的地方,或许在布朗德斯沃尔的大房子那里,或许更远到辛斯内斯那里他们都听到了警笛声?不是不可能,毕竟人们都能听到教堂那边的声音。不管怎样,大家都听到消防车的警笛越来越响,越来越尖,很快从丽芙湖那边的路口传过来。一路上路过屠宰场、加油站、带阳台的牧师家,路过希伦的旧校舍、卡德伯格的商店,直到瓦特内里家边的上坡那里才减速。

消防车停下的时候,一个年轻人跳下车来,冲着他们跑过去。

"里面还有人吗?"他大声喊道。

"他们出来了。"奥德·希维尔特森说,但他好像没听到一样。他跑回到消防车那边,拉出好几条水管,把它们扔到地上。它们像轮子一样滚了一会儿,直到平铺在地面上。他拉开几道门,往地上扔了几把斧子,有一个消防头盔掉在了地上，不停摇晃着。之后的几秒钟，他的手垂在身体两侧，静静地站着，望着火焰。那几秒的时间，他站在奥拉夫、约翰娜和奥德·希维尔特森的旁边。他们站在一起，思考着将要发生的无法解释的事情。

很快又开来了四辆车，它们都停在了消防车后面一点的地方。车灯一熄灭，四个穿着深色衣服的人就迅速跑了过来。

"那里面可能有人。"其中一个年轻人大喊道。他穿了一件薄薄的白衬衣，就像在他精瘦的上身上鼓动的旗帜。他把两根水管接到了消防车前面那个高压水泵上，另外两根也做好了准备。就在这时候，火焰中突然发出了巨大的响声，这时地面都在震动，所有人的身体都缩了一下，仿佛一颗子弹打中了他们的肚子。有人大笑起来，但没看到是谁。奥德·希维尔特森用手臂搂住了奥拉夫和约翰娜，友好但坚持地将他们带走，朝着自己在山坡上的房子走去。这一次，他们俩跟着他走了，什么都没说。他带他们到房子里，开始找克努特·卡尔森的电话号码。克努特和妻子立马就赶来了，反正他们早就被警笛声和一片火海惊醒了。在那之后的几个小时里，他们决定在情况稳定下来之前，让奥拉夫和约翰娜住在卡尔森家的地下室。

火海把天空映照得波光粼粼，但奥拉夫和约翰娜并没有看到。光从白色变成铁锈红，慢慢接近紫色和橘黄色。这是震撼人心的场景。噼啪作响的火星从框架中跳出，轻飘飘地闪烁几秒钟，随后熄灭，消失。树上的叶子蜷缩起来。鸟儿都飞走了，它们终于挣脱了大树。火静静地燃烧，高涨的火焰直指天空。又来了几辆车，大家从车里走出来，没有关车门。他们用外套紧紧地裹住身体，慢慢地靠近火场。那些人里就有我的父亲。我想象他是开着那辆蓝色的达特桑来的。他把车停在了一段距离之外，和别人一样地走出来。但我一直想不出他当时会有怎么样的表情。我知道那一夜他在奥拉夫和约翰娜着火的房子边，可我不知道他想了什么，和谁说了话。我想象不出他的表情。

院子里满是灰。大片的灰烬在空中飘了很长时间才慢慢落到树上，落到停着的车上，安静得就像是下雪一样。两个年轻男人发动一辆摩托车离开了，其中一个人戴着头盔，另一个人没戴。

没有什么能做的。奥拉夫和约翰娜·瓦特内里的房子被烧尽了。

到最后，只有烟囱还在。天快亮的时候所有的车子都开走了，只剩下烟，如一层薄薄的、透明的雾气一样流连在花园和树木中间。克努特·卡尔森家的地下室里住进的两个人，他们除了身上穿着的睡衣外什么衣服都没有。他们还拿出了一个包，装着三千克朗的包。

四点的时候天亮了，鸟儿开始歌唱。这是一首坚强美妙的歌，闹哄哄的欢歌中还混杂着水泵运行时的嗡鸣声。大家要用到大量的水，所以他们把水管从没有道路的坡上拉到了丽芙湖里，然后用水泵将水喷出三十米高。

三个记者和几个摄影师围在火场周围。他们先和治安官克努特·科朗聊了聊，之后到卡尔森家去敲地下室的门。他们和约翰娜谈了一会儿，奥拉夫盖着毯子，躺在那儿一动不动地盯着天花板，仿佛身处另一个世界。约翰娜平静地回答了所有的问题，每次她给出的回答都是一致的。她说得很慢，让他们有时间来记录。他们给她拍了照片，从不同的角度拍了好多张照片。那一天，《祖国之友报》、《南方报》和《林德斯内斯报》都用了那些显得她一脸绝望的照片。她的眉毛被烧焦了，脸上满是黑烟，额头上还有个口子。她看起来就好像是从一场矿难中逃生的样子。

但除此之外，她是平静的。

所有人都离开之后，她想起自己放在镜柜前玻璃杯中的假牙，它就摆在奥拉夫的假牙旁边。这一刻，她突然意识到，没有什么镜柜了，也没有什么玻璃杯或假牙了，她和奥拉夫连牙齿都没有了。我能想象，就在这异常冰冷残酷的一瞬间，她终于意识到自己完完全全失去了一切，包括自己的牙齿。而在那时，她的眼泪才第一次真正落下，静静地划过她的面庞。

二

我很小的时候就听过有关火灾的事。最开始是我父母给我讲的，等长大之后，当我从别人那里听到这个故事的时候，我才意识到那所有的一切都是真实发生过的。在很长时间里，这些故事对我来说是遥远的，但它可能又会突然出现在某一段谈话中，出现在报纸的封面上，或者无缘无故地就闪现在我的意识中。它跟随了我整整三十年，虽然我并不清楚地知道究竟发生过什么，或者，那究竟是怎么一回事。我记得我还很小的时候，曾坐在那辆蓝色的达特桑车的后座，去海沃伦的爷爷奶奶家。我们会路过那个纵火犯住过的房子。每当我们开过那里的时候，我好像有一种陌生又充满诱惑的感觉。在它之后，我们会路过斯洛戈达尔家的房子。斯洛戈达尔是克里斯蒂安桑那边来的作曲家，他还在那里担任大教堂的管风琴手。每次爸爸总会指着那座通往谷仓的老桥说："你受洗的那天那里着火了。"那座桥在新的谷仓造起来之后就没人用了。他这么和我说，总让我觉得自己和火有着某种关联。

很多事情的详情我并不了解，所以我也从没想过自己会写一本有关火灾的书。这个题材太大，包含的内容太多，更重要的是，离我太近了。

可是，这些故事一直像一片阴影一样存在着，直到我下定决心将它们写下来。这个决定很突然。那是 2009 年的春天,我刚刚搬回老家的时候。

它是这么发生的:

几个星期之前,在 4 月的时候,我一个人坐在劳乌斯兰摩恩的学校阁楼里,翻着一箱子的旧课本、发黄的本子还有各种纸片。记得我当时上学的时候,这个阁楼就是乱糟糟的。我们之前有时会藏在这里。我们会偷偷地跑到地下室,从那里的楼梯上来,越过音乐教室,爬过最后几节黝黑的台阶,在冰冷的阁楼里躲着,不发出一点儿声音,等着看他们会不会发现我们不见了。

书本又冷又软,我的手指在潮湿的纸张上留下印记。它们被存放在这里大约有 20 年了,也可能是 30 年。翻了一会儿,我看到了一沓黑白照片,它们被包在塑料纸里。我一张张翻看这些照片的时候,抱有一种莫名的期待。我很快辨认出了这些脸,虽然一下子和人名还有点对不上。照片里大多数都是孩子,偶尔也有几个大人。慢慢地,我发现这些照片都是我在学校的那个时期拍的。这里面有和我一起上学的孩子,有些比我大,有些比我小,有些照片在操场上拍的,有些是在教室里,里面还出现了好几个给我上过课的老师。里面还有一个小男孩在台上唱歌的照片。他刚理过发,衬衣外面穿着一件条纹的高领毛衣。这好像是庆祝圣诞的一个活动,因为在背景里能看到装饰好的圣诞树和彩灯。男孩和好几个孩子站在一起,大家手上都拿着燃烧的蜡烛。过了大概四五秒钟的样子,我突然意识到:

这个男孩就是我。

我看到这个男孩在舞台上站着唱歌的时候,就是一切的开始。我看到了我自己，我盯着自己的脸，好几秒钟之后才意识到这个孩子就是我。我很难解释这种感觉，但它猛烈地击中了我。好像我既明白又不明白这是自己一样。仿佛这两种感觉同时存在，让我说不清楚。它好像是我眼前看到的这一切的延伸。有关火的故事又一次窜了出来。这张照片里，我手中拿着一根细细的蜡烛，平静的火焰在我手上燃烧，就是它让我在这个6月初的晚上决定，我要试着写一个关于火的故事。深深地吸了一口气。

就这样。

三

芬斯兰第一次着火发生在1978年的5月初,那时候我还没满两个月。我出生几天后,爸爸到克里斯蒂安桑国王大街的妇产医院接妈妈和我。我被放在一个深蓝色的婴儿座椅里。他们要开车四英里回到位于芬斯兰的家。这是我第一次坐汽车。我被带到了他们在克莱伍兰的房子。当时已经下了整整两天大雪,不过在那之后就阳光灿烂,很平静。白雪皑皑的冬日会持续到西南风吹起,之后就是春天了。4月底的时候在背阴的地方还有积雪,但天确实是暖了。5月6日事情发生的时候,森林里面已经很干燥、很危险了。

四个星期之后,到6月5日午夜之前,一切都结束了。那是第十场大火之后,我受洗的第二天,圣灵降临节后的第三个星期日。很长一段时间里天气又热又潮湿,那个周日可谓是那段时间以来最热的一天。热气在房子里蒸腾,劳乌斯兰摩恩和布兰德斯沃尔那边路上的沥青都鼓了起来。不过,那天下午突然下了一场大雨,整个世界很快变得清新,仿若新生。雨停了之后,昆虫在空中飞舞,夜晚又热又宁静。

这之后就是那个最糟的夜晚了。

火灾的故事在我刚出生那几个月就给我的生命留下了

深刻的痕迹。那一切的高潮就发生在我受洗那天的夜晚。

其实在那个星期天，孩子们是否能按期受洗这件事本身就很不确定了。前一天凌晨12点零7分的时候，有人看到一辆深色的汽车飞速地向教堂的方向开去。从那个时候开始，大家真正开始恐慌了。那辆车朝着教堂的方向开去，随后就消失了，没人知道它去了哪里。大家一小时又一小时地等待，一分钟又一分钟。大家都害怕发生最坏的结果。大家都默默地祈祷，教堂别起火！大家都这么想。教堂别起火！虽然没人敢把这句话说出来，但所有人都是这么想的。再没有比教堂起火更糟的事情了。大家都出门来站岗，不仅在教堂的周围，整个村子里都有人值守。大家站在自己房子前的台阶上，侧耳倾听。我在屋里睡着，爸爸就站在我们的棕色房子前面看守。他拿着自己的步枪，这是我爷爷留给他的，后来我还见他用过。不过，那天晚上，他的枪里没有子弹。尽管如此，不管有没有子弹，枪总是枪。重要的是，大家都出来值守了。没有人知道纵火犯是谁，谁会突然出现在黑暗里。"二战"以来，大家就没再经历过类似的事情了。这让村子里大伙儿都想起了从前打仗的时候。那些没有经历过战争的年轻人，也想象着战争时候的情形。大家都是这么说的。战争又回来了。

星期一晚上，一切都结束了。奥拉夫和约翰娜家的火灾过后不到24小时。6月5号还没完全过去，午夜前的几分钟，在三个小时的审讯之后。在那之前，阿尔弗莱德已经把一个沉重的消息通知了治安官克努特·科朗。治安官当时已经和国际刑警组织还有从克里斯蒂安桑赶来的警探在布朗德斯沃尔的老市政大楼设立了联合指挥部。这个消息既沉重也让人轻松。是阿尔弗莱德去说的,不是英恩曼。尽管他大概早就想到了这一切是怎么回事,但到了那一天他还是没办法去说。英恩曼或是阿尔玛都做不到。阿尔玛那个时候躺在床上,完全动弹不得。

然后就是正式的逮捕,山崩似的散布消息。

午夜前的半小时,整个村子里大家开着车挨家挨户地传递着消息。有四辆警车,还有一些私家车。他们用不着敲门,因为房子门口的台阶上都有人在站岗。车子停下,或继续慢慢地开着,里面的人把头探出车窗大喊。

抓到他了!

消息就这样传开了。在深夜,大家跑到邻居家、到认识的人的家里去通知他们犯人被抓的消息。当大家讲出犯人是谁的时候,听到的人都会愣住好几秒钟,惊呆了。

他?

所有人都被通知到了,包括大教堂的管风琴手斯洛戈达尔。他藏身在自己房子边上一个隐秘的地方,手里拿着上了膛的猎枪。很久之后,他和我说起过这个夜晚。所有的一切都在明亮神圣与黑暗之间,那种特别不真实的感受。一切结束于一瞬。警察知道斯洛戈达尔在他家边上埋伏着,他的猎枪是警察给他的。他们开了很久的车到他那里去通知他。他终于可以站起身,放下猎枪,然后问:

他是谁?

约翰来到了我们在克莱伍兰的家。他站在我父母卧室外的草地上,低声叫着,直到叫醒我妈妈。他一直在喊着她的名字,直到她穿好衣服,走到门口的台阶上。他终于可以说出在当天晚上口口相传的那几个神奇字眼:

抓到他了。

这个消息迅速传向四面八方。这条新闻甚至上了挪威国家广播电视台的午夜新闻联播。是警方通知挪威通讯社的,要求他们尽快把消息传播出去,平息大家的愤怒。不过在首都广播电视台午夜播报这条消息的时候,全村的人都已经知道了。

犯人被抓住了。

所有人终于可以回到床上去。灯一盏盏熄灭,不过大家还是锁着门,好像仍无法彻底放下心来。自此之后,人们再也没能彻底放心过。

整个村子里,一家又一家恢复了平静。大家终于能好好睡觉了。第二天清晨当大家醒来的时候,会觉得这一切仿佛只是个梦。

当然,这并不是梦。

接下来的四天,《祖国之友报》用了整整三版篇幅来报道这起事件。第一个周六早晨,当村里的人们醒来的时候,发现四座房子被烧毁。《世界之路报》的头版、《日报》的头版、《南方报》的两个头版、《林德斯内斯报》的两条报道,还有《晚邮报》的一个头版和一个整版都在讲这件事情。星期六的《林德斯内斯报》上发表了对英恩曼的采访,他站在消防车边上,手扶着水泵,看不清楚他的表情。

除此之外,他们地区的报纸上也对此有报道。挪威国家广播电视台的南方频道的广播也报道了。周一晚上,在一切都结束之后,《每日新闻》里有4分钟关于这件事的报道,电视上从远处拍了安德斯和阿格内丝山上的农场。大家能看到台阶两旁的两棵树,台阶被完全毁掉,地面到处都是汽油。不过那两棵树现在还矗立在那里。我非常惊讶,三十年的时间,它们并没有长高。报道里我们能看到树叶摇晃,在墙面上落下令人不安的影子。记者先介绍了情况,治安官跟着介绍了案情。他们拍摄了瓦特内里家被火烧掉的地方：坍塌的废墟上只剩下烟囱，仿佛一棵被砍掉了所有枝丫的大树。奥拉夫和约翰娜的家只留下了废墟。有两名消防队员从旁边的马路经过。他们都没戴头盔，其中一个人手里拿着长得很像冰镐的东西，好像正要去攀登冰山，另外一个人两手空空。我不认识这两个人。报道的最后还放了一段斯洛戈达尔家火灾后的遗迹，那是第十起火灾。视频里有个人孤零零地站着，往废墟上喷水，他不停地往地上洒水，就好像灰烬中有植物等待被灌溉一般。我认出了他，那是阿尔弗莱德。虽然那个时候他比现在年轻三十岁，而且背对着我。

四

夏天了,一切都变绿了,树上长出了绿叶,丁香花盛开。六月份整个月,我都在希伦那家废弃的银行里,试着把所有的事情串联在一起。我租下了那个房间,希望宁静的气氛和风景能让我更贴近自我,帮助我的写作。我孤身一人坐在那个几乎是空荡荡的房间里,只有天空、树林和我面前丽芙湖的风景。我有一把简单的椅子、一张桌子和一盏红色的老式台灯——它是我在一个柜子里找到的。它弯着腰,好像很好奇地看着我的工作。我准备好了。我望着窗外那棵在风中摇摆的杨树。我眼前的这片风景,是我成长的地方。这里的环境影响我,塑造我,起码在某种程度让我变成了今天的样子。我望着树叶摇摆,听着它们发出的沙沙的声响,望着阴影落在树干上。我望着这里的道路,在瓦特内里那边散落着的房屋,我望着阳光透过玻璃窗,照到楼上的房间里。我望着天空,看云缓缓地从西南海面的方向飘来,我认真地观察它们是如何变化的。我望着鸟在短暂的夏天里忙进忙出,我望着那些在曾经是希维尔特·麦赛尔家花园旁的水潭边被捂了一个冬天皮肤苍白的孩子们跳入水中,我望着水池,看偶尔吹过的风吹皱黝黑宁静的湖面。

第二天,我还是这样坐着向外望,什么都没写。这听起来让人难以置信。第三天我注意到岸边有一只大鸟。它单脚站在水边，低下脑袋和喙。这是一只灰鹭。我一直看着它，等待着它做点什么，往前探探头，或是至少换条腿站。但它什么都没做。直到我站起身回家，它还是一动不动，就那么站着。

日子就这样过去。有时我会面对着丽芙湖，静坐好几个小时。我尝试着动笔写点什么，可一直没成功。我锁上门，从楼一侧特意为我修的楼梯下楼，开车去几百米外的商店买东西。在气氛明亮轻松的商店里，我买了点牛奶、面包和咖啡。这种感觉挺好的，把一些简单、具体的东西，放到购物车里。有时候，我会在货架间碰到认识的人，他们快认识我一辈子了。他们认识我的父母、祖父母，他们看着我长大，看着我搬离村子，成为作家。他们很为我又搬回村子感到高兴，哪怕我一直都强调我只打算回来待一段时间。我不是回来定居的，我总是这么说。不过现在，我在这里。

夏天结束的时候，我还没开始写火灾的事情。我觉得仿佛有什么东西在阻碍着我，但我说不出具体是什么。不过，我对曾经发生的事情有了比较完整的认识。我还没和与这件事情有关的人谈过话。不过我看完了所有与事件相关的报纸和采访，我也看了电视上《日间新闻》的视频报道。我一遍一遍地播放它。在奥斯陆的时候，挪威国家电视台把这条古董报道刻了张DVD光碟寄给我。我第一次看它，是一个人在克莱伍兰家里的时候。我把它放入播放器，看它消失在机器里。这是我第一次看到1978年夏天芬斯兰——我出生地的影像资料。三十年前，在这段报道播出的那个晚上，全挪威的目光都聚焦在这里。几秒钟后影碟机出现起始的画面,我按下播放键。很快我辨认出那个地方,虽然有些陌生,有些地方已经很不一样,但我不完全清楚不同在什么地方。是树林吗?房屋吗?道路吗?我不知道。电视机里的图像给人一种距离感,仿佛时光倒流的感觉。不过我能一下子就知道,这是我的故乡。这就是希伦——我知道的——闪闪发光的丽芙湖和今天几乎一模一样,那里有布朗德斯沃尔窄长的平原,像一条线把村子分成两半,安德斯和阿格内丝高山农场几乎完全没变样。一切该有的都在那儿,和今天我所认识的一样。镜头移动得很慢,记者在说着旁白,这种缓慢的镜头风格和记者详细的报道让这件事情显得没多少戏剧性。我们能看到起伏的森林,高远的天空、云彩,电线杆上静静停着的小鸟,微风拂过树叶。我们能看到房子、车子、被风吹起的衣服。这就像是1978年夏天里的任何一天,宁静祥和,这也可以是十年前的一天,或是十年后的一天。这是时光被冻结了的风景,我成长过程中每日所见的风景,我从未离开过的风景。似乎已经过了很久,任何时候,当我把目光从屏幕前移开,望向窗外,一切都没有改变。那些冒着黑烟的火灾现场,那些赶到现场的人,一小撮一小撮地站在废墟的旁边。好像他们还在那里:抱着孩子的妈妈,骑着自行车的少年。老人聚在一起,好像在相互扶持,免得自己倒下。那里面有个戴帽子的人,看起来很像莱内特·斯洛戈达尔,那个老牧师兼老师。他是比亚内·斯洛戈达尔——克里斯蒂安桑主教堂管风琴手的父亲。

最后的那个镜头里,站在斯洛戈达尔家边洒水的那个人是阿尔弗莱德。这是一幅简单宁静的图像:一个孤独的光头男子,头顶是天空,身后是一座被焚毁了的建筑。细细的白烟缓缓上升，被风吹散。当水喷到墙上、被烧黑的土地、被完全烧毁的屋顶上的时候，会突然发出沙沙的声响。

可能也不过是几个小时之前，他得到了着火的消息。

这段报道就这样结束了，屏幕又变成一片黑色。

我很快倒带又看了一遍，再一遍。我好像怎么都看不够，我希望能从中看到自己，或是我的爸爸，或是别的我认识的人。这也不是不可能。我知道爸爸在瓦特内里家着火的那一天也在现场，我很确定那个星期天，在我的洗礼仪式完成之后，我也去了教堂旁边奥尔加·迪内斯特尔被烧毁的农场，虽然整个过程我都在我的汽车座椅中熟睡。

五

9月的时候我完全放下了写作,去了意大利北部城市曼托瓦参加盛大的文学节。像往常一样,我在外旅行的时候总是会觉得很不安,虽然我也一直不知道这种不安究竟是从哪儿来的。

在曼托瓦一个很热的夜晚,刮起了大风。这风恐怕是从撒哈拉沙漠一直吹过来的。那天我要在城里的一个小广场——圣莱奥纳多广场做自己的读书会。我从来奥尼广场的酒店走过去。星期六晚上的8点半,到处都是欢笑的人群。狭窄的道路上,四处都是笑声、音乐声和熙熙攘攘的人群。可我却感觉自己孤独一人。我沿着埃曼努埃尔五号大道到了瓦罗帝广场,随后左转穿过一个停了长长一排小摩托车的停车场。我穿过一些无名小巷,起码我没看到任何路牌。走到阿里瓦贝内路时,我抄了一条捷径去石头教堂门前的小广场。

我到达目的地的时候,全身都湿透了。现场有好多人,因为当晚有好些作家要朗读,在我之前和之后都有。我有点紧张——每次上台之前我都会紧张。我和我的翻译打了个招呼,她五十多岁,虽然她是三十多年前在斯德哥尔摩住过,但一口瑞典语依旧讲得很流利。轮到我了。观众席一片漆黑,只有一道很亮的白光打到舞台上。天很热,风很大，吹得麦克风发出打雷一样的声音。我不知道是因为热，还是因为来自沙漠的干燥的风，还是我吃的或喝的什么东西，也可能是聚光灯。当我站在麦克风前的时候，我突然觉得很不舒服，一点儿力气都没有，我的手臂变得麻木，膝盖软得几乎支撑不了我的重量。我觉得自己像要昏过去了。台子底下人脸的海洋开始浮沉。我的眼前起了一层雾，好像是很久以前那个冰冷的下午，我在波尔湖的冰上摔倒撞到脑袋时的感觉。我当时就躺在冰面上，我能感觉到后脑和背脊贴着冰冷坚硬的冰面，感觉自己就快死了。我大概会死在这里，10岁的我这么想着，一个人躺在波尔湖的冰面上。最先消失的是视力，所有的颜色慢慢都消失了，森林消失了，天空消失了，直到我什么都看不见。然后所有的声音消失了，我失去了意识。雪继续安静地落到我的脸上。现在我的感觉就和当时一样。我站在台上，面前是几百个好奇的意大利人。我突然在人群里看到了几张熟悉的面孔。最初我没想起他们是谁，但我知道我认识他们。我不明白为什么没人在我上台前和我说话，在离家那么远的地方，碰到之前认识的人大家通常都会这么做的。我对不上号。突然，我看到了拉尔斯·提梅内斯，我记得他曾经住在希伦废弃的电话局里。我的目光紧紧盯着他，他站在那里显得那么小，那么虚弱。我记得他从前总是坐在房间正中的一张椅子上，整个人被电视机发出的光线照亮。然后我看到了尼尔斯，这是我在老家时的邻居，他站在舞台前，背对着我。我记忆中的尼尔斯很和善，可除此之外我也想不起别的。尼尔斯在那儿，艾玛也在那儿。以前我去探望爸爸的时候，她总是坐在养老院的走廊里盯着我看。然后，我看到了她的女儿朗希尔德。她虽然是成人，但又有点像孩子。她住在外地，每个夏天都会回家探亲，她讲起话来就像个外国人。朗希尔德在那儿，图尔也在那儿。图尔在参加完一个派对的晚上，突然在自己家后面开枪自杀了。那里还有斯蒂格。我和他一起在儿童合唱团里。我们曾经在教堂的三道彩虹下，在游泳池拿着锄头的男子图片下，还有诺德兰的养老院里唱过歌。斯蒂格突然在水里消失了，他一直沉了下去。等他们把他救上来的时候已经来不及了。当时斯蒂格刚刚到了变声期，现在他也站在台下。还有更多的人。特蕾莎站在那里。特蕾莎曾经给我上了一个冬天的钢琴课。她站着的时候总有一点点弓着背，微微靠着我的肩膀。现在她和别的人一起，在台下听着。还有更多的人。约恩，我爸爸的老师也在那里，他总被称为约恩老师，这样就能把他和村子里叫这个名字的别的人区分开来。我对约恩老师的记忆和打猎有关，打麋鹿的时候他总是走得比别的人早。天还黑着的时候他就出发，在狩猎开始之前在野外坐好几个小时。现在他也站在我的面前，等着我开始朗读。艾斯特也在。我们在奶奶家过圣诞节的时候，艾斯特总是会扮演圣诞老人。艾斯特的笑声会融化大家的心。艾斯特在那里。托内斯站在他边上一点点的地方。托内斯在我奶奶过世后几天就过世了，就好像他没办法离开邻居独自活下去一样。还有更多的人。有好多我认识的人，或许是我见过的人，或许是在邮局的柜台，或是在卡德伯格的商店卖明信片的架子那边，或是在游泳馆的圣诞聚会。那时大家要把所有的椅子推开，这样可以拉起四个圈围着圣诞树唱歌跳舞。虽然窗外雪花纷飞，但所有人唱着歌，脸上都是温热的。我认识他们所有人，尽管我不知道他们是谁。还有一些我从没见过的人。我知道约翰娜在那儿，奥拉夫在那儿，或许科勒挂着拐棍儿也站在黑暗的边缘，只是黑暗让我看不到他。或许英恩曼和阿尔玛也在。可能阿尔玛两条腿还是完整的，闭着眼睛抬着头。谁知道达格是不是也站在那儿。或许他插着手，站在教堂后面的台阶上，让我看不到他。

我不知道他们从哪里来的，但他们都安静、严肃、苍白、慎重地站在那儿，等着我开始朗读。

他们来这里听我朗读。

不管怎样，我努力集中了注意力，念完了我准备要念的三四页故事。我读了那个父亲从楼梯上掉下来，儿子知道自己没办法把他扶到沙发里的故事。

我读完之后，台下响起了掌声。我对此一点儿准备都没有。我念的是挪威语，现场除了我的翻译，没人能听懂一个字。但我听到了响亮、开心的掌声。它将我包裹其中，掌声和风声混杂在一起。就在这一刻，我抬起头，看到了爸爸。他站在最后面，在教堂的台阶上，身后是巨大的门。几年前我也曾看见过他。那个时候我们各自坐在自己的车上。那是个夜晚，我开车通过克里斯蒂安桑市那个空荡荡、明亮的隧道。对面来了一辆车，我从远处就知道是他。但直到我们俩的车擦身而过，我才想起来，我们都没有和对方打招呼。这一次也是这样。我们都没有和对方打招呼。我看见了奶奶也站在那儿，爷爷就站在她的后面。他们站在爸爸的右边。我不知道他们是不是在笑。我不知道他们在想什么。但我看到了他们。他们也看到了我。

第二天我打车去博洛尼亚的飞机场，我的时间很紧，出租车沿着高速路开到了每小时170公里。据说，这条路一直能通到罗马。我赶到机场刚能赶上荷兰航空公司的飞机。我在最后一排右边靠窗座位坐下的时候，有了一种奇怪的感觉：所有那些人都会跟着我一起穿越欧洲，到阿姆斯特丹的机场转机。不过，登上飞机的人里没我认识的，所有那些已经死去的人都留在了曼托瓦广场的人群里。某种程度上，这让我觉得有点安心。当飞机在跑道上滑行，升入天空的时候，我陷入了某种迷幻的景象。我们在空中转弯，我看到了地面上的河流曲折拐弯，像是一条长蛇，房顶闪着光，看不出任何生命的迹象。我眼中只有一片平缓、铁锈色的风景。过了一会儿，飞机拉起，很快我看到阿尔卑斯山在我们身下延展开来。我想起家中所有那些等着我的报纸，一种奇异的平静甚至是愉悦感升腾起来。在面对一项既吸引人又让人觉得紧张的工作时，我时常会有这种感觉。飞机飞越博登湖时，我看到一道羽毛状的波纹划过水面。

飞在德国上空的时候，我翻阅着我的黑色笔记本。我想，似乎必须去意大利曼托瓦小城的那个广场我才能开启这个火灾故事的写作。这本笔记本自从我到丽芙湖，坐在家里盯着外面看时起，一个字都没写过。

而在这 8000 英尺的高空，我开始写第八起火灾的故事——它发生在 1978 年 6 月 5 日的深夜。火从奥拉夫和约翰娜房子的厨房烧起，把整座房子烧成了废墟。我时不时地望向窗外，看着我们身下平缓展开的大陆。博登湖缓慢地后退，消失，我的视线又回到眼前的笔记本。穿越欧洲，越过斯图加特、曼海姆、伯恩、马斯特里赫特，直到我们降落在阿姆斯特丹，我一直在写着这两个我从未谋面却感觉很熟悉的人。直到从阿姆斯特丹机场飞往克里斯蒂安桑的飞机起飞，我才真正算是把这起火灾放到了脑后。在黑暗中我们飞过了北海。我很平静地坐着，一言不发地望着窗外，看着自己的影子，看着黑暗，看着飞机下虽然看不清但知道它就在那儿的海。

六

第二天晚上我开始写作。在黑暗中穿过北海的时候，我已经知道我该如何开始这个故事。

傍晚，我开车离开家，在劳乌斯兰摩恩的图书馆外的十字路口左转。大概开了四五分钟的样子，我把车停在了高耸的灰色石头墙边。这是宁静的9月的夜晚，看不到人，田野里只有牛。西边吹来微风，雨水天气正从海边往这边飘过来。雨天要来的时候我总会感觉很平静。我不知道这是为什么，但就如这个夜晚一样，我想要在一条长凳上躺下，舒展身体睡觉。

我一动不动地站了很久，也没看到燕子的身影。或许它们已经去了南方，或许我只是在梦里见过它们在教堂上空盘旋？

那一天，我去了诺德兰的教堂看教会登记册。那本册子有皮质的书脊，上面标记了5531号。我把它借回家看。在它里面有616个名字，除了那些出生时就死亡的婴儿。他们因为没有名字，所以只有一个数字。所有人都被分配了一个坟墓的号码，所有的信息都记录在案。它就像是一张地图一样。

不过很快我发现我并不需要什么地图。我直接去了墓地，进门的右边直接是2号。我什么感觉都没有，这也有点吓人。奥拉夫和约翰娜沉睡在此。火灾发生的时候她冲进了房子到阁楼上去拿包。奥拉夫陷入了恐慌,就像一个嗷嗷待哺的婴儿。第二天清晨太阳升起的时候,他躺在克努特·卡尔森家的地下室尖叫。

我站在他们的坟墓旁,想起几天之后的那次采访。一切都已经结束,奥拉夫恢复了往日的样子。我清楚地记得他说的话:我是那么软弱。但约翰娜完全不一样。她,她是那么平静。

他是这么说的,这位老石匠。他是那么软弱。她是那么平静。

我一直待在墓地里,直到我察觉到一滴雨滴落到了头发上。距离奥拉夫和约翰娜墓穴三十步之外,我找到了英恩曼和阿尔玛的墓地,他们边上躺着达格。他们被一道用土堆成的两米的墙分割开来。他的墓碑是一块黑色的石头,比别人的略小一点,只能放下一个名字。

开车离开之前,我去了爸爸的墓地。他最后的愿望是希望能和曾祖父延斯·苏蒙德森葬在一起。我们满足了他的愿望。在教堂的记录里,这是102号墓穴。延斯在活着的时候经历了太多的苦难,可他总是很平和。他失去过两个妻子、两个孩子。大家需要安慰的时候都会去找他。我觉得爸爸的心愿是想能像他一样,所以才想要和他葬在一起。

我没找到科勒的墓。教堂的记录里他应该葬在19号墓,但我没看到。19号墓已经不在了。

七

几天之后我打电话给阿尔弗莱德。我开门见山说出了我的意图。我不知道该如何委婉,我紧张的时候总是这样。他用一种放松、疏远又亲切的声音回答我。

"所有事我都记得很清楚,好像是昨天发生的那样。"他这么说。

我们大概聊了两三分钟有关火灾的事。我告诉他我在当时的电视报道上看到了他背对着镜头,在斯洛戈达尔家外的废墟上喷水的样子。他自己没看过那段视频报道,他说,6月5号晚上播放的时候,他在别的地方。

"我不知道他们拍到了我。"

当天晚上我去看望了他和他的妻子艾尔瑟。我带上了我的黑色笔记本,也可能什么都没带。这是个普通的夜晚,我大概6点多从家开车出发。不经意间,树上已经开始有了颜色:有些叶子是柠檬绿,有些是橙色,有些像是在燃烧的红色,也有一些干枯的棕色叶子被风吹落到沥青路面上。花园里,被遗忘的沉甸甸的苹果垂落枝头,玫瑰花红色的花苞,我们之前总是拿牙齿把它们分开。我记得它光滑的表皮,舌尖玫瑰的味道,那里面毛茸茸的种子就像是沉睡着的孩童。

我到的时候,太阳还高高地挂在天上。

某种程度上说,阿尔弗莱德是我童年的一部分。我对他最早的记忆是在芬斯兰储蓄银行布朗德斯沃尔分行里,那是在村公所那条路的尽头。我和爸爸一起去的。我记得我们走过了一条长长的走廊,然后右拐。通常我会带着我的储蓄罐。每当我要拿钱出来的时候,就必须把它砸成碎片。每一次砸碎它我都很心疼。阿尔弗莱德是银行行长,也是芬斯兰储蓄银行的出纳员,他总是很严肃地坐在柜台后面的办公室里,总透出一种与世隔绝的感觉。他和我攒的零花钱没什么关系,所有他参加的似乎都是重要的大事。这也是我记得他的原因。邮递员也是一样。罗尔夫站着分拣信件,头都不抬一下。我记得他从邮政车里走出来分发信件和报纸的样子,就好像他这辈子只做这么一次,以后再也不会干了那样。

1978年,阿尔弗莱德是义务消防队的成员。消防队通常一共有20个人,所有人都住在离火警警报几公里的范围里。火警警报被安置在辛斯内斯消防队边上的一根柱子上,只要拉一下消防队里的一个栓,这个警报就会作响。义务消防队的成员必须住在能听到警报声的地方。除此之外,好像也再没有别的什么要求。哦,当然,你得有自己的车才能参加。毕竟消防车上只有两个座位。

消防队位于整个村子的正中心,离村里最大的房子,也就是阿尔弗莱德他们家的房子只有几百米。叫它消防队可能感觉有点误导,事实上,它不过就是一个很大的水泥车库,有一扇金属的大门,边上有扇侧门,还有一盏露天的灯。就是这样。消防队长住得很近。英恩曼是消防队长,他的太太是阿尔玛。1978年的夏天,英恩曼64岁。除了做消防队长,他还有自己的修车厂,就在马路对面。其实在芬斯兰做消防员没有什么活干。这里从来没着过大火。或许每年会有几起报警,一般就是林子里起点小火。不过在他的修车厂的外头总是挂着他的制服,一旦警报响了他就穿上它,大家都叫它"火焰服"。英恩曼和阿尔玛只有一个独子。他们是年纪很大才有的这个孩子——那时英恩曼已经过了40岁了。他们的儿子叫达格,他出生在1957年的夏天,是父母期盼了很久的孩子。达格、英恩曼和阿尔玛。他们三个人构成了一个神奇的三角。

我在艾尔瑟和阿尔弗莱德家待了很久。

他们是那么平静,那么放松。我不需要向他们解释更多我为什么来,为什么想写这些火灾的事。这对他们来说一目了然。他们之前看过我的书,我感觉他们完全信任我,觉得我一定能写好火灾的事情。他们相信我会用正确的方式来写。我听得很投入,几乎没记笔记。他们两个人很平静。所有人在讲述火灾的时候,总好像有什么不寻常的事情发生了。他们会放低声音,缓慢地讲述,仔细地回想,让语言非常准确。我突然感觉,某种程度上说他们好像是害怕被人发现。

"都过去那么久了,"艾尔瑟说,"这都是快三十年前的事情了。你看你都长大成人了。"她突然指了指我。

"嗯,你看,"她说," 那时候你刚出生。"她继续说下去的时候,眼睛里闪烁着光芒:

"再看看现在的你。"

接着,阿尔弗莱德讲了整个事件。在我来之前,他已经做了些准备,他把他所有记得的事情都告诉了我。他说得很慢,很清楚,这是一个上了年纪的银行家会做的事情。

时不时地,他会深深吸口气。

然后再继续。

他讲完之后,有一刻寂静无声。阿尔弗莱德坐在那里,盯着我左边的一个地方,那是窗户的位置,他能从窗户里看到那条通往村公所的路。

后来,阿尔弗莱德还讲了那个把自己炸成碎片的人的故事,他的妈妈之后四处去寻找他身体的碎片,把它们装在自己的围裙里。我不知道我们怎么讲到这里的,这其实和火灾没什么关系,但某种程度上说,它也莫名地契合。阿尔弗莱德讲述的时候很平静,很克制,但这让故事更惊悚。我根本用不着记笔记,这样的故事不可能忘得掉。

在我要走的时候,我们提到了信。他们还留着一封信。艾尔瑟陪我坐在客厅,阿尔弗莱德去找。他离开的时候,艾尔瑟有点游离,沉入了自己的世界:

那么好的一个孩子。世上最好的孩子。

我觉得阿尔弗莱德很清楚地知道那封信放在哪里,因为他很快就回来了。我拿过信,艾尔瑟和阿尔弗莱德默默地坐着,等待我的反应。这是一张 A5 大小的纸,两面都写了字。字体有点斜,感觉有点孩子气。我带着敬畏和极端的好奇开始阅读它。等我看完的时候,我说:

"他肯定是……非常聪明的。"

"他确实是,"阿尔弗莱德说,"他是个聪明的孩子。"

就这样,我又重新读了一遍这封信,生怕漏掉什么,或是理解错了。

"你可以把它带走,"阿尔弗莱德在我第二次把它折叠起来的时候这么说,"我也用不上它。你拿走吧。"

最初我有点犹豫,不过很快我就把它放进了口袋。我不太确定该是我感谢他们,还是阿尔弗莱德该感谢我。不管怎样,最终我们什么都没说。我站起身,往窗外看了一眼。我看到外面的土地,路边的灯光。走出走廊时,我看到电视机上的墙上挂着一幅画。它是全黑的,上面有金色的字:所有的恩典。

阿尔弗莱德陪我下了楼梯,步入清凉的夜晚。他好像不希望我离开,或是他觉得他忘记了什么。可能是故事里的一个细节,或是一段重要的记忆,之前忽略了,现在突然闪现的记忆,能让所有的一切有新的意义的记忆。我们身边的森林已经全黑了。在我们坐那儿说话的几个小时里,它似乎在不断地逼近我们。森林就好像一道黑暗的、无法穿越的墙,但天空还是晴朗的,明亮的,飘着长长的、雪橇形状的云。我们走下台阶,阿尔弗莱德把我送到了车子旁边。四周只能听到我们的脚步声。在我们说话的时候,嘴边会冒出薄薄的、透明的哈气。然后阿尔弗莱德说:

"你真的很像你的父亲。我们大家都很喜欢他。他是个好人,真遗憾他不在了。"

第二部分

一

他是他们期盼的,他终于到来了,这几乎是个奇迹。完美的孩子。他是他们唯一的孩子,他不用和任何人分享他们的爱。他时常一个人待着,阿尔玛做饭时,他喜欢坐在餐桌边画画。他很早就学会了阅读。在上学之前,他就已经读了村公所二楼图书馆里面的好多书了。他时常会骑自行车去那里,然后带着满满一袋子书回家。很快他成了班上阅读和写作最好的孩子。他会写很长的故事,所有的故事都有一个暴力、时不时血腥的结尾。那些戏剧性的残忍的故事和这个孩子本身特别不像。他总是那么安静,很害羞,而且那么善良。更不用说他是多么有礼貌了。没有人比他更会鞠躬,真诚地表达感谢。没有人像他这么乐于助人,为他人着想。如果有人向他求助,绝不会被拒绝。他总是帮助老人扫雪、搬东西、粉刷房子。英恩曼和阿尔玛听到人家说起达格,整个人都会发光。有时候有人会问他们是怎么生出这样一个好孩子的。他们说不出什么答案,但他们是那么高兴。就好像是他们从婴儿时候起付出的爱在他的身上开出了花,而他又把爱传给了他见到的人。这大概就是解释吧,爱会流动。真的,所有人都喜欢他。他自己也知道这一点,别人和他说话的时候,他就会低下目光。

之前有两次,他见过一座房子被烧毁。这是在他10岁之前。两次他都很安静,之后也再没有说起过。

警报并不会经常响起。不过当有事发生的时候,英恩曼会让他跟着消防车一起出动。

一切都开始于走廊上的电话铃声。英恩曼去接电话。"喂?"他说。阿尔玛从厨房门走出来,在围裙上擦干了手。有几秒钟的沉默。然后英恩曼的声音传出来:着火了。这仿佛是一个咒语。所有的一切都被放到了一边。现在只有火最重要。英恩曼这个平常特别平静仔细的人,会突然间像变了一个人。他记得在这所有混乱中的达格。达格跟着走出门,走到修车厂外的木杆那里。爸爸把他抱起来,让他可以够到火警那个大大的黑色的开关。他的力气刚刚够把这个开关拧一圈。不过他做到了。警报像是一层浓雾从天空中压下来。他跟着爸爸走出修车厂,看着英恩曼穿上消防服,然后他捂着耳朵,跟着他走到消防队前的那个急转弯。直到走到消防队为止,他都一直得捂着耳朵。然后他会爬进消防车,关上车门,等着爸爸开车出发。爸爸拉响了警笛,提速。这个时候他总感觉浑身的血液都凝固了,但又好像是在沸腾着的。他看着爸爸,特别骄傲自己是爸爸的孩子。快到火场的时候,爸爸会告诉他要和火保持很远的距离,在外围站着,什么都不要碰,不要挡路,不要妨碍别人,就在那里站着看就好。他就是这么做的。他站在那里,看着一座房子变了模样。刚开始的时候,烟从窗户和屋顶的瓦片缝隙中钻出来。整座房子好像是在巨大的压力之下。之后火焰穿透屋顶,黑烟像一道柱子一样升向天空,先是笔直的,然后变得平静稀薄,被风吹散。还有声音,人们很难能形容它是怎么样的,似是啼哭,也像歌唱。

它又高又亮,除了着火的房子之外,他从没听到过。他问过爸爸这是什么声音,但英恩曼只是很奇怪地看着他,什么都没说。但他知道它存在,他听到过。那种啼哭声,那种歌声。第一次看到着火的时候他才7岁。他爬到了离消防车、房子和火焰很近的一棵大树上,坐在上面默默地看着。只有他听到了烟火弥漫的厨房里有狗,但他没有爬下树来告诉任何人。他只是安安静静地坐在那里,就像爸爸要求的那样。他坐在树上看着底下的人铺开水管,跑来跑去。他感到巨大的热量像海浪一样一波波向他这棵树涌来。他看到水龙头喷出的水充满力量地向火冲去,但一下子就被烟吞噬。玻璃破碎了,房子里到处都发出碎裂的声音,整座房子好像变成了一艘船,要驶向太空之海。突然,火焰穿透了阁楼的一个窗户,舔着墙,好像有什么东西突然被释放了出来。这个时候,厨房里面已经没有任何声音了。

后来他爬下树,平静地走向爸爸。他站在一旁,直到爸爸把他抱了起来。他在爸爸的怀里看着整座房子坍塌下来。

后来,他没有和任何人说过狗的事情,但在法庭上,他讲了。他说,在监狱时他开始做有关这件事的梦。他会突然在夜里惊醒,不知自己身处何处,他一动不动地躺在被子里,因为恐惧而浑身冰凉。他感觉自己的脚边有一条狗。

他是父母期待已久的孩子。当他终于来到这个世界的时候,他被深深地爱着。他长大了,所有人都喜欢他。但他和别人说话的时候,眼睛会望着地下。

英恩曼教他怎么射击。刚开始的时候是普通步枪,后来是来复枪。他们两个人以前经常在地里比赛射击,目标是一块白面包,里面有一个小小的黑色圆圈。他们两个人并排趴在沙袋上,瞄准射击。打完所有子弹之后,他们起身,慢慢走到另一边检查射击结果。很显然,他很有天赋。他的准头越来越好,越来越多次打到黑圈里面。爸爸带他去芬斯兰还有镇子里参加射击比赛。他们会把枪放在后座开车去。阿尔玛就在家里为他们准备晚餐。他通常都是第一名。要是哪一次他没得第一,那总是有原因的:风向突然变了,或是靶子没放对,或者是地下太滑,他太累了,或是他去之前吃得太多,或是吃得太少。不管怎样,除了他赢的时候,都是事出有因。毕竟赢了那就不需要什么原因了——这是很自然的事情,他就是最棒的。他带着奖杯回家,把它放在客厅的桌子上,这样英恩曼和阿尔玛可以好好地欣赏它。一两天之后他们会把奖杯放到客厅钢琴上方的柜子里。每两个星期阿尔玛会把所有奖杯都拿出来,把它们放在客厅的桌子上,然后擦一下柜子里的灰,之后再把奖杯都放回去。这些奖杯是他们三个人共同的胜利。

起码他们是这么觉得的,三个人的胜利。

他每天会骑自行车路过商店路口,走那条去劳乌斯兰摩恩的学校的路。他很喜欢去学校。上学对他来说就和玩一样。他的哪门功课最好?挪威语?历史?数学?他哪一门功课都好。他是班里成绩最好的孩子,谁都没办法和他竞争,就像射击一样:他是最好的,身处高处的孤单。他希望自己是孤单的。他喜欢这样,这渐渐变成了一种需要。没人能和他竞争,他不想被任何人超过,所以他开始和自己竞争。当然,他还是会犯错的。有时候考试成绩没有他自己想象的那么好。或许他犯了个粗心的小错,或是大一点的错,或者确实就是做错了题。可能是做得太快了一点。虽然他的成绩还是非常好,也可能是最好的。他还是会沉默,整个人变得很阴暗,很不高兴地瞪着老师。他们的老师是莱内特·斯洛戈达尔,他从"二战"之前就开始在村子里做老师了。他会很长时间地坐着,瞪着眼睛,如果有人问他考试怎么样,他们会在他的眼睛里看到一些他们不能理解的东西,陌生、尖锐、非人、冰冷。他们很快明白,他们绝对不要问他考试的结果,让他自己一个人待着,直到这种陌生的感觉过去。之后他们确实没有再问过,他们希望达格就做他自己本来的样子就好。

后来有一个冬天,他去了教堂。那是 1971 年。他和大家一起跪在祭坛前,牧师为他们所有人祝福。

之后,1973 年,他去了克里斯蒂安桑市上高中。他上的是天主教学校。他每天必须很早起床,去赶那趟停在布朗德斯沃尔游泳池门外的公共汽车。他喜欢去城里,但也很喜欢回家。冬天的时候,他每天出门天都是黑的,回家的时候天也黑透了。那个时候阿尔玛早就做好了饭。她和英恩曼会一直等着他。他们烤箱里做了很多菜,等着公交车的灯光靠近村子。当他终于进门的时候,他的脸肯定是红红的,金色头发上结着雪花,他的眼睛里充满了他在城里看到的和经历过的一切。他把外套挂在走廊里的钩子上,进门去洗手,而阿尔玛会把土豆沥干,大家一同坐到饭桌前。

回家的感觉总是那么好。

他从班里无可置疑的天才,变成了大背景中的一员。他的成绩还是很好,有的时候特别好,但他不再是最好的了。他变得有些普通。虽然他似乎应对得很好,但他城里的新同学也很快学会在拿到成绩的时候不要去烦他,让他一个人待着。他们也见过他冰冷的眼神和僵硬的脸。他们希望他能做平常的自己，大家都希望，他还是做平常的自己。

这也好，没人再去打扰他。

到了他毕业那一年，1976年的春天，桦树发了芽，一切都突然变绿了。他的毕业纪念册上是这么写的："除了学业和射击之外，他还对当地的消防非常感兴趣。被烧过的孩子会怕火，但达格并不。这些年里，他从火焰中得到了很多的价值观，最重要的是，他真的喜欢开消防车。"

确实是这样。他非常喜欢开消防车，但毕业纪念册中的表述确实是很少见的。

5月底，他参加了挪威语的笔试。其中的一道题目选项是这样的："我们社会的原则对长大成人有什么意义？请根据你对成年人的要求做出论述。标题：成年。"

他选择了这道题目。他写了什么标志着一个人成年，并获得了优等的成绩。他的主课成绩也是优等。所有的课程都是优良。虽然这不是最高的分数，但还是很优秀[①]。他高中毕业了——这是他们家里最高的学历了。阿尔玛为此很骄傲，英恩曼在自己的修车厂里吹着口哨走来走去。他成年了，依旧很善良，他的人生在他眼前展开，他还学会了他并不需要一个人在最高处。

夏天的时候，他应召去服第一次义务兵役。他选择了步兵，被外派驻扎在波斯桑格。这是一次超过两千公里的旅程。他从来没有离家那么远过，之前他最远也不过去过丹麦北部的希尔哈尔斯。

在他出发之前，阿尔玛从楼上跑了下来。有个东西她

---

① 优秀上面还有"超优"一档。——译者注

差点儿忘记给他了,一个小小的信封。她让他保证在坐上去福内布机场的火车之前不要打开。她拥抱了他,突然有种奇怪和不自然的感觉。他让她瘦弱的身体贴住自己,望着布莱沃伦的原野,他突然发现自己一点儿都不想离开这里。阿尔玛回到家里,手紧紧地抓着自己的围裙。英恩曼陪着儿子一起去了商店那里的十字路口,帮他把行李装上公共汽车。车上已经有人坐着,所以他们只是像平常那样短暂告别。公共汽车开动了,英恩曼一个人孤单地站在十字路口,不知道自己该往哪里去。

他上路了,长长的旅程已经开启。他没有遵守诺言,在公交车往卡德伯格去的时候就打开了那个小信封。信封里放着500克朗,有一张妈妈写的纸条:我们的孩子要去大世界了,别忘了妈妈和爸爸。

二

我每天会花几个小时的时间写作。秋天从西南方向赶来了,天空开了道口子,丽芙湖的上方下起了大雨。一晚上的凄风苦雨打落了树上所有的叶子。接下来的日子悠长而宁静。天变冷了。早晨草地上都结了霜。水就像是流动的冰,映射着天空。在这样的日子里,我完全停止了写作。我站起身,走到窗户边,把手放在玻璃上,把脸贴在窗户上。一只鸟都看不到。

去阿尔弗莱德家探访后的一天,我给卡琳打了电话。我认识卡琳都快一辈子了。我是在图书馆认识她的,因为我总是去她那边借书。她坐在柜台后面,先是在书的封底上盖个章,再在她保存的一张棕色的纸上盖个章,塞进棕色的卡套里。就是这样——两个印章,我就可以把书带回家。图书馆在我4岁的时候搬到了新的地址,我还记得我和爸爸一起去村公所二楼房间的样子。不过从1982年开始,它就搬到了另外一个地方,在劳乌斯兰摩恩中心的十字路口旁。十字路口一条通往迪内斯托,另外一条向北通往教堂,第三条通往布朗德斯沃尔和希伦,最后一条往西,会路过克莱伍兰的房子。我总在傍晚骑自行车去图书馆,然后带着借来的书回家,回家的时候总是特别冷。风从东北方向吹来的时候，图书馆的大门经常会被吹开。我一个人在排排书架中找书的时候，碰到过好几次。我记得风从门缝里吹过的特别的声音，我永远忘不了那种凄厉的咆哮声。风在咆哮的时候，我就把注意力都放到书上。

卡琳是特蕾莎的女儿。特蕾莎的身体里充满了音乐，她在教堂里弹那架老旧的风琴。1945年的时候，她和只有18岁的比亚内·斯洛戈达尔一起开了场圣诞音乐会。我在劳乌斯兰摩恩学校阁楼里看到了演出的节目单，觉得挺震撼的。壁炉里烧着火，他们演奏了温塞斯拉斯的《圣诞夜》、舒曼的《夜曲》，最后是巴赫的《圣母颂》。演出结束之后，所有人裹上外套，步入冬夜。

就是这样。

特蕾莎差不多算是阿尔玛和英恩曼的邻居，她差不多算是在他们"神奇的圈子"中了。他们两家之间只有一条小路和那条流淌着的小河。我和特蕾莎的生活有过很多交集。我跟着她上过一整个冬天的钢琴课。那时候她都快80岁了。她会站在我身后，盯着我的手指。我还记得她在我身后平静的呼吸。如果我哪里弹错了，我能感觉到她身体散发出的紧张和不安感。她教过整个村子的大人和小孩，大家都想要学一样乐器。她一辈子都在做这件事。我坐在那个温暖的客厅的高椅子上，她站在我的身后，关注着我那些最细微的动作。我是每周三去她那儿，每次都是手指冰冷，每次她都教我弹《恩典》那一段。练琴确实是需要不断练习巩固的。虽然我不记得什么别的旋律，但现在我还是可以基本正确地弹出这段《恩典》。我不知道自己算不算一个好学生，但起码我会照她说的做。我总是这样。我记得她要求我手指要放松，手指必须很松地放在键盘上，好像自己在奔跑那样。

9月下旬的星期五下午，我去见了卡琳。我坐在他们家的客厅里，从那能看到阿尔玛、达格和英恩曼住的房子。后来他们的房子被涂成了棕色。不过在我小时候，那座房子一直都是白色的。除此之外，并没有什么变化，修车厂还在那里，在树枝之间我能看见消防车还停在车库里。

我们坐在一起东拉西扯了一会儿，后来才谈起了火灾的事情。

特蕾莎收到过两封从监狱里寄来的信。她每天还写日记。在特蕾莎去世之后，卡琳在一个抽屉里发现了它们。她把那些信拿给我看。读信的时候，我心里涌起了那种和我在阿尔弗莱德家感受到的一样的复杂的感觉。在那封信里，我得知她给他寄了一把吉他。我们不是很确定是她寄过去的，还是她去克里斯蒂安桑的法院亲自给带过去的。他写信对她表示感谢，感谢她在儿时教他弹钢琴，还说他现在已经学会了弹吉他。音乐对他来说越来越重要了。

他也曾和她学过乐器的。他也学过。

另外一封信的内容不是很连贯。里面写了有关上帝的事，还提到了村里一些别的人。字迹有点难以辨认，所有的一切都显得有点飘。

算上写给阿尔弗莱德的信，我已经看到了三封信。除此之外，还有特蕾莎的日记。整整的一抽屉，每年都是一模一样的一个本子，小小的绿色的挪威农民协会发的小本子。那里面记录了天气，还有她的学生。我很快地往前翻，我没有被记录下来。不过里面有很多关于达格的内容，尤其是在火灾发生前后。最后几页是自由格，上面标注着"我的笔记"，填满了她微微倾斜的字体。最后的几页写的像是一封信，不过，我觉得她不会把它当作信寄出去。可万一我猜错了，那问题就来了：信是写给谁的呢？

后来我还接触到了更多的信件。我明白，在他被捕之后，他在监狱里写了很多信。在案件审理期间他就有提到，有大量的信件往来。在他被逮捕后的几个星期里，他孤身一人，开始做有关那条狗的梦。那时候他开始写信，好像有什么东西在他身体内爆炸了，必须寻找一个出口。所有的信件都盖着法院的章，1D号信箱。

他给所有那些受害者写信，但我不知道有多少人给他回了信。我试着探寻这个问题的答案，谁收到了信，谁没有理会，谁回信了。不过，想要得到这个问题的答案，几乎是不可能的了。通常我得到的回答都是一样的：我不记得了。信已经扔掉了。他疯了。

三

她很高兴又能见到他了。整个秋天他一直在给他们写信。每个星期她都特别高兴能够收到那些小小的棕色信封，上面有波斯桑格部队的邮戳，中间有国徽。刚开始的时候，他会写长长的内容丰富的信。英恩曼会在餐桌边大声朗读。之后，她一个人的时候，她会默默地自己读给自己听，感觉这样好像就能和达格的距离更近一点。他在信里面给他们讲部队的生活，讲他的战友，有些有点奇怪，有些讨厌，有些人很好，他们来自全国各地；他在信里说部队的伙食很单调，完全比不上阿尔玛在家做的饭；他还写他们在俄罗斯边境演习。她试着想象达格所处的那个陌生而冰冷的世界。

12月的时候他们收到了达格的来信，说他圣诞节的时候不能休假了。他说，必须有人在营地留守，他们抽签留守，结果他抽中了签。他们很平静地接受了这个现实。平安夜的早晨他打电话来了。电话很简短，因为硬币很快就会用完。他先是和英恩曼说了一会儿，之后又和阿尔玛说了几句。她觉得他的声音听起来很陌生，不过这也没什么奇怪的，毕竟他在两千公里之外。

过了新年，他们有很长时间都没有收到他的来信。二月份的时候，他们收到了一张明信片，上面有一座挪威和苏联边境的瞭望塔。明信片背面写着:瞭望塔里的士兵就是我。刚开始的时候,他们非常激动。你想想!世界上有多少父母能看到自己的儿子被印在明信片上的呢?但很快这种感觉就变了,是英恩曼先说出口的,照片上的人不可能是达格,他和达格一点儿都不像。她用擦盘子的毛巾擦干了手,在英恩曼去修理厂之后,把明信片钉在了厨房的窗户框上。它在那里待了几天,他们俩谁也没提这件事。然后有一天,她拿下了明信片,把它和他之前的那些奖杯一起,装在了钢琴上的柜子里。

3月过了很久,他们还没收到什么消息。突然有一天,他们收到了一张卡片,说他要回家了,但没有任何别的内容,甚至连他的名字都没写。卡片上面只写着:14号回家。在签名的地方,他只写了"士兵"。英恩曼觉得他应该是得到了休假,这也不是什么奇怪的事。不过阿尔玛不是很确信,主要是因为这署名不像是达格会做的事儿。她不明白。她希望他要是能留一个电话号码就好了,但她心里也知道那里没有电话。达格在最开始的信件里就说过的。

第二天下午,阿尔玛在打扫房间的时候,突然看见有一个男人从布朗德斯沃尔那个方向的路上走过来了。他走得很平静,很慢,很快她觉得这个人有点眼熟。这种感觉持续了几秒钟。突然她意识到:

这是他啊!

他就这样突然出现在了家里的门厅,13号,比他说他会回来的日子还要早整整一天。他穿着制服,那头长长的金发消失了,人们能一下子看到他的头皮。

"是你吗?!"她不敢相信自己的眼睛。

他只是站在那里微笑,身后是三月的阳光。她慢慢地走近他,拥抱他。

"你都走了那么久了。"她说。

"但我现在回家了,妈妈,"他说,"我再也不会离开家了。"

他说得很肯定。这听起来有点怪,不过阿尔玛不想去想思考,她只觉得见到他特别开心。喜悦和惊讶,还有一点点期待。

"你过得怎么样?"她问。

"挺好的。"他这么回答。

"太好了。"他们俩在走廊里站了好一会儿,屋顶上滴着冰融化的水。他们听到修车厂门打开的声音,英恩曼走到了门口。

"是你吗?"他说。

"看起来是。"他回答。

英恩曼用一块脏脏的布擦了手,然后走过来握住了儿子的手。

"我都快认不出你了。"他一边说,一边笑。他们三个人站在三月低低的阳光下,影子瘦瘦长长,一直延伸到了房子那边。他们没有提明信片或是那封没有签名的卡片,或是为什么他突然回家了。

"我现在得睡一会儿。"他说。这不奇怪,毕竟他几乎整整一个昼夜都在赶路。

晚上阿尔玛上床之后久久都没有入睡。她听着英恩曼均匀的呼吸声盯着天花板看。她只是躺在那里,感到一种奇怪的空虚感,就好像一整天她都在不停地说话,现在一个字都没剩下。

第二天他什么都没有说。他还没有从旅行的疲倦中恢复过来,他是这么说的。他需要睡觉,需要休息。他们在彻底的沉默中吃了晚饭,然后他就上楼回房间上床了。

他早上睡到很晚才起。已经是 4 月了。雪化了,土地裸露出来,黝黑的。微风穿过树林。他整个春天都待在家里。每天早上他习惯性地赖床,有时候甚至会睡到 12 点。他几乎都不下楼。所有的一切都显得那么沉重,每一天仿佛突然充满了无法跨越的障碍,最好就是整天待在床上。阿尔玛什么都没说。她只是做好他喜欢吃的东西,给他送到房间里去,一言不发地把餐盘放在他的床头柜上。她的担忧都汇聚成了两眼之间明显的皱纹,就像是一道沟壑。

然后就好转了。

几个星期之后,一切基本恢复到了从前的样子。他不再整个上午都睡在床上。他会起床、洗澡,看起来比很长时间以来那种状态要开心很多。好像过去了,放下了。有一天晚上,阿尔玛在厨房站着烤蛋糕的时候,他走进厨房。他悄悄地走到她身后,小心翼翼地用双手遮住了她的眼睛。她有些慌张,他之前从来没这么做过。她觉得有些奇怪,但觉得也不错。

"猜猜是谁?"他开玩笑地说。

"我当然知道是谁。"她接他的话说。

但他没有回答。

"你松手啦!"最后她一边说,一边笑着想要挣脱。她笑啊笑,可他就是不放手。他紧紧地抓着她,她扭动着身体。突然他放开了手。

他又恢复了原本的模样,那个她熟悉的善良的好孩子又回来了。她微笑着说:

"你得开始留头发了。"

很多个星期过去了。达格和英恩曼习惯在每周六的早上去射击，就像从前一样。阿尔玛会一个人留在家里烤面包。他们每次一人打五发子弹，然后起身去那一边看那个黑色的圆圈。回家的时候达格会先进门，英恩曼手插在口袋里跟在后面，他们会一起吃阿尔玛做好的新鲜面包。

到了盛夏，天气热起来了。热气从平地蒸腾起来。他满20岁了。天鹅在高空飞翔。晚上的时候他会开车去胡梅湖游泳。她不知道在那儿只有他一个人。他会一个人游泳，游到离岸边30米处的一处礁石上。

他的头发长起来了，很快人们看不见他的头皮了。她很高兴他回来了。她每天见到他，心里都有这种感觉，虽然其实也不完全是这样。她是高兴的，她会笑，很长时间以来她都不怎么笑。可是，她两眼中的沟壑还在，它们不会消失了。

整个夏天他都待在自己的房间里。他有一台收音机和一台旧的唱片机，夜里她能听到楼上传来的音乐声。他没有讲过任何他在俄国边境的事，除了有一次他说起他看到了一头狼。最初几天她试着想要和他聊聊，她和英恩曼问了很多问题，想尽可能多知道一些事情。但每个问题都会让他的眼睛变得黝黑，他的面部表情会变僵硬，餐桌边很快就会出现奇怪的气场和压力。渐渐地，他们就不怎么问了，直到最后彻底放弃，英恩曼和她都不再问他。大概最好还是让一切都过去，像从前那样生活。他们俩都是这么想的。他们唯一听到的就是关于那头狼的故事。大概是这样：

事情发生在他一个人在零下四十摄氏度的夜晚在瞭望塔站岗的时候。他突然看见这头狼从雪地上走过，他用自己的瞄准镜看它。狼时不时会停下来听一听，然后继续走。

那天月明星稀，狼没有留下任何足迹过了边境。

这就是关于狼的故事，此外，他什么都没说起。

到了秋天，他的音乐越放越响。阿尔玛醒着躺在床上听。有时候她觉得自己听到了他的声音，他在唱歌，或在说话。会有很长的时间什么声音都没有，然后音乐又突然响起来，她听到有人在大笑。

10月份开始，阿尔玛去别人家帮着做清洁，她之前也是这样的。她一般是去邻居家，因为住得不太远，她可以走路去。她不喜欢骑车，更愿意走路。她走路去奥姆达尔，去布莱伊沃伦，去杜普思兰。她清洁布朗德斯沃尔大厅外的走廊和厨房的地面。她清扫阿格内斯和安德斯福德农场那座白色的大房子。

12月份的时候下了第一场雪。那个清晨世界显得那么干净，那么白。像往常一样，阿尔玛烤了七个小蛋糕。达格到厨房里来，趁热尝尝味道。她小心翼翼地问他，是不是想过在圣诞节之后去做些什么。他回答说，他没有想那么远。

"但你总得做点什么吧？"她说。

"是的，"他回答道，"我会找点什么做的。"

"你或许可以去学校教书，你是有文凭的。"

"嗯，"他回答道，"再说吧。"

他们没有再讨论关于未来的事情。圣诞节来了。平安夜的时候，他们三个人都去了教堂。他们和邻居还有村子里的熟人站在一起，大家的眼睛里都闪着特别的光彩。阿尔弗莱德、艾尔瑟和他们的孩子来了，安德斯和阿格内斯来了，希维尔特·麦赛尔来了，奥尔加·迪内斯托来了，还有很多很多人。所有人都在，特蕾莎坐在管风琴边，快弹完《美好人间》那首曲子了。我爸爸也在那里。他和爷爷奶奶还有妈妈一起坐在很靠前的地方，妈妈的肚子里怀着个宝宝，这个宝宝就是我。大家彼此那么熟悉，但在那一刻的正襟危坐给人带来一种非常奇异的感觉，就好像大家都极力展现出未知的新的一面，美好，却也有些不同寻常。阿尔玛感觉到了圣诞的祥和降临。

很快新年就来了，1978年到来了。

1月份天气又黑又冷，尽是冰冻的日子。达格有时候会和英恩曼一起到修车厂去，帮忙打扫整理一些秋天积攒下来的破烂。他扫了地，在一些废品上浇上柴油，把它们烧掉。然后就没什么能做的了。他又开始每天早上睡懒觉。他找出了自己从前看过的连环画——《唐老鸭》《银箭》和《幻影》。晚上他会开车出去。这辆车是英恩曼低价买来修好后给他的18岁生日礼物。这已经是三年前夏天的事了。他会出去好几个小时。阿尔玛不知道他去了哪里。她时常会在深夜醒来，不知道他是不是已经回家了。是几点了？一点？三点？六点？她僵直地躺着，感觉很冷，静静地听着。不过他最后终归都会回家，什么事都没发生过。

2月了。雪已经下了一米深。中间断过电，不过后来又来了。3月的时候，从西南传来的温暖气流让树上和屋顶上的雪都融化了，道路变得特别滑。不过很快东南风又回来了，冬天也跟着回来了。雪整整下了三天，等到它终于停下来的时候，天放晴了。时间变长了的日照，和缓的晴日让整个世界显得那么安静。春天来得很慢。树林里的雪压断了枝头，雪落了一地。4月份的时候日照越来越长，静静流淌的小河露出了水面。冰融化了，水开始叮咚作响。夜晚，人们能闻到那种土地湿润、原始的气息。他的头发已经长到和去当兵之前差不多长了。

有天夜里,他正要开车出去,阿尔玛问他要去哪里。

"我出去。"他很简短地回答。

"去哪里?"她问。

"这和你有关系吗?"他很尖刻地说,重重地把门一摔就出去了。她装作若无其事的样子,但他说的话一直在她脑海里盘旋。它们静静地刻进了她的心里,徘徊着让她痛苦不堪。这个温暖的4月的夜晚,英恩曼在她身旁沉睡着,可她躺着怎么也睡不着。"这和你有关系吗?这和你有关系吗?"她听到了他的声音。这是达格,但她又不很确定。那个善良的好孩子达格。她觉得自己听到了他的笑声。她迷迷糊糊地睡了过去,又突然醒来。她做了个梦,梦见自己站在摇篮边,他还是个婴儿,但他没有睡在摇篮里。摇篮是空的,可一直在摇摆。她起身,踮着脚尖儿光着腿走到他的门边。她敲了敲门,然后推开。他躺在被子上,醒着,穿着很整齐,肚子上有一本打开的唐老鸭的书。起初他看起来有点害怕,好像在那几秒钟他觉得有什么可怕的事情发生了。然后他就平静下来了,微笑着。

"妈妈,"他说,"是你吗?"

四

1978年5月6日。路边着火了,它迅速点着了草地,烧着了石楠花和蕨类植物,然后迅速向树林蔓延过去。这个春天一直特别干燥,不寻常的干燥,一点儿火花就可能酿成大祸。比如有人向窗外扔出的烟蒂,一时的疏忽。

警报响了起来。

它响了好一会儿,村子里的人们才反应过来这是什么声音。在那之前,大家几乎没听过警报声。大家都停下手中的事情,对视了好几秒钟。

这好像是火警警报?

随后,消防车拉着警笛从消防队出发。从那个陡坡开下去,路过房屋,越过小桥,左拐,加速,继续路过废弃的"公共活动中心",路过阳台和路边的旗杆。车子继续往下,越过大厅和村公所,朝着希伦的方向开去。

达格开的车,英恩曼坐在他身旁,手紧紧地抓着门上方的抓手。

这辆消防车还很新,差不多只开了5年。这是符合国际标准的消防车,能装1000升水,前方还有25公斤的水泵。车抓地很好,达格开得又快又稳。他们碰到了一些减速的车,然后从边上超车通过。到了希伦,大家都听到警笛声越来越近,有一群人在卡德伯格外面等着看热闹。到了商店门口,他必须狠狠踩刹车左转弯,驶向去欧芙兰的那条路。水箱中的水在不停晃荡,让整个车开起来有点飘。

他们是最早抵达火灾现场的。一个男人从森林里跑出来,那是土地所有者伦德,是他报的警。在消防车抵达之前,他已经试着自己去灭火了。

15分钟之后,所有的消防队员都到位了。他们把车停在消防车的后面,整齐地排了一列。阿尔弗莱德来了。延斯来了。阿诺德、萨尔瓦、克努特、彼得,所有人都到位了。从远处看,这排车就像一列长长的火车,红色的消防车仿佛是火车头,拉着后面那一排白色、蓝色和棕色的车。火控制在一块不太大的区域,没有风,附近就有水源,所以这还算是一场小火。大家从车上把水泵搬了下来,这需要四个人才能搬得动,不过它确实能让水压变大很多。开始的时候英恩曼上前去帮忙,但很快别人就接手了,他站在一定的距离之外看着。时不时地,他能感觉到胸口的刺痛感,好像是心脏被针扎的感觉,不过等他平静下来,刺痛感就消失了。达格控制着水枪,水压很大,他得控制水枪去灭火。他单膝跪地了很长时间,控制着水龙头,别的人都在他身后看着。然后他回头大喊,让别人来替换他。很快来了一个人从他手中把水枪接了过去。达格慢慢地往回走,走到消防车旁边,和爸爸站在一道。他的脸通红,手上有个伤口在流血。他的呼吸急促,但从另一方面说他又是平静且冷静的。他看上去很高兴。

"做得很好。"英恩曼低声说,但没有人能听到。

五

1978年5月。我很快睡着了,妈妈推着我上上下下去劳乌斯兰摩恩的学校那边。距离不到一公里,我在路上一直睡着。

大家不会去讨论一起偶尔的火灾。很快大家就忘记了,把它抛在脑后。

但是又一起呢?

第一起火灾之后的10天,托内斯的老谷仓起火了,它离我奶奶家只有几百米远。我的童年记忆里清晰地记着,在那边由四块墙的基石构成了一个完美的四方形。不过爷爷奶奶或是别的人都没讲过那里曾经发生过什么。

当消防车到达的时候,谷仓已经被烧得差不多了。整个谷仓只剩下个框架,里面爬满了像蜘蛛网一样的火焰。人们很快给水管接上了水,但为时已晚。发现得太晚了。最终,大家只能站在一旁,看着它燃尽,不让它波及别的房子。

有好多人来到现场,他们站在一边看着熊熊大火。消息在半夜传了开来。越来越多的车子开到了路边,大家都走出车子,静静地靠近。他们走得那么近,热量直接扑到他们的脸上,大家几乎没有交谈,只是站在那里,静静地看着。天很暗,这里的场景既让人觉得恐惧,又让人觉得着迷。20分钟之后，整个框架坍塌了，火花冲向天空，火焰仿佛获得了新的生命。大家听到有人在笑。可是天太黑了，没人看到是谁。

10天里面两起火灾。大家该说什么？

之后就是5月17日，挪威的宪法日。和往常一样，大家先是在教堂参加了礼拜，这一天的礼拜总是会有很多人。阳光从窗户里照进来，照亮画着耶稣最后的晚餐的神坛，照亮在空气中飞舞的灰尘。两棵小桦树装饰着拱门，新长出来的桦树叶装扮着讲坛。这次是欧姆兰来主持弥撒。他穿着黑色的牧师长袍，讲的内容是河里农民做过标记的木料。那些在河里的漩涡中迷失了的木料，因为它们依旧标有印记，所以还是可以回到正轨，到达原本的目的地。

他没有提到有关火灾的事情。这也是理所当然的，那个时候还没人想到这会是什么大事。

之后大家一起在村公所狭窄的地下室里吃饭。那里的天花板特别低，几乎所有人都得低着头进门。然后大家从布朗德斯沃尔出发去游行，要走3公里，中途会路过克努特·福里格斯塔的房子，路过转角原先医生的诊所，路过安德斯和阿格内斯的福德农场，然后路过桦树环绕的波光粼粼的博德湖，最后抵达劳乌斯兰摩恩的学校。那里的国旗已经高高飘扬，所有的老人们坐在阳光下等着游行的队伍抵达。

我的父母也站在那里，我躺在睡袋中睡着了。游行队伍靠近劳乌斯兰摩恩的时候，先出现的是旗手，随后是穿着红色制服、戴着圆筒帽子的乐队。这个时候我醒了，妈妈把我抱起来让我能看到音乐是从哪里传来的。

晚上在布朗德斯沃尔的村公所有一个晚会。爷爷奶奶都坐在大厅里。英恩曼和阿尔玛也在。奥斯塔和丈夫坐在一起。奥尔加·迪内斯托一个人坐在最后面的壁炉旁。我的父母没有去。他们要睡觉,毕竟家里有个两个月大的小孩,这很容易理解。

像往常一样,希维尔特·麦赛尔用稳稳的声音朗读了开幕词。他一个人站在讲台上,脖子上挂着绶带。所有人都安静地坐着,因为他的讲话向来都很深刻,这大概是源于他在萨克森豪森三年的所见所闻吧。之后大家唱了《芬斯兰——我的家乡》这首歌。

很快阳光将照到白雪覆盖的山,
夜晚的阳光像火焰一般照亮天空。
我们的乡镇睡在冬季里,
睡在冰冷坚硬的土地上。

这首歌一共有五段。特蕾莎坐在演讲台下面的钢琴边演奏。

中间休息的时候很多人询问英恩曼有关火灾的事。这么短的时间里发生两起火灾,这是怎么回事?英恩曼耸了耸肩膀。他们大家对视着,脸上都是不确定的神情。英恩曼也没有答案,他低下了头。

随后就开始上菜了,大家喝着咖啡,玩乐。最后结束之前,所有人都站了起来,唱了国歌。

这一夜很平静。

这辆新的消防车真的派上了用场。每次出警之后,它的装备都需要重新做整理,为下次使用做准备。水管要先摊平,在阳光下晒干,然后再卷起来,固定到车子上。水泵则需要上油，彻底做一次润滑。这些都是英恩曼的工作。他在消防站外的马路上把水管展开，几个小时后等它干了，再费力地把它卷起来。这个工作要花一上午的时间，他不能太使劲，要不胸口就会开始痛。12点，他进屋去吃饭。达格还躺在自己的房间里睡觉，所以英恩曼和阿尔玛两个人沉默地吃完了午餐。

吃完饭之后，阿尔玛收拾桌子，英恩曼躺在沙发上，报纸放在胸前。睡了一小会儿之后，他起身去消防站继续工作。

他把一部分装备漆成了白色，要不太容易在黑暗里落下东西。所以他把所有属于消防队的汽油桶都漆了一遍。这种桶是德国人在"一战"的时候发明的，名叫杰瑞桶。特别之处是它们有把手，大家可以拎着它走。速度快，还不重，所以特别适合消防队。他找出了自己的涂料模具，找出了一桶漆。他在消防队外把所有的汽油桶摆成一排，跪下去，用一支细细的黑笔把它们都标上了消防队的缩写FS。

他正做着这项工作时突然听到了脚步声。那是达格来了。他在英恩曼面前站住，挡住了阳光。

"贪睡鬼来了啊！"英恩曼轻松地笑着说。

达格没有回答，他只是站在那里看着父亲用一支细细的黑笔仔细地描绘那两个大写字母。他弄完之后，达格帮着他把所有的桶放回原位。消防车也需要停回车库里去。达格来倒车，英恩曼站在旁边指挥。他站在暗处，在车库最里面，看着车子缓缓地向他靠近。这里的距离很窄，如果车子不及时停下来，他就会被挤扁到墙上。他很平静地站着，看着车子越来越近，整个房间充满了尾气。然后，车在距离墙一米左右的地方停下来了。

"完美！"他大喊。

然后他们俩慢慢地走路回家，边走边小声地交谈着。他们小声地说着话，他们也开始这样了。

"但愿这是最后一起火灾。"英恩曼说。

"嗯，但愿吧。"达格这么回答。

"我已经老得灭不动火了。"英恩曼说。

"太老了？"达格停下来看着父亲。"你才不老。下一次，你还是会去的。"

最后的那句话让英恩曼心里咯噔了一下，但他什么也没说。他只是摇摇头，冲儿子笑了笑。他们到家了，一进门就闻到阿尔玛做的肉饼的香味，一下子什么都忘记了。

第二天夜里，还是一切平静。

大家也平静了下来。晚上关了灯，锁了门，钻进冰冷的床铺。

只有屋外的夜灯还亮着。白色的灯泡发着光，吸引着无名的昆虫前赴后继地向着光前行。

六

空气更清澈刺骨了。温度只有3度。鸟儿好像有点迷惑,它们满天乱飞,仿佛不知道哪边是南,哪边是北。湖水显出黝黑色,光滑得像油一样。水边的房子被完美地倒映在水里。有时候我会希望自己从未离开过这里。我不应该去奥斯陆,不应该去那里学习。我应该留在这里,就在这里,在这宁静的风景中,在这宁静的森林里,清澈的水池和湖泊边,在这些白房子和漆成红色的谷仓之间,在夏天宁静的森林里。我不该从这一切中离开,我心里深深地爱着这一切。我应该一直留在这里,过不一样的生活。

时不时地,这种感觉让我过一种平行的生活。一种是安全的、简单的、不需要太多言语的生活,而另一种则显然是更真实的人生,我当前的人生,我每天坐着写作的人生。可能我不经常想起第一种生活,可时不时地,它会浮出水面。我会感觉自己离它那么近,仿佛它一瞬间就可以把我吸进去。我感觉任何时候当我看到他,他就是可能的我。

就是这样。

很快,坐在窗口就太冷了。我把暖气开得更大,但也没什么帮助。最后我起身去拿外套,把自己包裹得严严实实。从那扇窗户里，我能很清楚地看到奥拉夫和约翰娜曾经住过的房子，就在老邮局的旁边。他们在那里租房子住了几个月，后来她病得太厉害，就和他一起去了诺德兰的养老院。那些火烧起来的时候一定也倒映在湖水上面。那个场景必定很惊人。

我读了很多遍达格写的信，我读得很慢，很仔细。我觉得如果我读得越仔细，就越能靠近他，好像他的眼泪和悲伤都藏在那些文字的后面。

我在我的笔记本上写下了这么一句话：

我们看自己的时候，究竟看到的是谁？

这是个问题。

我记起一件事情。这可能是我上一年级的时候发生的，那时候我大概7岁或是8岁的样子。我站在全班同学面前讲一个故事。我不记得这个故事是讲什么的了，但我知道它一定异常精彩，因为我和我的小伙伴们都完全被它吸引了。我记得我这么想：你现在必须得收住了，不能再夸张了，不能再说谎了，已经说得太多了，很快他们就不会相信了，很快你就要被戳穿了，很快他们就会发现你在这里说的都是谎话，很快他们都会走了，留你一个人在这里孤零零地站着。

但他们相信了我。我成功了。他们没有戳穿我。我记得故事讲完的时候台下鸦雀无声。几秒钟之后，我听到他们大喊：再讲一个！

当然最重要的是后来发生的事。下课铃响了，所有人都往外走，我的老师叫住了我。那是露丝老师，我特别喜欢她。她在我面前蹲下身，手放在我的两个肩膀上，好像我自己冲脸上打了一拳，或是做错了什么事情那样。我记得她的脸、她的眼睛、她的目光。你的故事是怎么来的？她问我。她看上去有点担忧。为了不让她更担忧，我的肩膀沉了下来，眼睛看向地下。我不敢说这是我自己编出来的。所有的一切都是我站在那里的时候编出来的，从头到尾都是我编的。我想从她手中挣脱出来，但我不知道应该说什么。她一直用担忧的眼神看着我，我向自己保证我以后再也不说这样的故事了。我人生第一次做了一件错事。一直以来，我总是好孩子，我总是做对的事情。现在我不知道什么在等着我。

"你真是个诗人。"露丝露出一丝奇怪的微笑，这么对我说。

"我以后再也不这么做了。"我结结巴巴地说。

我感觉恶心的感觉从肚子里升起来，升到胸口，到了脸上。她放开了我，让我出去找别人，但她的话一直缠绕着我，我无法摆脱它。露丝把它种在了我的身体里，它安静地在我身体里生长。我和别人不一样，我是诗人。我觉得别人会看到它，它仿佛被刻在我的脸上，或是眼睛里，或是额头上。我向自己保证，我以后再也不"作诗"了，我要一直做好孩子，做对的事，我希望最终这一切都会过去。

七

　　下午1点多,她穿上衣服,下楼进了厨房。她把烧水壶放到炉子上,等着水烧开。咖啡做好了以后,她从架子上拿下来一个干净的杯子,放在达格常坐的座位上。餐桌边的位置,从那可以看到外面布莱伊沃伦的景色。她感觉心里有些空落落的,那种轻飘飘的感觉一直没有消失,让她睡不着觉。每天晚上几乎都是这样,她躺在英恩曼的身旁,盯着天花板。她会听到达格房间里传来的音乐声,每次变得安静的时候,她就竖起耳朵。她能听到他从床上起来,嘴里嘟囔着什么,但听不清楚他说了什么。她会迷迷糊糊地睡去,午夜的时候睡着几个小时。她睡得很浅,好像总是飘浮在睡眠的浅层。她在一个又一个梦境的片段里穿梭,它们支离破碎,就好像是属于别人的那样。

　　然后她会突然惊醒,听到有人走下楼梯,听到他穿外套的时候钥匙串相互撞击发出的声音。她听到锁门的声音。在汽车开走之后,屋子里只剩下一片寂静。

　　过一会儿,她就起床了。

　　她坐着,听着冰箱上方的钟发出嘀嗒嘀嗒的响声。蒸汽从杯子里升腾起来,好像一面长长的被撕裂的旗子扑向窗户的方向,随后慢慢消失。

　　过了很长时间,她看到一辆车快速从平原那边开过来。

现在外面还很黑,车前大灯的灯光摇晃着。车减速了,过了十字路口左拐,车头的灯光像一把剑一样劈开地面上白色的雾气。

这是他。

车在墙外停下。她听到车里收音机的声音,几秒钟之后一切变安静了。门开了,从走廊里传来他的脚步声。她听见他在走廊里自言自语。她几乎已经习惯了这一点。他会突然自己向自己提个问题,或是突然批评自己一句。她听到过很多次,但她什么都没和英恩曼说。刚开始的时候,只有在放着音乐的时候他会这样,后来在安静的时候也会发生。最初的时候她有点害怕。她一个人坐在客厅里做手工,突然听到达格在楼上和什么人说话。听上去除了他好像还有另外一个声音。另外一个人。是他原来的同学吗?她走上楼,敲敲门,他开了门,但里面只有他。他的脸上透出一种阴沉的僵硬的感觉,这种阴沉的表情让阿尔玛觉得害怕。但一下子达格的脸又放松了下来,好像是融化了,那种脸上僵硬的阴沉消失了,她又看到了达格平常的样子。

她站起身走到门口,手里拿着温热的杯子。她仔细听着。走廊里没有了动静。突然他走了进来。

"你起来啦?"他说。

"你想喝咖啡吗?"

"半夜里喝咖啡吗?"他回答说。

"为什么不呢?"

她把咖啡倒进那个大大的白色杯子里,放到桌子的另外一边,通常这是英恩曼的位置。

"你肚子饿吗?"她问他。"我们有新烤好的面包。"

他坐了下来,她从柜子里拿出面包,切了三片,依次摆放在盘子上。他什么都没说。他闻起来有春夜和烟火的气味。

"你出城了吗？"她问。

"可以这么说。"他回答道。

她拿出去年夏天做的果酱、风味奶酪和软奶酪。她把所有的东西都放到他面前，摆成一个半圆形。她还拿出了牛奶，倒在了玻璃杯里。

"吃吧。"她说。

"你没必要起来等我的。"他突然抬起头看着她。

"我睡不着。"她回答道，微微一笑，把碎发从额头上拨开。

"你失眠了吗？"

"也不是，我大概和你一样。"她回答说。"你不也没有睡吗？"

他没有说话，只是微笑着看着她。他们之后的很长一段时间都没说话。这种感觉很好。现在距离早上还有很久，离英恩曼起床还有很久，离一天真正开始还有很久。现在只有他们两个人。这种感觉很好，有点不寻常。很显然，她希望这样的时间能一直持续下去。他吃得很快，她又切了几片面包，放在他盘子的边上。他笑了笑。就这么看着他吃东西让她很开心。她一直都是这样的，他吃得越多，她觉得越高兴。

"今天晚上外面挺冷的。"他若有所思地看着窗外，一边嚼着面包一边说。

"你冻坏了吧？"她说。"我给你去拿件毛衣？"

他摇摇头，喝完了杯子里的牛奶，起身要走。她知道这美好的时光终于要结束了。

"在波斯桑格也很冷吧？"她突然说。

"零下四十度。"他回答了，没有看她。她也站起身。

"你就不能多说一点吗？"她说。她感觉到自己的脸又红又热。"你能再说一点吗？你爸爸和我几乎什么都不知道。"

达格的动作一下子变缓了，几乎变得十分缓慢。

"你想让我说什么？"他说。

"究竟发生了什么事。"

他看了她很长时间，然后他微微地摇了摇头。

"究竟发生了什么事？"

"是的。"她平静地说。"你究竟发生了什么事情。"

"我？你想说什么？"

她靠得更近了一点，达格好像被钉在了地上一样。她走到他的旁边，她看到他闭上了眼睛。

"你那么，你变得那么，你不能说吗，达格？拜托，告诉我吧。"

他们俩站在厨房的正中央，上方的灯照在他们头顶，让他的头发闪出光芒。她恳求地看着他，然后她的目光落了下来，她看着他解开的衬衣、双手、棕色的天鹅绒裤子、袜子。

"妈妈，你在哭吗？"

她没有回答。她站得离他那么近，眼睛闭着。

"你想让我告诉你？"他平静地继续说。

"是的，达格，那样我会很高兴。"

她听到他深深吸了一口气。她咽了下口水，感觉自己的心跳得那么激烈。她抬头看他，他的脸上又挂上了那副僵硬阴沉的表情，就像她第一次在他房间里看到的那样。

突然，她感觉到一种寒冷的恐惧。

"达格。"她轻声说。

"妈妈。"他用一种低沉喑哑的声音说。

"你不想吗？"

"只是……妈妈，这只是……"

他轻微地摇了摇头。

"来，"她突然说，"我们到客厅里去坐坐。"

她先走，他很犹豫地跟在后面，在门口停住了。

"你不想吗？"她说。

"妈妈，我……"

"你能先弹会儿钢琴吗？"她突然打断他。

"现在吗？"

"你弹轻一点儿就好了，之后我们再接着聊。"

他站了好久，看着她，随后他笑了，好像有种暖流流过了她的身体。

钢琴本来就是为他买的。他们是在他固定去特蕾莎那里上课后买的。他在家里也需要练习，所以他们就买了。英恩曼是从一场遗产拍卖会上买的，他用消防车配的小拖车把它运回了家。当时达格和他一起开车回来的。他们和阿尔弗莱德还有几个别的邻居一起把它抬进了家里。她还清楚地记得那一天。后来邻居们说起"钢琴来了"那一天，就好像是在讲一个小孩子的故事那样。当大伙儿把它搬进来的时候，她才意识到钢琴有多重。不过最后他们成功地把它摆到了窗边的那个位置。她当时和大家说，钢琴以后永远也不会挪位置了。

他坐到了钢琴边，抬头看着她。

"我该弹什么？"

"你决定吧，什么都行。"她说。

"什么都行吗？"

他像一个演奏家一样拉伸了一下手指，开始弹。他弹得很轻，只让他们俩听见。她注意到他太久没弹了，手有点生，时不时会按错键。不过这也没事，慢慢就会恢复的。他在弹琴。她坐在他后面，看着他的背、他的脖子、后脑勺、已经长得很长了的头发，几乎就和之前一样。她看看那张依旧被放在柜子里的明信片，她看到那个在瞭望塔上的士兵的照片，她看到那一片荒凉的白雪皑皑的荒漠，与俄罗斯的边境像是一条白色的、没有树的街道越过瞭望塔，通向无尽的远方。

他弹完之后，低着头坐在那里，眼睛盯着琴键。

"这很不错。"她低声说。

"你还想再听吗？"他问。

她点了点头。

他继续弹那首《靠近你，我的上帝》，他知道这是她想听的。她坐在桌边，闭上了眼睛。眼泪突然不受控制地流了下来，她忍不住，眼泪像是从她身体中倾泻出来。他弹得很清楚，很轻松，没有弹错一个音。她就这样坐着，直到他突然站起身，把琴盖盖上，发出"砰"的一声声响。

"你现在可以讲了。"她轻声说。

"是的。"他说。

"告诉我一切，达格。"她说着，也站了起来。

突然，电话响了。

她惊恐地看了他一眼，还来不及做什么，他已经冲到走廊里抓起了电话听筒低声讲了起来。她走出门，看到他站在那里，在一个本子上记着些什么。

然后他大声叫着英恩曼。

着火了！着火了！

她飞速地做了两个便当，装了一些面包、软奶酪和风味奶酪，把剩下的咖啡倒进保温壶。天蒙蒙亮的时候，警报响了。达格跑出去敲响了警报。他肯定跑得很快，因为他回来的时候呼吸急促，浑身是汗。警报声是这么尖厉，连柜子里的玻璃杯都开始跟着震动。英恩曼从楼上下来，边走边扣着衣服上最后几粒扣子。他还没完全醒，眼睛肿着，头发乱糟糟地竖着，但这也没有什么办法。一座房子着火了，而他是消防队的队长。他们不能浪费时间。他们得赶紧开车出去，拉起警笛，闪着蓝灯。这辆车就是做这个的，迅速抵达现场。达格早就准备好了，他衬衣的扣子直接扣到了脖子，他站在走廊里，随时准备出发。

"你不多穿点儿吗？"阿尔玛说。

"妈妈，着火了！我没有时间。"他没有看她，直接回答。

"达格，你只穿了衬衣啊！"

他没留给她说更多话的时间，转身出了门，在蒙蒙亮的天色里冲消防队跑去。几分钟之后，她听到警笛声和拖长的、刺耳的警报声交织在了一起。她用最快的速度把吃的放进了一个袋子，在英恩曼出门前让他拿在手上。他跑去消防车那里，达格已经坐在方向盘后面等着他了。

八

1978年6月7日,《祖国之友》对奥拉夫和约翰娜·瓦特内里做了很长的一个访问。那天距离火灾发生刚刚过了两天。这就是我在坟墓那边想起来的那个访问,奥拉夫说自己很软弱,约翰娜很平静。

他们俩在克努特·卡尔森家的地下室里坐着。奥拉夫穿着一件格子衬衣、一条背带裤,他坐在床边,眼睛淡漠地盯着空气。约翰娜坐在一旁的椅子上,手放在膝盖上,嘴边挂着很淡的微笑,好像这一切和她没什么关系。他们身后有一盏壁灯,插座松了,挂在半空中。

前一天他们去城里买了点衣服,两条夏天的裙子,一些裤子、衬衣和内衣,两双鞋。他们还做了新牙齿的模子。

失去了一切的奥拉夫和约翰娜·瓦特内里回到了邻居家的地下室,不知道自己的未来会怎样。

约翰娜又讲了一遍着火的经过,厨房里的响声、火海、窗外的黑影,好像自那时候开始一切都如影随形。阿尔玛和英恩曼来看过他们。只有一句话,之后再也没提过,但这句话就写在那里,闪闪发光。

后面的采访里他们提到了科勒,会提到他也是很自然的,他们已经失去了所有。科勒已经去世19年了。他是他们唯一的孩子。失去了科勒,他们什么都没有了。在房子和别的一切都没有了之后,科勒是不是会回来呢?

情况就是这样。

这一切都太不真实了。这让人无法想象。奥拉夫能站起来了,但他还没有坚强到能走过去看火灾后的现场。他还需要等几天再去,而且他想自己一个人去。房子边上的仓库被救下来了,在那里他有好多不错的橡木柴火,他这么说。他说这些橡木柴火现在能派上大用场。问题是他们没有了能烧柴的炉子,也没有房子可以取暖。在仓库里,除了柴火还有一辆自行车。我不是很确定,但这可能是科勒的自行车。他曾经是会骑自行车的。

他们一个73岁,一个83岁,他们要重新开始生活。他们有一些柴火、几千克朗,还有一辆旧自行车。这就是全部了。

我去看艾尔瑟和阿尔弗莱德的那一次,让我想起去见一下奥斯塔。我想知道更多关于约翰娜、奥拉夫和科勒的事情。这应该是很重要的。1978年的时候,奥斯塔48岁,她是约翰娜·瓦特内里的妯娌、科勒的姑姑。现在,在他死去50多年之后,她是极少几个还记得他的人了。

11月初的一天晚上,我从家里出发,走差不多一公里的路去奥斯塔家那座黄色房子。我认识她也快一辈子了。那时候她还在国王大街的接生所工作,我出生后的那几天,她会来我家看我妈妈和我。

我们坐下来一聊就是好几个小时。我们聊火灾,聊纵火犯的事情。我也问起奥拉夫和约翰娜的事情,还有关于科勒的事情。她边说,我边记。

科勒的事情是这样的:他的小腿受了伤,这是他滑雪的时候摔的。斯洛特那边有个大坡，那里有一个人造的跳雪台，下面有非常平的降落坡一直延伸到那里。我记得爸爸说过斯洛特大坡的事情，他自己在那里跳过很多次。他是跳得最好的人之一，起码他自己是这么说的。或许50年代科勒跳雪的那天晚上他也在现场，或许他就在一旁蹲着看。

科勒那次跳得特别高，一直一直向下飞，所有看到的人都惊呼起来。从没有人跳过那么远。他一直飞一直飞，连体服贴在身上鼓成了一片帆的样子，大家都屏住了呼吸。然后他的滑雪板接触到了光滑的冰面，在冰冷的夜晚引起一阵欢呼。他滑下来的时候毫发无伤，只是到了最后往侧边倒了一下，摔得并不重。但那天晚上之后他没有再滑，一直靠在雪堆上坐着。

第二天他没有去上学。这天是周五。周一到来的时候，他也没好起来，反而开始发烧了。几天之后，约翰娜带他去看医生。医生的办公室在布朗德斯沃尔的克努特·福里格斯塔家边上，工作时间是上午11点到下午4点。罗森沃德医生的眼神虽然温柔，但有些闪烁，我们好像永远无法透过镜片看懂他。他说科勒的伤口没有愈合，伤口上流出透明难闻的液体，但暂时也没有什么能做的。我们只能等等看。约翰娜用沾了一种特别的酸溶液的布包住了伤口。他们说他骨裂了。但一段时间之后，大家发现其实情况比想象的严重得多，但没人敢说出口。他还只有14岁，马上要上高中了。罗森沃德医生到奥拉夫和约翰娜家给他看病，他们家的白房子就在马路边。那是夏末时节了，花园里的樱桃树结满了深色的果实，黑色的车子停在房子和仓库中间的空地上。罗森沃德医生慢慢地走上楼梯，进入男孩的房间。他躺在床上。医生关上了门,在里面待了很长时间。他出来的时候眼神仍很温和,但目光不那么闪烁了。

几天之后,他们决定截肢,从左腿膝盖上面开始。已经拖得太久了。

就这样。

他们把腿截断了,就像说的那样。几个星期之后,科勒在门厅那里颠簸地走,上楼梯,进厨房。

他必须学会挂拐杖走路,什么都要从头开始,他休学了一年。这一年决定了他之后的人生,这段时间让他学会了很多大家觉得完全不可能的事情。他重新学会了走路,他学会了用一条腿骑自行车,他还学会了骑摩托车。仿佛一切都不再不可能。奥斯塔说科勒在读高中的时候,和她还有丈夫斯古德住过很短一段时间,那个时候他在劳乌斯兰摩恩念书。他必须和别人去一样的学校。那应该是1958年,他截肢后的那一年。住在这里比住自己家要方便一些。毕竟瓦特内里家离学校有7公里,而且奥拉夫和约翰娜也没有车。奥斯塔家距离学校不过几百米。他睡在上面的阁楼,房间朝西,他们把壁炉烧得很暖,所以很温暖舒适。在她讲述这些事情的时候,那些模糊的记忆又回来了,她的脸都亮了起来。她记起了她以为自己早就忘却了的事情,那些微小的细节和她觉得我会感兴趣的不重要的信息。她的眼神飘向远方,就好像50年前的事情像薄薄的闪着微光的胶片在她眼前展开。她告诉我,每次他拿着拐杖走下陡峭的楼梯的时候她都非常紧张。这个楼梯没有扶手,科勒一级一级台阶地向下走,但每次都很顺利,很快他就成了使用拐杖的高手。她记得他架着拐杖在屋子里走来走去,嘴里还唱着歌。晚上的时候他会从阁楼里下来,下来的时候他唱的歌还有回音。她觉得这应该是首情歌。是啊,是首情歌。她记不清是哪一首歌,不过知道是英文歌,她只记得里面有"宝贝"这个词。

"他看起来是那么明媚。"她突然说,好像她面前的电影突然停住了一样。

"怎么讲?"我说。

"他是那么明媚,脑子动得特别快。我该怎么说呢?我不知道能用别的什么词来形容。明媚,就是明媚。"

后来我们去了约翰娜那里。她变成了一个不会笑的女人,她也不再哭了。她身上好像总有一块大大的黑影跟着她。或许她自己也慢慢变成了一道影子。她出现的时候,好像连鸟儿都会变得安静。科勒过世之后的第七年,奥斯塔问过她,已经过了那么长时间,是不是会觉得好一点。

她的回答是,不会。

她仍在四处找寻,汇集所有的碎片。

约翰娜很想要一张全家福。这是她和奥拉夫变成两个人之后她最大的愿望——三个人一起拍张照片。她和奥拉夫、科勒站在中间。她曾经请奥斯塔和斯古德帮忙。肯定能找到什么办法的。可那是60年代,唯一的方法就是把他们俩从前的结婚照剪成两半,然后把科勒参加坚信礼时候的照片摆在中间,再翻拍成一张新的照片。那个时代为了获得一张新照片,人们必须毁掉另外的两张。这样大家肯定是不愿意的。所以他们也没这么做,约翰娜放弃了全家福的想法:如果科勒不能参加的话,就没意义了。要不让他站中间,要不就算了。

这就是约翰娜的故事。整个过程里她都很平静。她做什么都是慢慢的。她之前有一个旧的纺纱轮,这是她在家做的手工活。她的手中不断地产生新的线。

后来他们失去了房子,奥斯塔去帮她洗衣服。约翰娜已经做不动了。她虽然买了新的纺线工具,但它大部分时间都静静地待在角落。在人生最后的时光里,她总是静静地坐着,眼睛盯着它。也就是在那个时候,在奥斯塔给她洗衣服的时候,她才发现她流了那么多血。当时离火灾发生已经过去几个月了。这肯定是子宫出了问题。

奥斯塔把我送到门口。外面很黑,白色的雾气飘浮在地面上。往北边的天空看,能看到教堂那个方向传来的光线。我的脑子里满是科勒——他短暂而无忧无虑的一生。我问她,是不是还有别人能讲讲科勒的事。她仔细地想了想,但还是摇了摇头。她是和他关系最近的人了。她说:

"你知道的,他们都已经不在了。"

奥拉夫和约翰娜去世之后,奥斯塔每年夏天都会去给科勒扫墓,直到那个墓被移走。那是90年代的事情,她许可他们这么做了。其实也不难理解,所有人都已经不在了,整个小家庭什么都没有留下来。

嗯,还有:约翰娜的纺纱轮。

在我离开之前,我拥抱了奥斯塔,我们在黑暗里站了几秒钟,认真地拥抱了对方。然后我一个人走回家,路很近。天已经完全黑了,天气有点凉下来了。离第一次结霜的日子应该也不远了。我在想,我小时候也无数次走过这条路。等我路过奥斯塔和斯古德的房子之后,路就会变得一片漆黑,直到我走到信箱那个位置。这段路大概有五百米，每一次我都感觉心要跳到嗓子眼儿了。这条路先是要穿过小树林，出了树林才会变宽一些。小时候我穿树林时总是会唱歌，这条路会上坡，然后下坡。我通常是从儿科医生那边出来回家，在英格雷斯或是冯先生那边我们会学习酒精的害处。可在这条路上，我会完全忘记之前听过的一切：什么人会肚子疼，脸会变绿，会被所有家人嫌弃等等，我的脑子里只剩下冰冷的恐惧。我希望唱歌能壮胆，这样我害怕的东西就不会突然在黑暗中出现了。我在心里不停地唱，有时候是儿童合唱团的歌，也有萨曼莎·福克斯和迈克尔·杰克逊的歌。我会交替着唱《我们的神》和《什么都不能阻止我》，重要的是我一直唱，不要安静下来。直到我走到瀑布对岸之前，我都不停地唱歌。瀑布之前和之后完全是两码事，只要过了那里，我就被拯救了。今晚也是一样，我一个人走在黑暗里，脑海里盘旋着科勒和约翰娜的故事。这让我想起了从前：我不能安静地穿过那道无形的边界。我只能赶紧穿过去，穿过去，只要到了对面，我就被拯救了。

第三部分

一

1978年5月20日的晚上又出事了。这回是镇子北面远离人群的树林里的仓库，在海罗森。这是第三起火灾。那里装着8吨化肥、一架老式马车、一辆车、8到10个轮胎、两架雪橇、一个大桶、一台挖树根的机器、好些干草架和瓷砖。

所有的一切。

从好几公里之外都能看到这片火海。它向空中散发着红色和橘色的光芒，这幅场景让人们血管中的血液都凝固了。

这一次，人们到场的时候也为时已晚。

水被浇向树木，浇向被火焰照亮的松果。森林里时不时地发出噼啪的响声，时不时有东西碎裂，有动物受伤倒下。

直到这个夜晚，人们才意识到事情的严重性。

消防队所有的人都到了。他们的车子排成队，跟在消防车的后面，和之前别的火灾一样。达格控制水龙头，他身后的暗处有水泵轰鸣，水在压力作用下喷射而出。他把水的方向对准火焰的中心，那里的火是橘色的，或者更接近红色，它几乎是安静的。火焰在碰到水的时候好像变成了一条受伤的巨龙。一眨眼火焰就被打到了地上，但下一秒它又聚集了新的力量，变得比之前还要高。几分钟之后热度太高了，别的人接手过去。他站在外围一点的地方，让身体凉下来。他看到大家四处奔跑，听到大家大声喊叫，水泵发出持续的轰鸣，远处传来火焰噼里啪啦的响声。他站在那里等着英恩曼过来。因为消防队长没来，所以现场一直是阿尔弗莱德在指挥。爸爸说他会很快开自己的车过来的，他们是这么说好的。可他还没有来。这是第一次没有英恩曼的救火行动。所有的事情达格都必须自己做，他敲响了警铃，他站在辛斯内斯的家里冲着楼上大喊，当英恩曼最终下楼的时候，他的手按着胸口，对达格说他身体不舒服。他走进了客厅，直接躺在了沙发上。

"你怎么了？"达格问。

"我觉得，你必须一个人去。"爸爸这么说。

"就我自己？"

他没有时间再等了。他飞快地冲去了消防队，把车开出来，拉响警笛，在布莱伊沃伦右拐弯，加速行驶，蓝色的警灯在夜色中闪烁。这一切都很顺利，他已经可以自己完成这一切了。

现在，他默默地站在火场边缘，就像他父亲的影子一样。他的脸庞被火映得通红，好像他所有的特征都被隐藏了。又或者正相反，所有的特征都显露了出来。在他身边，看到火光或是听到警笛的邻居和熟人在四处奔忙，但他完全没注意到他们的存在。他站在那里等着父亲，但他始终没有来。

最后他做出了决定，很坚决地走向了阿尔弗莱德。

"我去四处侦察一下。"他说。

"你说什么？"

"我去四处走走，看看这个疯子有没有去别的地方点火。"

阿尔弗莱德没来得及反对,也没来得及问"这个疯子"是什么意思,达格就转身跑向消防车,发动车子开走了。水泵和所有的器材都已经搬下来了,事实上他们也不需要消防车在现场了。

他在路的尽头拐弯。等他转一圈回来路过人群的时候,火焰已经被压制下来了。它像是烧红的炭火,冒着橘色的烟。

他很快加速,路过教堂,冲着下面溜冰场的方向开去。随后是箱子工厂、福里格斯塔大片的平地、布莱伊沃伦的商店。路上一辆车都没有,房子都黑着灯。他把车开到最快。

辛斯内斯家里的厨房亮着灯。他没看到英恩曼的影子。他开着车路过家门口,沿着国道继续开,路过了关闭的商店。路过布朗德斯沃尔村公所的时候,他拉响了警笛,随后他就拉着警笛、闪着蓝色的警灯向希伦开去,最终停在了卡德伯格商店的门外。

他敲了很长时间的门,商店里面才亮起灯,一个影子走近,靠近了窗玻璃。

"我是消防队的。"他冲着门里喊。门开了,卡德伯格本人站在门口,还没完全从睡梦中清醒过来。"你得让我进去,我们需要一些补给。"

在昏暗的光线中,他花了好几分钟在各个货架间穿梭。卡德伯格站在柜台结账的地方等他,盯着这个年轻的男人看。这个男人那么紧张又充满激情,都不知道要拿什么,直到卡德伯格递给他一个购物篮才好一点。他从货架上把物品扫下来。五袋饼干、薯片、香肠、蛋糕、一箱饮料、一把巧克力。他身上满是烟雾的气味,衬衣在身体上鼓动,不一会儿,整个商店里都弥漫着火的气味。

"记在消防队的账上。"他边把东西往袋子里塞边说。

"消防队的谁?"卡德伯格问。

"消防队长。"

"英恩曼?"

"对,"他回答说,"他是我爸爸。"

然后他就冲出了门,钻进了消防车。这一段时间,消防车一直亮着警灯停在门口。

他开回去的路上一直把巧克力和薯片往嘴巴里塞,心情慢慢地好了起来。他来到布朗德斯沃尔的时候,把警笛关了。家里的厨房依旧亮着灯,他路过的时候按了三下喇叭,又一次拉响了警笛,撕开一块巧克力。他把消防车开到最快。方向盘都开始晃。他感觉自己的血液仿佛涌到了指尖。他把吃了一半的巧克力扔出窗外,在布莱伊沃伦商店门口转弯的时候,车子倾斜得很厉害。对面开来了一辆车,他的车子压到了边上的沟,黑暗中沙子和碎石飞溅起来。他咯咯笑了起来,不过没有任何人听到。然后他路过了教堂,关掉了警笛,速度慢了下来。他快到火灾现场了。现在的天空已经看不到熊熊的火海了。天就快要亮了。他到的时候火场有更多人在现场。路上排了一长队车,他的消防车开不进去。他只好拉响警报,让人来把车子挪开,让消防车进去。现场大概有二三十人。他们裹着外套或是大衣站在一旁。他们是很匆忙地赶来的,但他们的脸上看上去又很平静。

英恩曼还是没来。达格打开车门下车大叫他的名字,没有人应他。

一个小时之内一切都结束了。火被扑灭了。余下的青烟就像是飘浮在树林间的晨雾。松果上滴着水,就像是一场大雨之后的样子。大家很费劲地把水管卷了起来。地面上的饮料瓶都被收了起来。路边散落着石楠花和巧克力的包装纸。两个邻居留下来守着还冒着烟的火场废墟。他们在黑暗中坐在一棵树下，脚边放着几个装满水的桶。慢慢地，人都散去了。那些开车来的人坐进自己的车，开到路口转弯。他们组成了一条长长的发着光的队列。那些留下来的人，都住在离这里几百米的地方。他们是最先发现着火了的人，他们给辛斯内斯的英恩曼打了电话。现在他们也转身离开走路回家了。他们回到自己空荡荡的房子，门没有锁。他们稍稍坐一会儿，让自己平静下来。然后钻进被窝，关上灯，深深叹几口气，闭上双眼。

一场火不会自己无缘无故地燃起来。

半夜，林中的仓库。在这里。在我们这里。这是不可能的。

当达格开着消防车回到家的时候，天已经完全亮了。英恩曼站在门外，就在警铃的那根柱子旁边。达格装作没看到爸爸的样子，从他身边开过，上了陡坡，在消防队门口转弯倒车。他很迅速地把车倒进车库。没有把水管拿下来晾干，也没检查设备。他坐在方向盘后面，目光盯着前方。他就在那里坐着，直到最后英恩曼终于走了过来。

"你为什么没来？"达格轻声地问。他手还是握在方向盘上，就像车子还闪着警灯鸣着笛一样。

"我的心脏，"英恩曼说，"以后我觉得你都得一个人去了。"

"心脏？"他不能理解。

"以后你就是消防队长了，达格。"爸爸说着，把一只手放在了方向盘上。他试着想要微笑，但达格刻意不去注意它。他只是直直地看向前方说：

"放心吧，爸爸，以后不会着火了。这是最后一次。"

天亮了起来，太阳从东边的山头升了起来。之前两座仓库的地方只剩下炙热的灰烬。灰烬和四块地基石留在那里，白天的时候有更多好奇的人来看。消息一下子传开了。

又起火了？这可能吗？

有车子慢慢地从旁边开过，慢到像要停下来一样。车窗被摇下来，人们能闻到新着过火的气味，然后继续往前开。有几个小孩骑着自行车从边上经过，找到一个落下的饮料瓶。他们把它砸向石头，听到声音吓了一跳，然后又骑车走了。在潮湿的灰烬上，蚊子和苍蝇在不停地飞舞。又到晚上了。太阳下山了。这是 5 月初夏的夜晚，天很快就黑了。午夜的时候，整个镇子笼罩在一片漆黑中，一点声响都没有。一层白色的近似透明的雾气笼罩在大地上。我们看不到它是从哪里来的。一头动物一动不动地站在树中间。它的眼睛直直地盯着前方的黑暗。窗户里还有光。人们虽然安静下来，但还是留着灯，闭上双眼，折叠双手。

然后呢？

很远的地方有辆车开过。它会靠近吗？它会走这条路吗？不。它还很远。然后就安静下来了。完全地安静下来了。所有的一切都是它应有的样子。发生过的事情已经发生了。让我们忘掉它吧。不要再想了。现在，睡吧。

二

我找到了自己的洗礼证明。它被装在一个棕色的信封里，和一堆我儿时的资料一起放在阁楼里的一个纸盒子里。在阁楼里，我还看到了一个深灰色的汽车睡篮。当时在奥尔加·迪内斯托被烧毁的房子外，我就是睡在这个睡篮里待在车子里的。我把睡篮留在了阁楼，但把所有的纸都带了下来。我拿着用打字机打着我名字的信封坐了下来。信封里的纸上有登记官特里格韦·欧姆兰的签字，上面还写着我父母的名字和洗礼日期：1978 年 6 月 4 日。

那堆东西里还有一个绿色的小本子，那是我那年冬天去特蕾莎那儿上钢琴课的时候用的。我记得很清楚，里面有横条，外面写着《评价本》。每次上课后她都会在里面写点什么，然后啪一下合上本子，让我带回家。我不记得我有没有看过她写的东西，只记得我会把它交给爸爸妈妈。每一次的结尾基本上都写的是"很有进步"，有时候是"需要更多练习"。最后一次课是 1988 年 7 月。她写的是"弹得很流利，但还有些局促"。应该是表扬的话。之后，我就没去上课了。也是那年秋天，爷爷去世了。

阁楼里还有奶奶留下的日记本，它们被放在一个透明的塑料盒里，摆在我的睡篮旁边。这让我想起机场安检时用的塑料盒子，我们得在那里拿出所有值钱的物品，钥匙、钱包、皮带、手表和鞋，然后走过一道门进行安全检查。我曾经读过这些日记本，不过当时没觉得它们在什么时候会派上用场，起码不是用在这种事情上。奶奶的确写了关于火灾的事，但更主要的还是有关她和爷爷的事情。爷爷去世的时候，她写道：悲伤几乎要将她撕碎了。

她也经常会聊起日记本的事情。我还记得我最后一次去她家的晚上，她眼睛里闪耀着像钻石一样的光。那种钻石般的光芒是在她做完青光眼手术之后出现的，我觉得她自己可能没有注意到这一点。所有人做过手术之后眼睛都会有这样的光彩吗？或许这其实一直在她的眼睛里，只是直到最后那个晚上我才看到？

我记得，她总是把日记本放在厨房，就放在水池左边的台板上，一部分被一堆账单遮住。她出门旅行或是度假的时候，都会带上日记本。爸爸生病前，她来奥斯陆看我的时候，也会把日记本放在她自己的包里。晚上我们休息的时候，她会在日记里写上我们去国家画廊、历史博物馆、蒙克博物馆和阿克胡斯城堡的经历，她会写我，写爸爸，请求上帝保佑我们两个人。平常她会在早晨擦完桌子，打扫完房间，在烤箱里做上点什么吃的之后坐在桌前写。她有好多时间可以打发，等着白天这样过去。她经常会写对天气的担忧，有什么人来做客了，她给他们做了什么菜，或是她去了哪里，看到了什么，她是和谁一起旅行的。在冬天，她时不时会写到她在喂鸟的地方看到了一只很少见的鸟。一段日记可能是这样的：

2003年2月5日，星期六

今天看到了之前从没见过的一只小鸟。它和别的鸟一起停在那里。天黑下来的时候它飞走了。

她特别喜欢鸟。

她有点骄傲自己有这些日记本，但她也把它们看作是自己的秘密，是不能拿出来讨论的事情，那个时候我不知道她都写了什么。她说过好几次，想要把所有这些都烧掉，什么人都不能读。起码在她去世之前不能读。

现在就可以了。

她在日记里写到了邻居艾斯特的去世：

1999年5月9日，星期天

　　有雪。艾斯特去医院了，他没有意识了。主保佑我们所有人。

5月13日，星期四

　　基督升天日。晴，冷。艾斯特下午3点去世了。让人悲伤的一天。

5月14日，星期五

　　晴，冷。粉刷顶棚。花园空荡荡的，寂静。

一年半前的夜晚3点半，就在爸爸去世之后：

1998年9月15日

　　之前医生给他注射了一剂吗啡，让他好过一点，他很快又要求了一次，这次有效果了。他睡了过去，再也没有醒来。他最后说的话是，现在我感觉在天堂里了。

8年前在地区牧师来访之后：

1990年5月11日

凉。多云。奥斯塔来家里了。晚上下了雨。

两年前，在爷爷突然在村公所门外倒下的时候：

11月3日，星期四

我突然醒来，我不知道他去世是真的，还只是一个梦而已。哦，这是真的，太难过了，好像胸口真的在痛。霍尔斯古格白天的时候来了，他要来安排葬礼的事情。所有的一切尽可能简单。他们问我要不要去看看他躺在棺材中的样子。我说不要，我想在记忆中留住那个我爱着的帅气年轻男人的样子。安娜也来了，所有的一切都像是笼罩在雾气中一样。大概有阳光，但我看不到。

悲伤。

11月4日，星期五

来了好多人，我好累。还好夜晚来了，靠着药片我睡了几个小时。只有那个时候我才能有一刻不那么痛苦。

11月6日，星期日

每一天都觉得过不下去。我所有要做的准备，所有的感触都是那么黑暗，把我生生打趴下。夜晚短短的睡眠成了我的好朋友。

在他过世的那一年，她写了很多。这也是很自然的，有很多内心深处的话落在了这些纸面上。一切都近似不可能，只有书写是轻松自然的，靠着这些她才能继续坚持下去。她几乎都在书写着悲伤。

之后我翻回到了1978年3月13日：

男孩。今天6点不到一刻的时候他出生了。一切都很顺利。明天我和克里斯滕一起去看他。

这男孩就是我。

她简短地写了第二天去看我的事，之后就几乎没写过这个新生儿了。我翻过了4月，到了5月。1978年5月，全挪威都被弗莱德克利斯塔德市的那起凶杀案震动。这个案件在之后的29年里都没有告破，直到2007年4月，一个男人突然自首了。就在那个月，从瑞士的科西埃·苏尔·沃韦教堂墓地消失的卓别林棺材突然又出现了。同一个月第十一届世界杯在阿根廷举办。在克里斯蒂安桑，管风琴手比亚内·斯洛戈达尔正在准备当年的教堂音乐节，那一次的开幕演出是由主教堂的唱诗班、克里斯蒂安桑城市合唱团，以及英国的男中音克里斯托弗·基特表演的。6月3日，英格丽德·比昂纳演出佩尔戈莱西的圣母悼歌，音乐会的闭幕则是由谢尔·巴克伦德和哈拉尔·布拉特利演出巴赫的《赋格的艺术》。

挪威5月的春天。那年的春天来得有些晚，但天气还是很好的，没什么云，阳光灿烂。后来天气暖和起来，叶子迅速地生长，拖拉机拖着耙子扒开土地。草地变绿了，牛被放到户外吃草，燕子高飞，夏天快步走来。

三

来到这个世界的男孩是谁？

在我只有几天大的时候，我回到了家，整个镇子都被覆盖在大雪之下，一直以来我和雪都有着一种不解之缘，我一直期盼着下雪，希望它在我睡觉的时候开始下，雪会压弯树枝，覆盖在房子上、森林上，雪会下到我的梦里，白色会笼罩一切，等我醒来的时候，整个世界都变成新的了。

雪是我到这个世界上最先看到的东西，之后才是春天和夏天。

我是谁？

我弹琴有些局促，特蕾莎这么说的。你要试着让手指在琴键上休息。我总是她怎么说就怎么做。我从来不任性，总是很听话，从来不反抗。我按时地做作业，会预习，而且从来都会早早出门。每天早晨我都会在8点之前就出发，骑车去位于劳乌斯兰摩恩的学校。这段路只需要4分钟，学校8点半才开始上课。我会在黑暗中等着保安克努特出来开门。他一开门，我就走进温暖的走廊里，把我的书包放到教室，然后耐心地等着别的同学来上学，等着新的一天开始。每周一我会到布朗德斯沃尔的村公所练习合唱。我和童声合唱团的孩子们一起唱歌，到现在我还能清楚地记得那些歌的歌词。我从来不推推搡搡，也不拉女孩的头发，我从来不会忘记歌词。隔一周的周四，我会去童子军，同样也是在村公所，我在那里学习酒精的危害。那时我大概八九岁的样子，第一次知道喝啤酒的人脸会变绿。从那个时候起，我知道，如果有一个瘦高个儿的男孩递给我一瓶啤酒，我必须拒绝（反正故事里总是一个瘦高个儿的男子）。从那时候起，我知道有种东西叫作人生的阴暗面，啤酒正属于那一面。我学到了我们必须远离人生的阴暗面，要不然啤酒就会抓住我。我那时了解了人的一生需要待在光明的一面，虽然那时候的我并不完全知道要怎么才能做到这一点。不过，对一个9岁的孩子来说，这听上去是很有道理的——反正我总是很喜欢待在阳光下。

我想和别人一样，在任何方面都不要突出，所以我一直表现得很听话，所以我一直好好做作业，所以我成绩很好。我只有一个缺点：我总是在室内待着，总是在看书。我一个人骑自行车去劳乌斯兰摩恩的图书馆。在沃兰那边转弯，随后穿过平地。风吹动我的头发，我会路过奥斯塔和其他人家的房子。去图书馆的时候，那段下坡路自行车简直是自己往前走。不过回家的时候，车上装了书袋子，骑起来就会比较辛苦。我开始阅读那套名人传记系列：《格里格的故事》《居里夫人的故事》《贝多芬的故事》《爱迪生的故事》等等。这些书特别吸引人。我专注地近乎贪婪地读着它们，没人能理解是为什么，甚至那时候的我也不理解。这些书让我开始做梦，这些书慢慢改变了我，让我想要去远方。我心里有些东西开始活动了。刚开始的时候没有人注意到，但我知道我身体里的一些东西已经慢慢发芽，带着我向外走。可与此同时，又有些东西想要让我留下。我心里总有一部分希望能留在这熟悉和安全的地方，在这清晰而简单的、在我深深眷恋着的村子里。我觉得我和这个地方是紧紧关联的，爸爸也是这样。他时常会坐在那里翻阅那本厚重的书：芬斯兰家族谱。这里面有那么多名字，那么多出生、结婚和死亡的年份，他给我看过我们如何能在上百年间找到祖先和家族的信息，找到他的爸爸、他，还有我的信息。当然，当时我是书上最后一个名字。如此这般，岁月就是这样。除了那本书上最后一行的那个名字，我并不知道自己究竟是谁。我时常会记起露丝对我说的那句话：你是个诗人啊，你。这句话至今在我脑海里，哪怕我再也不讲故事了。我再也不敢了，那大概就是会把我带到人生阴暗面的事情吧。

　　人生的阳光和阴暗面很快就变成一种迫切的需求。我开始伪装自己。在很长的一段时间里，进展都很顺利。从某种程度来说，这也很容易。我和别人一样说话，一样做事，哪怕我和他们实际上是不一样的。我读了很多书。某种程度上说，读书也是一种上瘾。12岁的时候，卡琳允许我从图书馆成人馆里借书了。这就好像是跨越了一道隐形的边界。我直接从人物传记跳跃到了米克尔·封胡斯的作品，他写的那些动物或是离群索居的人的故事，深深地吸引了那个总是表现良好、表现得很阳光的我。那之后我读了我在家能找到的所有书。我的父母从70年代起就是书友会的成员，我们家的书都长得特别相似，只不过书脊上的颜色和图案有所不同。我开始阅读那些爸爸和妈妈可能读过的书。除了特里格韦·古尔布兰森的《比约尔达恩》三部曲，那是爸爸特别推荐给我的。我想到那是爸爸曾读过的书，便一头扎了进去。没有任何书，无论在那之前还是之后能让我如此投入。大概是十三四岁的时候我开始读它，我希望书里的故事永远不要结束。在看到第二本的结尾加迈尔·达格死去的时候，我一个人坐在那里大哭。

一本书，让我哭了。

这是前所未闻的。那之后很长一段时间我都为此感到羞愧。我没把这件事情告诉任何人，但我想过，不知道爸爸在看它的时候是不是也是这样，这是不是他建议我来读它们的原因？

我希望留在阳光的一面，在这世界上我最希望的就是能留在阳光的这一面。

当我长大一点的时候，我很明显和别人不一样。别人也看出来了。我有些怪，虽然说不明白是什么，但就是有什么东西不一样。他们不知道这从何而来，但他们看出来了。他们认识我的，我还是我，但我又是另外一个人。我和他们不一样，他们开始从我身边走开，他们开始和我保持距离。课间休息的时候我总是一个人，他们也放我一个人待着，不会来打扰我。他们什么都没说，但他们就让我一个人待着，做自己。他们关心的是别的东西，他们关心速度很快的车、打猎，还有女人。他们开始抽烟，开始在周末的时候喝酒，不管几年前我们在村公所听过的那些讲座说的是什么。我也去参加聚会，我也不是不受欢迎，只不过我只会在那里坐着，不抽烟也不喝酒。我是那种好孩子，时刻都表现得很好，不做错事。我感觉自己的身上笼罩着一种圣洁的光芒。在聚会上，他们讨论打猎、车子或是聚会，他们会喝白酒，喝啤酒，喝家里自制的酒。我就在那里坐着，干干净净的，可我又好像不在那儿。我在另外的一个地方，变成了另外一个人。这些年里，我慢慢从周围的现实中抽离，我的整个人生好像都在做另外一个人。

我记得在家乡最后一年的跨年夜，我是在村子里别人家过的。有个同伴把厕所的门锁了之后睡倒在里面。我是当时唯一还清醒着的人，我觉得自己有责任把他弄出来。客厅里的音乐放得很响，我试着用螺丝刀开门。也不知道用了什么方法，我终于把门打开了。走进去，我看到他裤子拉到膝盖，躺在地上，呕吐物从嘴里流出来，弄了自己一身。我把门锁了，这样别的人就不会看到他这个样子。我把他弄醒，把他所有的衣服脱掉，扶到浴缸里面。我在那里帮他清洗干净。我们一起上了9年的学，我们在合唱团里一起唱过歌，一起行的坚信礼。我站在那里，清洗他瘦弱苍白的身体，水流从他脸上流到脖子、胸口、肚子，再流到腿上。我不知道他会不会记得这个夜晚，可能不会，但我觉得他记忆深处可能会留下些许究竟发生了什么事的印象。有人进了洗手间，脱掉了他的衣服，把他放到浴缸里，站在他旁边把他冲洗干净。这个人就是我。我一直记得那个晚上在浴室的那一幕，就在那里我知道一切都结束了。我知道我必须要离开这一切。从这肮脏的、把人往下拉的环境中离开，离开啤酒、烈酒和家酿酒，离开镇子，离开这简单明朗的环境，离开森林，那些我在内心深处热爱着的东西。我19岁。那年8月我去了奥斯陆，开始上大学。我清楚地知道我再也回不去了。

四

1978年的整个五月,奶奶写的都是些小事,对天气的担心,春天太过于干燥,她和爷爷一起做的事情,谁来做客了,她招待了他们什么吃的。她一点儿都没写到5月6日森林里的那场火,也没写任何关于森林仓库着火的事情。5月17日她写得多一点儿,写了教堂里的那场弥撒、牧师的讲话、游行还有晚上在布朗德斯沃尔村公所举办的那个晚会。

5月20日海罗森的那场火之后平静了一段时间。30天之内没有任何新的火灾。在路上没有任何可疑的人和车。好像一切突然就过去了一样。夏天到来了,日子变得很长,阳光让人昏昏欲睡。丁香花盛开了,空气中弥漫着甜香。

或许这一切都不过是场梦?

奶奶和特蕾莎都没记下什么特别的事情。特蕾莎在夏休之前收了最后几个学生。5月27号晚上,爷爷奶奶那年第一次在胡梅湖游了泳。妈妈时常推着婴儿车慢慢地走向劳乌斯兰摩恩,路过奥斯塔家,然后再走回来。这一路上我总是睡着的。

6月1日,阿根廷的足球世界杯开赛了,开幕式是在布宜诺斯艾利斯的河床体育场举行。揭幕战是波兰对西德。

人们还在谈论那三场火灾，但语气已经不一样了。这肯定不是无缘无故发生的，大家都这么说。比如说，是个烟头。谁没在开车的时候向窗外扔过还没熄灭的香烟呢？肯定是谁不小心，往窗外扔了烟头就开走了。那个时候天气那么干燥。这就是结论。不小心的偶发事件。一定是这样——所有的火灾都是从路边开始的。

慢慢地，镇子也就平静下来了。

五

他给自己找了份工作,在机场做火警观察员。那是在最后那场大火后的几天。这简直好得让人难以置信。他终于有事情做了。唯一不好的就是他必须上夜班,白天睡觉。每天傍晚6点左右他从家出发,开一个小时的车去机场。前几个晚上他接受了一些培训,也就是这样。很多事情他之前就会了,对他来说唯一新的内容是急救常识。他学得很认真。

在他申请这份工作的时候,英恩曼给他写了一个证明,写他基本上是在消防车里长大的,并参与过多次灭火行动。从开车技术上来说,达格已经超过了自己,各方面的条件都符合这项工作的要求,所以他推荐达格来承担这项工作。

几天之后,他得到了这份工作。

阿尔玛很欣慰。他在家已经待了一年了,现在他终于有在家之外的工作了,虽然这份工作让他必须在白天休息。

这是一份孤独的工作。他必须一个人坐在观察哨的位置,看着跑道和降落的飞机。半夜的时候,天最黑了,不过视线还是很清晰的,他能看到飞机从一片茫茫中出现,先是一个亮点,仿佛静止的一般,然后光源变大了。他看到是机翼两边的灯发出的光线。他听到飞机飞过的轰鸣,就像是空中的闷雷。光线的开关被打开，好像是海上的船向水下投射出光线一般。他读着秒针。飞机的身体在黑漆漆的托普达峡湾那儿转弯，机翼摇晃着。他想象着飞机突然失控，或是引擎突然起火，整架飞机在空中划出一道烟和火光，撞到跑道上滑行。

他站在观察哨的窗户旁边，感受着玻璃的震动。飞机的轮子接触到地面的时候会发出尖厉的摩擦声。飞机继续滑行，机翼颤抖着，速度慢慢降了下来，到跑道尽头的时候完全停住，然后缓缓地向着控制台这个方向滑行过来。

他就这么坐着，看着每一架飞机从天空中降落。他没办法把注意力转移到别的事情上。他目不转睛地盯着，一方面感到很累，另一方面又很清醒。他把额头靠在玻璃上。飞机来了。它们降低高度，降落。他觉得他能看到那些小窗户后头的人，他们是怎么微笑，怎么享受，怎么庆祝和歌唱的。

几个小时之后他开车回家。天已经亮了，但他感觉有点晕乎乎的，就好像之前他是去电影院看了一场电影，只不过电影有7个小时那么长。有的时候他会在没人的路边停下车，打开车门，在森林边上点上一支烟，但没抽几口就扔了。然后他就静静地站在那儿盯着森林看。

他回到辛斯内斯的家的时候，阿尔玛和英恩曼坐在厨房吃早饭，然后他也就坐到桌边，感觉他们似乎在那里坐了一个晚上等着他。阿尔玛切了面包，给玻璃杯里倒上牛奶，然后把温热的咖啡倒进放在一旁的马克杯里。这就像是从前他从城里的高中回家，和他们说当天发生了什么事情一样。他们问他工作怎么样，他答说一切都好。确实也是这样。没有什么好说的。什么都没发生。飞机来了又去。他坐在那里值班，什么事情都没发生。

"机场没发生火灾？"英恩曼笑着说。

"这里没有发生火灾吗？"达格是这么回答的。

英恩曼摇了摇头。阿尔玛什么也没说。然后他就上楼回房间睡觉去了。

就是这样。10天过去了，什么都没有发生。

那天夜里他带了一把猎枪。这是一把22LR口径的猎枪。他用自己坚信礼收的礼金买的，原来他在射击比赛的时候用它。他还买了一盒子黑鹰的子弹。他把枪放在后座，藏在一些衣服下面，然后他把它带进了安保室。他坐在那里等待着最后一班飞机。按照计划它应该是23点34分降落。他感觉自己很清醒，但也有些疲劳。他躺在角落里那张明显过短的沙发上，闭上眼睛，又睁开。他睡了几乎一整天，可现在还是感到深深的疲惫。他拧开放在窗框上的收音机，找到正确的频道，收音机里正在播放的是阿根廷世界杯奥地利和瑞典的比赛。收音机里杂音很多，他要很仔细才能听清楚赛场上发生了什么。40分钟后，奥地利队的汉斯·克兰克尔16米外一脚劲射进球了。

然后飞机来了，这是从斯塔万格飞过来的一架瑞典布兰森斯航空公司的飞机。

他快步走到窗口，但从望远镜里很难定位飞机。他只能站在那里用肉眼在夜空中寻找。他眼睛盯着飞机越飞越近，越飞越近，像是一艘黑色的、点着灯火的航船。他很快能透过小窗户，看到里面坐着的人。大约飞机在峡湾上方六七十米的时候，他扣动了扳机，一声冷冷的咔嗒声。然后他放下了枪，他嘴里很干，他知道自己打中了。

六

6月2日的早晨，开始下雨了。清晨稀稀落落的雨飘荡在空气中，让路边的小草变得晶莹剔透。雨渐渐停了。风从西北方向刮过来，把一切都吹散了。天空中一朵云都没有，阳光像是被水洗过一样，路很快就干了。时间大概刚刚过了10点。

这天早晨达格回家比往常晚一些。他感觉特别累，一个字都没说，直接上楼上床了。他连饭都没吃。没喝咖啡，也没喝牛奶。什么都没吃。

早上8点多的时候英恩曼和往常一样去了修理厂。阿尔玛一个人在厨房。她打开了收音机，把声音开到最小。现在正在放罗夫尔森的节目。她擦好桌子，开始洗碗。

等节目放完，她进屋在楼梯那站了一会儿，听听声响。什么动静都没有。她重新煮了咖啡，倒进保温壶，去了英恩曼的修车厂。那个地方总有一股机油、柴油和垃圾的气味。这是一种给人安全感的气味，她喜欢它，虽然除非是必需，她不会来修车厂的。她不懂他在那里做些什么，他也从来不向她解释。这是他的世界，她也有自己的世界，就应该是这个样子。他们各自有自己的世界，然后他们共同有达格。

他听到她来了，就从边上的长木凳上站起身来。通常他手头事情不多或是休息的时候他会坐在那里。他走到放满螺丝螺帽的架子边上,背对着她。

"我把咖啡放在这里。"她说。

"嗯。"他嘴里嘟囔了一声。

她站在那一会儿,直到他转过身来。

"他还在睡。"她说,听起来这更像是一个问题,而非叙述。

英恩曼没说什么。每次他们说起达格的时候他们中间都会竖起一道玻璃墙。他弯下腰在一个几乎裂成两半的发动机上用力拧上一个螺丝。她在那儿站着,看着他。

"我觉得达格生病了。"她突然开口。

"病了?"

"他总是自言自语。"

英恩曼直起身,看着她。

"你怎么知道的?"

"我听到的。"

"这不可能。"英恩曼说着,又弯腰看着发动机。

"这是真的。他在和自己说话。"

"达格没病。"他面对着发动机,安静地说。

"我试着想和他聊天,"她说,"他快要告诉我出了什么事情。"

"没出什么事。"英恩曼又拿起一个螺丝,用力拧进去。"达格什么问题都没有。"他说。

"你怎么知道?"她把外套紧了紧,手抱在胸前。

"因为他是我儿子。我了解他。"

做午饭前的一个小时,她习惯在客厅里喝杯咖啡。这一天她也是这样,只是喝得比平常快,哪怕咖啡还很烫。她盯着黑色的钢琴,盯着上面的荣誉柜。她把杯子放到一边,到厨房拿了一块布,去擦架子上的灰尘。她擦着钢琴,琴键发出低低的声响。然后她穿过走廊,到楼梯下面听着声响。她觉得心里很不安。现在时间才刚10点多。突然她做了决定,她把布放回厨房,擦干了手,在走廊里的镜子面前整了整头发,穿上外套去特蕾莎那里。

能走到户外,在风和阳光下的感觉很好。额头的头发被吹动了,清晨很清爽,下了点雨之后的整个世界都闪闪发光。阿尔玛和特蕾莎时常会到对方家做客。虽然她们很不同,但很喜欢彼此的陪伴。她们会聊些平常的事情,特蕾莎煮了咖啡。天气好的时候,她们会坐在台阶上晒太阳,然后再回自己家。今天又是她们可以在户外坐一会儿的日子了,她走近特蕾莎家的时候这么想。但等她敲门的时候,没有人来开门。

她在特蕾莎家门口的时候,警报突然响了起来。那么突然,仿佛从天而降一般。

她站在台阶上,整个人又冷又僵硬,看着这所有的一切。达格从房子里冲出来,在门口站了几秒钟,然后冲上坡去了消防队。几分钟之后,消防车开上了道路。警笛,闪着的蓝灯。夏日的风吹过树叶间。

他朝着布莱伊沃尔的方向开去。

她自己都不知道,站在那里的时候她用手捂住了耳朵。

她看见英恩曼一个人跑了出来。他穿着那件深蓝色的连体衣,胸口都是油渍。他看上去很困惑。他先是去了警报杆那里开关的地方,但他就在那里站着,尖厉的警报就在他头顶轰鸣。阿尔玛很想冲他大喊,让他走开,要不然耳朵会被震聋的。他在那儿大概站了半分钟，然后转身进了屋子。好像只有几秒钟的时间，他就穿着消防服回来了。他直接到警报那边把开关关掉了。他的动作极其突然，近乎粗暴。天空好像突然塌了下来，一切都变安静了。

七

19岁的我刚刚离开家乡,想开始做自己。我在奥斯陆市中心那座极负盛名的法学院开始学习,我要穿过挪威那些历史名人曾经走过、看过、学习过的广场,我要开始我的新生活,学习成为一个知识分子。在出发之前,我去海沃伦探望了我的奶奶,向她借了爷爷从前穿过的一件大衣,我还给自己弄了一副眼镜,尽管我其实不需要戴眼镜。在老家我是绝对不会穿大衣、戴眼镜的,但在奥斯陆一切都会不一样。在那里,我可以戴眼镜、穿大衣,不会有人注意到我。爷爷几乎从没穿过这件大衣,对我来说这已经足够好了。我经常会在晚上一个人出门,感觉身体生出那种愉悦。我慢慢地走过安静的史文森路,我在那里租了一个房间,然后沿着汉斯豪根大街接着往下走。我把手插在口袋里,口袋里面滑滑的,而且空间比想象中大很多。我能感觉到我的肩膀撑起大衣,特别合身。总而言之,生活变得那么好,各个方面都安定了下来。我穿过乌尔瓦大街,继续沿着那些两旁种着大树的小路走着。我穿过那一大片空地,路过四个音乐家的雕塑,最后爬上那些楼梯,到了以前消防塔的顶端,俯瞰全城的风景。城市在我脚下,在黑暗中闪闪发光。我看到了峡湾,一边是白色明亮的霍门科伦跳雪台,另外一边则是欧肯那边焚烧厂升起的粉红色的烟雾。我离家那么远,可我从内心感觉到这就是我的城市,这是我应该在的地方。这是我会住很多年的地方,在这里我才能做真正的自己。就在那个时候,那个地方,我手插在爷爷的那件大衣里,真正感觉到自己是幸福的。

后来,有一天晚上,电话响了。

"是我。"爸爸说。我们所有的电话都是这么开始的。有时候是他,有时候是我。但我们都会说"是我。"

然后,他和我讲了件事。

他最近身体感觉不太舒服,所以去了诺德兰那边的医生那里做了一些检查。然后他们让他去克里斯蒂安桑的医院拍片。他们说他的肺部有很多积液,所以很快让他进了急诊室。他在一个房间里侧身躺着,从背上插进管子引流。先抽一侧的肺,再抽另外一侧。他躺在那里,清楚地看到透明的袋子被慢慢装满。那种液体和血液有点像,只是颜色略浅一点,里面偶尔还有些小小的白色颗粒。他们最后一共抽出了4升半的积液。

他的声音还和从前一样平和。爸爸就是这样的。他说完自己要说的了,就问今天晚上奥斯陆的天气怎么样。我觉得有一种异样的感觉,脑子里仿佛蒙上了一层雾。我走到窗边,拉开窗帘往外看。

"我觉得在下雪。"我说。

"我们这儿是满天繁星。"他回答说。

"哦。"我说。

"而且很冷。又冷,又是漫天繁星。"

这就是我们所有的对话了。这是开始。

他们检查出爸爸的一个肾旁边有阴影,是右侧的那个。4月份了,冰已经开始融化。我20岁了。他之后又去抽过将近1升的积液。我无法理解，人在肺里面有那么多液体的情况下怎么呼吸，他自己也不能理解。其实医生也不理解，但他确实是这么呼吸的。

他是从医院给我打的电话。晚上了，但天还挺亮的。那个4月的夜晚有光，但空气不太通透，有点脏脏的。

"是我。"

我们聊了大概有5分钟。这是一段安静、平静的对话，并没有什么实际内容。

"你快要考试了吧？"他问。

"嗯，是的。"我回答道。"很快要考了。"

"你平常好好念书了吗？"他问。

我听到他那边有微弱的音乐声。很轻，感觉是从电话听筒里钻出来的一样。

"你那里天气怎么样？"我问。我很快想到这应该是他问我的问题，而不是我问他。哪怕他距离我几乎有400公里那么远，我还是感觉到自己脸红了。

"我不知道。"他说，声音没什么变化。"我起不来，身上有太多管子和线什么的。奥斯陆呢？"

"这里现在是春天了。"我回答道。

"哦。"他说。"我觉得我们这里也是了。"

4月底的时候我回家乡去了。他也回到了克莱伍兰的家。我见到他的第一感觉是他的眼睛变大了。他躺在沙发上，盖着毯子，他用病中的大眼睛看着我。我差不多花了整整一个晚上和第二天大部分的时间，才慢慢适应了它们。我总感觉那双眼睛能把我彻底看透，但我又无法理解它们所看到的一切。

几天之后，我开车送他去城里的医院做检查。路上开了45分钟，但感觉上好像更久一些。我们穿过了整个村子，穿过我俩都上过的小学，虽然中间隔了30年。我们路过布朗德斯沃尔的村公所、希伦、丽芙湖波光粼粼，但在深入森林的那部分平得像一面镜子。车里的气氛有点奇怪。好像我们各自都进行了漫长的旅行，有太多想告诉对方的事情，却又不知该从何说起，所以索性就不说了。很久之后，我们靠近了城市西面的海边，这边能看到所有进来的船。那天的海面灰灰的，没有动静，没有船。我不知道那让我能联想到什么。

灰？

医院的入口处站着一些抽烟的人。他们都是癌症患者，穿着阿迪或是耐克的运动服。不管怎样，他们都还是想尽办法能出来享受一下新鲜空气。他们抽烟抽得很紧张，好像时刻会有什么人突然冲过来抢走他们的烟似的。我们走近的时候，他们拿大大的红色的眼睛盯着我们。我们开门的时候带起了一阵风，他们身上的烟味飘了过来。我突然意识到，他们的眼睛都和爸爸的一样大。

我在走廊里的凳子上坐着等他。

爸爸过来的时候，我一下子觉察到出了什么事情。他的脸很僵硬，好像他大喊大叫过，又被惊吓了好几分钟那样。可他什么都没说。

"怎么样？"我问。

"还行，"他说，"还行。"

然后我们出了门。抽烟的人已经不在了，但还能闻到他们留下的烟味。爸爸需要买些新衣服，所以我们回家的路上拐进了城里。"男人装"店里的运动服在打折，所以我们直接去了那家店。我让他进去好好选他自己要的衣服。店里没有别的人。他毫无目标地在看着衣服，好像自己很清楚自己要的是什么一样。然后他拿起了一套红色的运动服，胸口有白色的"彪马"的字样。他要买这套。这套衣服才两百克朗。他去收款台付钱，向那个年轻的姑娘笑了一下，转身的时候笑容依旧挂在脸上。就在这一刻我突然意识到刚才发生过什么。我突然意识到，爸爸刚才哭过了。我突然意识到，从未在我面前掉过一滴眼泪的爸爸，刚刚在陌生的医生面前，哭了。

他就是在那一天知道，他的病已经没办法治了。

八

他把消防车开到最快,朝着布莱伊沃尔的方向驶去。穿过三岔路口的时候他狂踩了下刹车,转了个U形转弯,继续向着劳乌斯兰摩恩的方向飘去。路过延斯·斯洛特家边上的时候,他几乎要开到路外头去了。可他还是极力在转弯的地方控制住了车子。等他开到学校的时候,这边又是一个三岔路口。他在那里停下车,问一个老人家该怎么走。当时蓝色的警灯还亮着,他从窗户里大声喊着。他坐在方向盘后面,等着对方慢慢地解释完该怎么走。他重复了一遍他说的,然后又拉起警笛出发。他向着劳乌达尔的方向开了200米,左转去芬索达尔的方向,直直向着劳乌斯兰的方向开去。他一直加速,穿过摩恩的平地,那里约恩老师的房子孤零零地在那里。有两个女人在路上走,那是奥斯塔和她妈妈艾玛。艾玛耳朵很不好,差不多快聋了,所以她没有听见警笛的声音。当奥斯塔转身的时候,看到尘土中有一辆车飞快地冲过来。她刚来得及把妈妈推到路边,几秒钟之后消防车就从她们面前呼啸而过,差一点儿就撞到她们俩了。她们站在路边,看着消失在飞扬尘土中的消防车。

林子里的仓库位于和玛尔纳达的交界处,它是清晨的时候开始着起火来的。这和之前的几起火灾都不一样。消防车差不多 11 点多的时候到了现场,当时整个仓库已经全烧着了。他拉出几百米的水管才连接上了附近的一个水源。在他们连接上水源之前,大家只能先用消防车里的水。他们用完了消防车里的 1000 升水,远处水池里的水才通过水管抵达火场,可这终归是太迟了。整个仓库最后还是完全烧毁了,农庄也遭受了很大的损失。当时火势太大,温度太高,所以虽然农庄的外墙离火场有几米,还是被点着了。他们必须用防火斧把外墙的外层砍掉,屋顶上的瓦也掉了下来,整座房子被水泡了,里面的门关、门厅、厨房都在滴水。

事后大家问的问题都是,为什么是早上起的火。这是之前没有过的。

早上,等到火被熄灭之后,治安官科朗对报纸发布了声明。四起火灾后,终于第一次立案了。大家对此没有任何怀疑。科朗说警方很确定之前托内斯的那起火灾也是人为的,他们也基本确定海罗森的那场火灾也是人为的。加上森林仓库的那一起,自 5 月 17 日以来,总共已经有四起火灾了。这些火灾都是在以劳乌斯兰摩恩学校半径 10 公里之内发生的。从这一点看来,他们认为纵火犯是住在附近的人,对周围的环境特别熟悉。警方希望大家能提供沿线道路上任何可疑的情况,上报所有在周四午夜 2 点到周五早晨 10 点之内从芬索达尔到劳乌斯兰摩恩这段路上的所有车辆。警方对任何信息都有兴趣,并且警方希望大家都能睁大眼睛,举报可疑的人。不过大家起初并不觉得这个案件有多严重,没有人感觉到恐慌。

九

特蕾莎在日历本上对此做了些记录。一共五行字。这是在周五下午，森林里的火灾被扑灭之后的几个小时。不过那时，真正的事件还没有发生。早晨她去教堂为一个葬礼做彩排，那是在为安东·艾克利的葬礼做准备。她独自坐在管风琴边演奏的时候，警报突然响了。可是她并没有注意到这一点，她当时正全情投入在圣歌的旋律中。

这五行字是关于达格和英恩曼的。星期五的下午，她从窗户里看出去，能看到他们趴在门口的空地上练习射击。她很详细地描述了每一发子弹带来的身体的震动，子弹破空的声音，在树木间的回响。她写了他们在射出子弹之后站起身来走到田野的尽头看靶子上的结果。这个距离大概有100米吧。达格会把枪背在背上，英恩曼把手插在口袋里。她感觉英恩曼突然看起来很苍老了。这样的过程他们重复了好几次。后来就是英恩曼一个人走到田野尽头去看射击的结果。英恩曼把手插在口袋里，燕子在空中飞，草在风中摇摆。她看见达格留在原地，手中的枪依旧在瞄准着。英恩曼穿过田地的时候，他趴在那里一动不动。特蕾莎站在窗边看着他们，在英恩曼慢慢走过去的时候，达格一直在瞄准。这一切持续了大概有15秒钟。什么事都没有发生。不过她很肯定，他在瞄准自己的父亲。

当我读到特蕾莎的描写的时候,我想起爸爸曾经射中过一头麋鹿的心脏。在那几天前,他趴在门口的空地上练习射击。我站在他旁边几米的地方,每一发子弹都让我的胃抽筋。我看着他的脸贴在枪上,我从没见过他的脸这么紧贴过任何东西。他如此认真,放松地靠在树桩上,在射出第一发子弹前,我几乎觉得他已经趴着睡着了。我看着弹壳弹出,它们发出一种空洞的声音,好像是某种庆祝似的。它们空心,滚烫。他打了5枪,然后从那张老旧的沙滩垫子上站起来,小心地把枪放到一边,走过田地看靶子。他会很仔细地研究,而我捡起那些还冒着热气的弹壳放到嘴边开始吹。

几天后他参加了射击考试。我和他一起去的射击场,它在教堂和布莱伊沃尔的商店中间,边上什么都没有。他趴下来,向着对面那个刚刚竖起的麋鹿剪影打了十发子弹。最后的结果显示他所有的子弹都打中了目标区域,那个圈里的是麋鹿的心脏和肺。

他通过了测试。

他之前从未射过任何动物。他对打猎也从来没有兴趣。尽管如此,他的射击能力近乎完美。问题是为什么他突然想要去参加测试,之后又去参加打猎麋鹿的活动。这对当时的我来说完全是个谜,哪怕20年过去了,现在的我依旧不明白。他对打猎一直没有兴趣的。他不是那种人。他总是那么柔和,其实很多时候他都是个梦想家。在我心中,他可能会想这么做,想过要这么做,或是谈论过这件事情,但不会真的去执行。但他却真的做了,并且完成了。爸爸去打猎了。在那之后的几个星期,他在森林里把猎枪放在自己的膝盖上，我就站在他的身后。我记得我看着他的背，觉得坐在我面前的不是我的爸爸，而是一个陌生人，我从未见过的陌生人。可他一转身，我看到的当然就是他。

十

爸爸买了新运动服的两天之后,我回奥斯陆了。那是1998年的5月,距离考试已经不远了,但我没办法专心读书。我没办法专心做任何事情。从上个星期之后,好像我所有的激情和动力都离我而去。我早上会在床上待很久,直到太阳照进我的窗户才起床。我穿上衣服,吃点之前剩的东西,12点才到阅览室。我会找一个空位置,把书摊在我面前,坐在那里盯着奥拉夫大街上来来往往的车辆。我看不进去书。我几乎都不想打开书本。我整个人是空的。这让人恐惧。我从来没有过这种体会。我好像要失控了,但我又完全是平静的。为什么我的反应是这样?还有很多别的人也和我处在同样的情状中吗?有很多别的人家里也有快要病死的父亲吗?肯定有很多别的人和我面对一样的情况,在考试前也能在自习室里念书,让生活一切照常的吧。

难道不应该是这样吗?

我完全忘记了爷爷的大衣和我的新眼镜。我完全忘记了我要做知识分子。我忘了一切,忘了所有人。突然只剩下我自己了。我不知道会发生什么,但我很平静。我和大家一起坐在食堂里吃着午饭和晚饭,就和从前一样。在食堂里好好地站着排队,等他们给我的盘子里装上三个土豆、一堆胡萝卜丝、浇着酱汁的鱼饼,然后继续排队去付钱。

我和大家一起坐在桌边，把盘子放在面前，倒一杯水，拿盐和胡椒粉，还有餐巾纸。我的举止和以前完全一样。我坐着，我吃，和从前完全一样。我和别人说话，和从前完全一样。唯一不同的是我会突然止不住地笑。如果有人讲了个笑话，或是什么有趣的事情，我会笑到从凳子上倒下去。别的人会看着我微笑。吃的东西笑进了气管，我跑到洗手间让自己安静下来，把东西咳出来。除了笑个不停这一点，我所有的行为都很正常。考试的日子临近了，有好几个星期我一行字都没读。书都被我留在了我租的房间里。我不再打开它们。我一直都是平静的，我觉得这很轻松。我很平静，不管怎样我没失控。我会去奥斯陆市中心法学院的阅览室。在这个本来应该成为我的城市的市中心，我滑落着。在走廊、阅览室和食堂里，我感觉到越来越紧张和繁忙的气氛。我会听到一些对话。有时候别人会问我问题。"在认罪前提下如何进行赔偿？法克郎艾那本书里对此是怎么说的？罗德鲁普那本书里有关于这方面的什么内容吗？"有，我很平静地回答。我很肯定地觉得在罗德鲁普的书里面肯定有关于这方面的内容，或许在法克郎艾那本书里也有。我说我要回家去查查。可当我回家之后，我什么都没做。我放下了——所有的梦想、野心、所有我对自己的构想，所有我曾为之努力的教育、职业和未来。

这一切，都因为我爸爸。

我把书留在家里，自己出门在城里游荡。我穿过奥拉夫大街，沿着大学路继续走，路过国家画廊，还有那座灰色的攸伦达尔出版社的大楼，我会经过那些在窗户后面认真工作的人。或许他们在里面阅读一本新的手稿？它们之后会变成一本书，是诗集还是小说呢？我记得很久以前露丝对我讲的话，我从来没有忘记过那些话，但我选择不去相信它。在那个时候，我曾向自己保证，永远不要编故事，我也从未梦想要写作。正相反——我想要成为律师，我想要规则和全局观，我想要了解法律，分辨善恶，我想要成为完全不一样的我。我和所谓的艺术家没有任何共同点，我觉得他们都是局外人，他们没能力完成真正的教育才选择去画画、写作，或是另外什么给他们的生命带来意义和价值的事情。

那些人落到了生命的阴暗面。我至今也这么觉得。

在我站在那里盯着攸伦达尔出版社那幢灰色的大楼的时候，我觉得五月温暖的阳光让它显得格外动人。我又开始往前走的时候，突然发现这里让我回想起布朗德斯沃尔的那家老商店的阳台，那里有旗杆。从前我经常梦想能到那上面往下看。

我继续走，走到了挪威剧场，走到了阿克尔大街。沿着宽宽的台阶往上走，我就走到了政府大楼前，最终来到了戴思曼斯克图书馆。那里是我的目的地。进去之后，我突然感觉到一种宁静，不仅仅是我的四周，也包括我的内心，一切都安静了下来了。我变得温和、平静。我在那里会一下子坐好几个小时，读着小说和诗集，直到大脑一片空白。第二天也是一样，再一天，再一天。我现在还能回想起上楼台阶的走廊里的气息，楼梯中间的脚垫最下端是潮湿的，到上面就变干了。因为被太多人摸过，扶手的颜色都被摸掉了。那些装满书的书架，应该有我家乡劳乌斯兰摩恩的图书馆的数百倍。每天晚上 8 点之前，会有一个女声从喇叭中传来，告诉大家该回家了，图书馆很快要闭馆了。

考试的前一天，他给我打了电话。那是晚上，我刚从图书馆回来,又借了一袋子书。电话在我口袋里震动,我放下袋子,走到窗户前。

他的声音听上去很松弛,好像喝过酒的样子,但他肯定没喝酒,他从来不喝酒的。我站在窗户旁边,看着路灯在路面上投射下狭长的倒影。

"明天就是你的大日子了。"他说。

"什么意思?"我回答。

"你明天不是要考试吗?"

"哦,是的。"我说。

"一切尽在掌握?"

"嗯,好得不能再好了。"我回答。

"那祝你好运!"他说。

"谢谢。"

我们又聊了点别的事情,但我记不清了。是他先挂的电话。我手里拿着电话站了很长时间。然后我又穿上外套,下楼去了"水下"酒吧,它就在我住的房子旁边。我在那里点了一瓶啤酒。这是我第一次这么做,真值得记上一笔。我不知道我应该说"啤酒,谢谢"还是"淡啤",或者直接说"一瓶"。所以,最后我就直接指了指柜台上的扎啤机器。那里年轻的女招待不说英语,也不说挪威语。我很别扭地站在柜台前,等着我的杯子被装满,然后我走到酒吧的最深处,喝了一大口。之后我站起身,付了钱,出门走进了温暖的夜。我很害怕被熟人看见,或是碰到从家乡来的人,哪怕这种可能性微乎其微。不过,我在路上谁都没见到,我平安地回到了家。我在自己的房间里坐了很久很久。

第二天8点半,我到了考试的地方。考试在城市西边一个很大的体育馆里,我的座位在最靠墙的那一排,我清清楚楚地写上了自己的名字和学号，然后就交了卷，直接走了出去。我写了名字，然后走了出去，就是这样。我刚满20岁，我的生活要开始了，真正的生活。我丢下了所有旧的一切，想要成就自我。但我非常清醒而冷静，在头脑特别清醒的状态下，写下了我的名字，交出了一份完全空白的考卷。我走进了温暖的阳光下，鸟儿在新生的花丛中鸣叫。我走向车站，独自站着等城铁把我带回城里。不是我自己要成就自己的人生的吗？不是我自己想要成为律师的吗？不是我自己选择来奥斯陆做自己的吗？是的，都没错。可刚才的事情还是发生了。我坐在开往市中心的地铁上，奔向未知而陌生的世界。当城铁消失在地面之下，我盯着自己在窗户上模糊的倒影。我在国家话剧院那一站下了车，出站来到了车站前方的那个喷泉。那一刻，我知道自己进入了人生的阴影面。现在，我只能向前了。现在，没有人能帮助我了。现在你已经进入了你曾经向自己承诺绝对不会进入的领域了。现在，一切都已经太晚了。

下午爸爸给我打了电话。那时候的我已经在"水下"酒吧坐了很久，直到觉得找回了自己，才回的家。

"我考完了。"我的声音几乎不像自己。但我和他之间400公里的距离拯救了我，爸爸没有听出有什么问题。

"祝贺你。"他说。

"谢谢。"我回答。

"你感觉怎么样？"

"我也不知道。"我说。

"我为你感到骄傲。"他这么说。如果我们在同一个房间里，他是绝对说不出这样的话的，我很清楚。我什么都没说。

"你做到了我一直梦想要做的事情。"他说。

"真的吗?"我的眼睛盯着窗外。

"你知道的,我年轻的时候也想要去奥斯陆学习的。"

"是吗?"

"你知道,我也想过要成为个人物的。"

"可你成了人物啊。"我说,但很快我知道这是个错误。"我的意思是,你就是个人物啊。"

这次轮到爸爸沉默了。完全的安静。我甚至不确定他是不是还在线上,我觉得自己又听到了轻轻的音乐声,从一个距离爸爸和我一样遥远的地方飘来的音乐声。

十一

我还没完全讲完科勒·瓦特内里的事。事实上,他在1957年秋天和爸爸一起参加的坚信礼,那是他去世两年前。

他赶上了坚信礼,也是人们说的跨越了一道边界。坚信礼上他和所有参加的人一样,得到了一件长长的黑色外套和一顶帽子。这意味着他们正式和童年世界告别了。

那是1957年9月,大家开始穿白色风衣的第一年。那时候爸爸刚满14岁,科勒15岁。在坚信礼之后,他们就真正成人了。他们走进教堂,按照高矮顺序排着队,最高的在前,然后是中等个子的,最后的是最矮的。牧师排在最前面。当时的牧师是阿布萨隆·艾利亚斯·霍姆,真像是一个牧师的名字。科勒是第二个,爸爸也排得很靠前。爷爷奶奶在教堂的座椅间和别的大人一起站着。特蕾莎在上面弹着风琴。他们从中间的走道走进来,坐在教堂最前排的座位。音乐停下。霍姆牧师转过身,在胸前画了一个十字,开始了弥撒。

事实证明,除了奥斯塔,还有别的人依然记得科勒·瓦特内里。我后来去拜访了他小时候的三个好朋友。11月的时候我去了奥多·欧芙兰家。之前我并不知道他和我爸爸是同一天受洗的,用的同一盆水。这是奥多最先告诉我的事情，好像这一点对他特别重要，终于有机会说出来了。

除了奥多，那天晚上汤姆和威里·于特松都在。那年，奥多和威里都去克里斯蒂安桑的医院探望过科勒。汤姆比他们年轻一点，还记得车子把棺材拉回家的那个场景。他记不起棺材的样子，但记得那辆车，这给他留下了很深的印象，科勒就躺在那里面。

他们也肯定了我已经知道的一些关于科勒的事情：乐观，让人无法理解的幽默感。他周围的所有人都为他的病、他被迫截肢感到难过。这很正常，可为什么他没有受到影响呢？当约翰娜和奥拉夫几乎都被打倒的时候，他为什么还能保持幽默感呢？大家找不到答案。科勒的人生在我看来是那么痛苦，那么难以理解。没有言语的、模糊的，但从某种程度上说看，又是美丽的，那就像死亡阴影下的一声笑声，或是一首情歌。他的人生曾是一首情歌，五十年后，唯一人们能理解的就是那首歌里的词"宝贝"。

他们还给我讲了摩托车的故事：

那个时候所有人都要去牧师那儿。大家通常都是一起骑自行车去教堂的。他们在路上总要花很长时间。等他们到的时候，教堂的门已经开了。我记得爸爸也讲过一个类似的故事，我不知道这是不是真的。爸爸说有一次在他们去听坚信礼的课之前，他们把自行车搬上了教堂的台阶，然后在教堂里面骑自行车。奥多笑了。他说，没错。不仅仅是这样，还有一个人在教堂里骑摩托车呢。摩托车？没错！在教堂里？没错！是谁？当然是科勒。那个欢快、乐观的科勒在教堂里骑着自己的摩托车。当时他因为只有一条腿没办法骑自行车，起码骑不了那么远的路。不过，他当时已经学会了走路，也学会了骑自行车，后来又学会骑摩托车了。虽然他还没到年龄，但治安官因为他的腿的缘故给了他特别许可。他不但很快就学会骑摩托车，甚至还在教堂里骑它。教堂中间的走道很窄，很难掌握平衡。别的人都呆呆地站在旁边看着他。他好像跨过了一条无形的边界，所有人都站在一旁，屏住了呼吸。刚开始他开过中间的那条走廊，在几乎要撞到圣坛那里突然转弯，开到两边十字架的位置，然后再转弯开到圣坛。教堂里慢慢弥漫出摩托车冒出的烟，混杂着轻快的笑声。突然霍姆牧师出现了，他从圣坛上下来的时候整个脸都气白了，但他没失控。大家不会冲着一个十五岁的失去一条腿的孩子发火的，哪怕他确实做过了头。

这只是我诸多发现中的一点。不过没有任何人说起科勒的病，甚至没有人提起过他究竟得了什么病。这是个禁忌，大家不能提疾病的名字，好像说一下就会被传染似的。科勒自己好像不太在意。腿被锯掉了，但他接受了现实，继续生活下去。大家不谈可能也是想要保护他。何况，他还从治安官那里得到了特别的驾驶许可。

就在他最后一次去住院的几天前，他还在谈论等他下次回家的时候他很可能就会有一辆车了。等他从医院回到家，那辆车会停在门口等着他。可能是凯旋，或是雪佛兰，也可能是黑色的别克。三者之一。很可能是这样。是奥拉夫坐在他床边告诉他的。他们一起想象着闪闪发光的车停在房子门口的空地上，然后科勒坐到方向盘后发动车子，奥拉夫坐在副驾驶座，然后他们就出发。

威里最后一次去看他，是在他死之前的一天。那时威里15岁，一个人走了很长的路去克里斯蒂安桑看他。他见了他大概半个小时，一句话都没说。科勒骨瘦如柴地躺在白色的毯子下面。他身上几乎什么都没剩下，只有胸腔在白色床单下起起伏伏，仿佛一块被白雪覆盖的石头。还有脑袋和眼睛。他们什么都没说。没有关于车子的事情。他们只是看着对方。只是这样。约翰娜陪着他们。威里记得他和约翰娜说了一会儿话，但不记得说的是什么了。可能是特别寻常的对话。天气，来城里坐的巴士。反正不是什么在五十年后还能记起的话。

那时候约翰娜很平静。完全的平静。

然后，科勒就死了，那个不可思议的、快活的男孩走了。

就在我准备要离开的时候，汤姆和威里提到了我爸爸。显然他们两个人都认识我爸爸，提到他的时候他们好像有些变化。我不知道是不是因为我的关系，他们讲起爸爸的时候总有种亲切但有保留的感觉。他们讲了爸爸跳雪的故事，显然他是因为这个出名的。

"没有人跳雪能和你爸爸比。"汤姆说。我理解这是很特别的称赞。他们继续说，你爸爸做到了别人做不到的，或是不敢做的。他就那样从跳台上飞了下来，整个身体在空中伸展。从底下往上看的所有人都觉得心惊肉跳，雪板的尖儿几乎都要碰到他的帽子了。他保持着这个姿势滑翔。他比谁都跳得远。他们告诉我，他从斯洛特坡跳下来过，从斯度布洛卡坡跳下来过，还有好多别的坡。他们说了很多名字，但我没记住。他们特别想要告诉我这一点，好像告诉我爸爸曾经是个特别厉害的跳雪选手这一点对他们来说很重要。没有人比他跳得更远，而这其中的秘密大概就是罕见的勇气、意愿，还有超乎寻常的技巧。这一切让他落到比所有人都远的地方。

还有什么别的？

他们没有说出来，虽然他们想到了，但没有讲出口。在爸爸的这些跳雪经历中，事实上也是在越过一道道边界。每一次他都可能会出事，而且是很严重的事。他只是运气比较好，每一次都从灾难中逃脱了。事实上，当时他们都不理解：为什么他要做这样的事，为什么跳雪有那么重要。所有人站在下面的平地上，而他背着自己的滑雪板向上爬，在黑暗中越爬越高，直到最高点，然后一跃而下。没有人真正知道，当他从高处滑下来速度越来越快，接近起跳点的时候脑子里在想什么。当他迎着风起飞，寒风扑向脸庞的时候，没有人知道他究竟在想什么。

从奥多·欧芙兰家离开，我坐进车里，向着西边开去。我审视自己，我明白是刚刚有关爸爸的谈话让我想去那里的。我仿佛是从外部观察自己。在黑暗中开车的不是我，是那个曾经住在这里、是我搬离这里后留下的那个我，或者说，是那个如果我没有搬离这里、终将会成为的那个人。

我开到了三岔路口，转弯开往布朗德斯沃尔的方向，一路上经过了军营和已经废弃的射击场，我要回辛斯内斯。开车的时候我想到1998年的夏天，我开着爸爸的车子四处转悠，中途停下来会想要写点什么。所有这一切感觉是好久之前的事了，可在我开过这些地方的时候，又感觉似乎是刚刚发生的一样。

路过斯洛戈达尔家的时候，我做了件意料之外的事情，我突然刹车，转弯进了消防队前的广场。我停下了车。那里很冷，我穿得有点少。我在那座黑漆漆的房子前面停留了一会儿。消防队门口已经长出了草，看起来消防车已经很久没有出动过了。这里几乎不发生火灾。我试着透过门上模糊的玻璃往里看，但什么都看不到——停着消防车的房间里一片漆黑。不过，我没有就这样回到车上开车回家，而是朝着斯洛戈达尔家的房子走上去。我从没走过这条路，显然它比我想象中长得多。我在黑暗中走着。天气很冷。我只能听到自己的脚步声。然后我开始哼歌，这是一段没头没尾的旋律，在此时此刻出现，很快就消失。我走了好久，终于能看到斯洛戈达尔家那座大房子在黑暗中显现出巨大的影子。很快，我看到了被漆成白色的窗框，在废墟上重建的仓库。我决定要走到它边上去，可就在我下定决心的时候，我看到一辆车从北边开过来。我不知道因为什么，但就在那一刻，我突然感到了恐慌。可是这个时候如果回头也已经晚了，我距离房子还很远，这辆车会在我赶到自己的车子前就到转弯的地方。于是我开始冲着斯洛戈达尔房子的方向全速跑去。车灯越来越近，照亮了一部分的天空，我觉得这大概就和三十年前夏天晚上的火海差不多。就在我快要到路边的时候，车灯照到了我，我一下子停住脚步，仿佛突然被抓住了一样。我站在离房子还有一段距离的地方，看着车子离我越来越近。灯光直直地照在我的脸上。我在原地站着，无助地盯着它。几秒钟里，我一直在飞速地思考我该说点什么。不过车子并没有停下，它继续缓缓地开走了。我再一次回到了黑暗中，车子朝着消防队的方向开去，消失不见了。

十二

他开车到希伦的时候刚过 7 点,他在壳牌加油站加了油,买了点烟和糖果、最新的唐老鸭漫画,他开车路过了公共活动中心,继续开向欧芙兰的方向。这是很暖和的一个晚上,星期五的晚上他放假。他没有什么特别的计划,也不用去机场上班,他的下一班是星期一的晚上 6 点。

他加速向前,在路上遇到了几个骑自行车的小女孩。他对她们眨了眨眼,看到她们也冲他挤了挤眼。只有这样而已。开到山顶的时候,他打开了收音机。这天晚上电台里还在转播阿根廷的世界杯。这也是为什么他的四周都空荡荡的,那么安静。所有人都在家里看电视。比赛是 7 点在阿根廷马德普拉塔开始的,意大利对战法国。整个球场简直变成了丛林。他把车开到了一个休息的地方,坐下来边吃糖果,边听比赛,边翻看唐老鸭的画报。大概过了 20 分钟,他觉得比赛没什么意思,没有进球,没有有威胁的射门,什么都没有,只有球场喧闹的声音,听得他的脑袋里都嗡嗡响了。他下了车,点着了一支烟。他在原地站了一会儿,盯着森林看。森林里笔直的树干被阳光晒得很干,树干一动不动。

8 点多一点他继续向前开,在阿根廷的比赛正好是中场休息,比分是 0 比 0。他开到三岔路口,转弯朝着布朗德斯沃尔的方向开去。车子有点侧滑,他从反光镜里看到扬起的尘土。他把广播的声音调大又调小,后来索性关掉了。他在从前的射击场旁边停下来,又点了一支烟,但抽了没几口就扔到了地上,使劲儿地在沙地上把它熄灭。他站了很久,静静地倾听。黏稠的疲倦感像某种毒液一样逐渐在他的手臂弥漫开来。他在后座上找到了自己的枪。他把枪架在车顶,瞄准了很长时间才扣动扳机。他瞄准的是百米开外画着黑色麋鹿的路牌。他把车开过去检查。子弹正中三角形的路牌,在黑色动物图形的正中。完美的一击。

他慢慢地把车开下坡,路过杜普思兰,那里也没有人。好像整个村子都空了,所有人都离开了,一个人都没有,只剩下他。他路过斯洛戈达尔家,那里空荡荡的,很安静,最后他在消防队前面转弯。他没有关引擎,自己在车外站了几分钟。天开始黑下来,虽然西边的天空还是亮着的,可森林里已经慢慢变暗,视线变得模糊,树影笼罩彼此,变成黝黑浑浊的一团。然后,他熄了车,从副驾驶的储物柜里找到钥匙,打开了消防队的门。昏暗里,消防队里弥漫着润滑油、柴油和烟火的味道。从他记事起,这里的气味一直就是这样。每当他闭上眼睛,都能感觉到这种独特的气味。消防车停在那里,在外面路灯的照射下,车身光滑的红色深得近乎黑色。他的手摸过车身,金属很冷、很滑,用手指划过几乎没有任何阻力。他打开车后面的门,颇费了点力气才把它拉上去。消防车后备厢里有三个桶,他一一拎起了它们。左边的桶只装了一半,不是太重。完美。他把它放在自己车后座的地上,把所有的衣服都扔在它上面。然后他锁上消防队的门,坐进自己的车里,开几米的路回家。

他回到自己房间，打开了收音机，待了好几个小时。世界杯的下一场比赛 10 点 45 分开始。阿尔玛和英恩曼在客厅看电视。这场是荷兰对战西德，现场有四万球迷，整个体育场都是持续不断的喧闹声。阿尔玛织着毛衣，在每次解说员提高声调的时候抬头看一眼电视。现在的比分是 1 比 1，11 点半多一点。阿尔玛织毛衣的速度很快。她觉得她听到达格在楼上弄出了什么声音。她手上的活停了下来，望向英恩曼。他靠在凳子的靠背上，眼睛快要闭上了。她放下手中在织的毛衣，起身走到走廊里，一只手扶在楼梯上仔细地听。她能听见他在楼上说话。她听得非常清楚——这不是收音机，也不是电视机的声音，是他的声音。她走进厨房，看了看钟表，把水壶里的热水倒掉。她的眼睛直勾勾地盯着流出的水，然后重新盖上盖子，用毛巾擦干手，走出走廊。这会儿楼上安静了，没有声音，什么声音都没有。

门开了，他慢慢地走了下来。

"妈妈，你怎么站在这儿？"他说。

"嗯。"她试着与他对视。

"你没在看比赛啊？"

"没有。"她说。

"估计是要平局了。"英恩曼在客厅里喊，他突然醒了过来，在凳子上坐直了身体。

"这是他们应得的。"达格回答说。

"谁？"阿尔玛问。

"赢不了的人。"

阿尔玛盯着他看了很长时间。他看上去很累，眼睛又红又肿，一只眼睛比另外一只还大一些。他每次不睡觉就会变成这样，从小时候开始就是这样。

"达格，你看起来很累。"她说。

"是吗？"他眼睛里放着光芒，上次她看到这样的他，还是他从后面蒙住她眼睛的那次。

"你不去躺会儿吗？你需要睡觉。"

"睡觉？"

"很快就要半夜了。"英恩曼说着从凳子上站起来。"希望今晚是个宁静的夜晚。"

"我打算出去看看有没有什么可疑的。"达格边说边走进了厨房。她听到他打开了冰箱的门。

"你没必要这么做。"她跟着他进去。他拉着冰箱的门，盯着里面微弱的光线。

"总得有人值班。"他说着关上门，转身面对她。他剥开一根香蕉，很快把它吃掉。"要是没人值班，又着火了怎么办。我们也不知道那个疯子会做什么。"

"但也不用是今晚吧。"她说。"你已经……你得睡觉，你也是要睡觉的。"

他看了她很久。她突然觉得他脸上的表情有了一丝变化。她很快觉察到，那是短暂但冰冷的眼神。突然，一切凝固了，然后碎裂。他走近她，靠得那么近，她都能闻到他身上的气味。他身上有种机油、柴油和淡淡的香蕉的气味。他几乎比她高出一个头，她感觉到他的气息喷到了她的头发上。

"妈妈。"他用只有她能听见的音量叫她。她突然感觉很不舒服，就像是突然缺氧了一样。

"可是，达格，"她低声说，"亲爱的，你必须得睡觉。"

他把手放在她肩膀上，那么重，好像能把她压到地上去，但又那么轻，好像能让她飘起来。他的手让她的身体感受到温暖，她从未感觉过的温暖，只来自达格的温暖，世界上只有她能接收到的温暖。在这世界上，只有她能听到他这样的声音，那个声音轻轻地在她耳边说：

"妈妈，妈妈，我亲爱的，娇小的妈妈。"

十三

考试结束的那天晚上,我和大家一起参加了考试后的派对,那是在大学的地下室里举办的。刚开始的时候我们在图林卢卡边上的一间学生公寓预热,大家一起喝几瓶啤酒之后,过几个小时再一起去城里。我和他们坐在一起,举杯,干杯,加满,再干杯。我感觉别人在看着我,他们的眼里有着期待和友善的光。他们从来没见过我这个样子。所有人都很开心,很放松,在好几个星期不停的学习之后,大家都累了。没有人聊到考试或是考试的内容。大多数人只是很高兴考试终于过去了,大家期待着夏天悠长的假期,等到秋天新学期再回来面对新的挑战,走上新的台阶,向着终极目标进发。我坐在那里,微笑着,和大家干杯,跟着地下室里震耳欲聋的音乐唱着歌。但事实上,我知道自己正渐渐抽离。整个过程中我一直很清醒,很专心,哪怕酒精在慢慢增加。其实从爸爸生病那一刻起,我就一直处在这种状态之中,特别清醒,好像在从旁边看自己一样。在两首歌的间隙,我站起身,手上拿着酒瓶:考试我什么都没写。我大喊。我交了白卷。干杯!大概有几秒钟的时间,大家面面相觑,一片寂静,但也就这么几秒钟,笑声打破了沉默。所有人都在笑,他们举起了杯子,干杯,我也笑,和他们干杯。聚会的气氛继续热烈下去,更多不清晰的画面,更快速的音乐,温热的身体,微笑,大笑,长长的拥抱,贴在耳边的嘴唇,所有的一切一切我都好像置身事外。后来我们从大学的地下室离开,继续向城里进发,我们的头脑仿佛被更多的迷雾笼罩了。我不知道几点了,6月初那个清冷的夜晚,我记得微笑的脸和马路上的笑声。我记得有一大群人,摇晃的舞池,刺眼的旋转灯,汗湿的身体,头发遮住了我的脸,压在肩膀上的手,香水的气味,男低音。我被温暖的、毛茸茸的黑暗包围,到处都有人在喊,在笑,但我却感觉孤身一人。我逃离了。没有人注意,也没有人在意。这是个派对,我们在城里庆祝。我连着喝了四杯酒,每一杯上面都有一把小雨伞做装饰。我把它们都往我肩膀后面抛出去了,我不知道我的酒哪里来的,是别人给的,还是自己买的,但我记得那些小雨伞,我记得地板开始旋转。我冲着一个女孩大吼大叫,她留着黑色的长头发,眼神飘忽。她撞到了我,我冲着她不知道喊了什么,但她好像什么都没听见,或许是我错了,或许我没有冲她喊,或许眼神迷离的是我,一声不吭的是我,大声吼叫的是她。我不确定。在那之后,我的记忆一片漆黑。

  我好像缺失了几分钟,也可能是几个小时的记忆。等我恢复神智的时候,我发现自己在空荡荡的大街上冲着市中心的圣·奥拉夫广场走去。我倚靠着墙,向那个方向走去,整个世界在不停旋转。突然间,我周围的一切是那么安静,我只能听到自己不均匀的跌跌绊绊的脚步声。宁静,我记得我这么想的。宁静。宁静。宁静。我碰到了一群人,在我眼里,他们几乎是一团阴影,好像在很远的地方,又好像就在我面前。我冲他们喊了些什么,伸出手臂,挡在他们面前,我不记得我想了什么,或是我想干什么,但我很快感觉到脸上耳朵边剧痛。有人冲着我的脸揍了一拳。突然，我又是一个人了，他们走了，世界坍塌了。我站在那儿，试图想明白刚才究竟发生了什么。有人揍了我。我不知道因为什么。我只感到自己的脸被揍了一拳。我终于还是到了于勒瓦尔，路左转弯。我的脑袋里很糊涂，可身体又仿佛有什么让我明白所有这一切的东西。那是一直让我保持清醒、保持理智的东西，就是它让我去参加了考试，也是它引导我转身，走进了福莱尔瑟斯墓地。我心里有个声音很客观地说：你故意考试交白卷。你考试注定不及格。你喝得那么醉。你对你父亲撒了谎。你被人揍了。现在你进了墓地，那里面一片漆黑。最近那里有好些袭击案件。但对我来说这不算什么。我几乎是在希望有人会来袭击我：有人偷偷从我后面过来，重重地击打我的脑袋，让我失去意识，躺倒。他们打我脸的时候，我的感觉其实不强烈，现在我希望更多的伤口，比如用瓶子击打后脑勺，眼冒金星。这样第二天会有人发现我，我是不是还活着也不那么重要。我这么想着，沿着碎石铺的路往墓地的中心地带走。我很快就走到了墓地的中心，那里葬着那些大作家和作曲家。我的头晕晕乎乎的，但好像又很清醒。我在黑暗中穿梭于墓碑中间，不知道自己要去哪里。时不时我会看到旁边的马路上有车开过，这好像是来自另一个世界的遥远的呼吸。我觉得尿急，我就尿了。我不知道我面前是谁的墓。我知道我面前有墓，但不知道谁在那里面。反正我就是尿了。这种自由的感觉真好。之后我坐在一块墓碑上，两只脚都放在面前的花坛里。我身体的一部分知道这花是新种的，是种在松软湿润的新土上的三色堇。突然一种极冷的感觉席卷我全身：这是我爸爸的墓。在我不知情的情况下，他已经去世了，已经被安葬了，他一直想要联系我，可我在这里。我意识到爸爸就躺在这松软的泥土之下，我不敢看墓碑上写的是谁的名字。我只知道，这是他，就是他。我心里这么觉得。就是他。就是他。到了最后，我还是弯下腰，头几乎碰到了膝盖。我看到了墓碑上的字，只有一个简单的名字，这当然不是他。然后我就吐了，吐在我的鞋子上、花朵上，吐在松软的泥土上。我站起身，摇摇晃晃走了几米，又开始吐。我靠在另外的一块墓碑旁。过了一会儿，我觉得好些了，但脑子里的那些想法还在飞速旋转。我走到两棵枝叶茂盛的大树那里，树底下有一块特别大的墓碑。我知道那两棵树下葬着的是比昂松[①]。我走到大树下，坐在那块平坦的刻着一面国旗的大石头上。我坐在了比昂松的墓碑上面，感觉自己逐渐远去。我躺了下来。这种感觉真好，无比的好。这就好像我的整个人生都在四处寻找，等待这样的一个时刻，仰躺在比昂松的墓地上，双手张开，感觉着自己的重量。我肯定是睡着了，就像是被天使催眠了一样。之后的事情我就不记得了。

---

① 比昂松（1832—1910），挪威著名作家，诺贝尔文学奖获得者。

十四

他路过劳乌斯兰摩恩的学校的时候,把车前灯关了。刚开始的时候,他什么都看不清楚,后来慢慢能看到一点,最后就什么都看得清了。他必须习惯这样子。然后,他又把车前灯打开。在学校广场的前面,他左转去迪内斯托的路。足球场的围栏有些地方坏了,学校的大楼一片漆黑。每次他开过学校的时候,总感觉好像距离他在这儿上学并没过多久,好像所有的一切都回到了从前。虽然那已经是9年前的事情了,可他清楚地记得当时的生活。他所有的功课都是最好的,一个人高高在上。这就好像他还能听见莱内特老师的声音:达格,你能给我们读一下这个吗?达格,你能给我们打一下拍子吗?达格,你字写得好,能把这个句子写到黑板上吗?就是莱内特老师让他相信,他能成为自己想成为的人。就是莱内特老师发现了他,看出了他是个怎样的人,他擅长做什么,他是如此独特的一个人。他和别的人都不一样,莱内特老师很清楚。别人之后会成为农民、电工、伐木工、水管工,或者是警察。

而他呢?达格?达格会成为什么人?

他们曾在辛斯内斯的家里,围坐在餐桌旁讨论他的未来,他们好像构成了一个有魔力的圆圈一样。现在他们不经常这样了,但他清楚地记得那种感觉,大家心里都被更盛大的精神层面的感受充满。他知道那些宏大、神圣的东西就在他手中。那是他在生命中要追求的东西，是他要成为的人。一切都在他手中。

英恩曼希望他将来做医生，或是律师。爸爸说，你那么聪明，想做什么都可以。他说过，除了消防员，你做什么都可以，因为你本身已经是消防员了。然后他们就会一起笑起来。他知道爸爸是对的。就在那时那刻，他觉得一切皆有可能，他有无穷的能力，世界就在那里，只要他去就好了。

他把车开进了学校的操场。他停下车，四周一片漆黑，什么声音都没有，只能听到汽车马达发出的声响。他缓缓地绕着教学楼走着，从黑黝黝的窗户往里看，里面有座椅、黑板、书架，墙上挂着几幅稚嫩的画。

他究竟会成为什么人？

肯定是了不起的人，会让别人瞪大眼睛的那种人。他听到了他们说的话：达格做医生啦？达格做律师啦？哦，我们真没想到。

没有什么是不可能的。他可以搬去奥斯陆，秋天的时候开始医生的课程，花两三年的时间完成。这也不错。他还可以同时去进修钢琴。或者他可以去念法律。或者换一换也行，主修音乐，晚上去修法律？这其实也是一种可能。或许还是读法律好一点。这个更实用。他可以做到大律师。或许可以去司法部工作？或者去外交部？或许他可以去考外交部的培训生项目。好好学法语，或是西班牙语。他可以去巴黎，或者马德里常驻。他会成为外交官。他能想象阿尔玛和英恩曼去巴黎的使馆探望他。他开着使馆黑色的车子去戴高乐机场接他们，妈妈会在拥抱他之前，交叉手指：

哦，天哪，真的是你，我的好孩子。然后他会开车带着他们去巴黎城里，给他们介绍那里的一切，都是他们之前听说过的，埃菲尔铁塔、香榭丽舍大街、凯旋门。他的白日梦总是会到凯旋门那儿结束。毕竟他从没去过巴黎。

他可以成为外交官。或者为什么不做辩护律师呢？他在电视上看到过奥尔夫·诺德胡斯，一下子就被他迷住了。硬朗的外形，胡子拉碴，忽明忽暗的烟头。他能想象自己穿着黑色风衣去参加案子的辩护。他能很好地胜任这个角色的。他可以为被告辩护，哪怕是被指控杀人的嫌疑犯。他会向所有人证明被告是有道理的，错不在他。杀人的人是真正进行过理智思考的，大家必须理解背后究竟有什么原因。要是大家能理解的话，那就说不上是犯罪行为了，杀人犯也就不是杀人犯了。这样杀人犯会被判无罪释放，而他会享受到成功的荣耀。

他好像能在眼前看到这一切，听到自己的声音。大家都能理解的。杀人犯并不只是杀人犯，杀人犯也是一个人。这很难理解吗？

他坐进车里，继续向着迪内斯托的方向开去。他沿着那条狭窄的道路路过了胡梅湖。一层薄雾飘在水面上方，好像它突然从黑暗中被剥离出来，升向天空。他看不到湖对面的土地，只有一道墙一般的森林。他又关上了车灯。他开过属于克里斯蒂安桑企业俱乐部的小木屋，它下面就是可以游泳的地方。木屋里住了人，他看到有些车子杂乱无章地停在门口，不过所有人应该都已经睡了。现在已经凌晨1点多了。他关掉广播，继续沿着道路往迪内斯托的方向开去。路很窄，有很多转弯，他的轮胎印子里慢慢有了更多的青草色。道路两旁很多小杨树的树枝都伸到了路上，车开过去，就好像有很多手拍在车子上。哪里都没有灯光，没有房子，没有庭院灯，什么都没有。他决定把车往回开，找个合适的地方就掉头。

就在这时，他看到了应该是一座房子的影子。它在路边高一点的地方，边上还有一个谷仓，靠很近了他才看到的。他把车慢慢开过去，然后停下车，走了出去。夜晚有点凉，他只穿了一件薄薄的衬衣。他把袖子卷下来，把扣子扣到脖子这里，这让他稍微感觉好了一点点。他在后座上找到了卷成一团的外套，套上后一下子就觉得暖和了起来。他的四周很安静，除了车子温热的引擎发出的轻微声响外，一片寂静。他走近这座房子。这是座老房子了，哪怕在黑暗中也很容易看出这一点。房子很大，有很大的地基，地下室也有小小的窗户。草已经长得很高，楼梯两旁有扶手。在房子和谷仓中间停着一辆拖拉机，不过谷仓又大又狭长，里面一点光也没有。这就是全部了。他下坡到了谷仓的另外一边，从那里能看到下面有一个房间，里面装满了干草包，还有些别的垃圾堆在黑暗中。

很快，他回到了车子那里。他从后座上拿出那个大罐子，罐子白得发亮。因为只装了一半的东西，所以搬起来很容易。他带着它走下了坡。他看到那里有扇门，他仔细打量，发现门是开的。他走进一间黑漆漆的屋子，里面是木地板。哪怕他在里面站了很久，想让眼睛适应黑暗，他还是什么都看不到。于是，他擦亮了一根火柴，房间一下子亮了起来。房间里是空的，屋顶很低，地板上有些干草屑。其中的两面墙就是地基墙。房间里有腐烂的和动物的气味。火柴熄灭了。汽油桶的盖子有点黏住了，他花了点力气，好不容易打开了。他看不见自己把汽油倒在了哪里，但他能听到汽油被倒在地板上的声音。弄完之后他走出房间，把汽油罐放到地上，仔细地把手擦干，然后又回到谷仓里。现在是夜最深的时候，再过些时候，光将慢慢点亮天空，虽然夜晚还没有过去，但很快鸟儿会开始歌唱。他能听见自己踩在长长的草上的脚步声。他的裤脚都湿漉漉了，他站在门外，找出了火柴，黑暗让他几乎看不见自己的手。他在心里慢慢地数着数，然后点燃了一根火柴。火柴一下子就灭了，第二根火柴也是一样。肯定是他自己的呼吸把它们吹灭的，因为周围一丝风也没有。他在心里骂了句脏话。这一回他一下子点了三根火柴，火焰在他手中闪着光。他退后了几步，把火柴向开着的门里面扔了进去，然后迅速关上门往后退，直到离房子一段距离。他从来没想过一切会发生得这么快。这个小房间爆炸了。然后一片寂静，随后在谷仓里发出了轻微的声响。大概两三分钟之后，木板的缝隙中透出了烟，几分钟之后，金色的火焰烧穿了屋顶。他的周围慢慢地明亮了起来。他能看到远处路边停着的车子，他身边的森林，在这种不真实的光线里，他能看清身旁几棵树伸出的枝丫。他的脸苍白光滑，仿佛被抹去了年龄一样。他的眼睛里发着光，眼珠漆黑。老旧的谷仓中吹出一股看不见的风。他感觉到了。头发从额头被吹起。他第一次感受到这种风，是他一个人坐在树上看着火的时候。那时，那条在厨房里的狗还活着，热气像海浪一样涌向他。风既冷，又带着燃烧的炙热。啸叫和感觉像唱歌的声音是更久之后才会有的。不过，这里的一切快要倒塌了。他现在得准备往回走了。

他迅速地带着汽油桶跑回自己的车子，他没有再往后视镜里看一眼，飞速从那里开走了。他没有开灯，直到开到罗巴肯那里停下车，下车往回看。胡梅湖那边的天空还黑着，没有一点声音，没有一丝风。就在田地边上的几米之外有一间老的户外仓库。在黑暗中，它看起来几乎是黑色的了，恐怕"二战"以来就没有人漆过它了。他跑到车里拿出了汽油桶，那里面还剩不少汽油。不过汽油的多少并不重要，关键是起火的地方在哪里。他撞开了后面的那扇门，进了一间完全黑漆漆的房子。这里面有陈旧的干草的气味，和牛粪和潮湿泥土的气味。这就是坟墓的气味吧，他这么想着，几乎忍不住要笑起来。他往前走了几步，没有发出任何声，但他突然停了下来。他觉得这里面好像有人，有人在看着他。他觉得有人在黑暗中紧紧地盯着他，他一下子想起了他放在车子后座上的枪。

"诶！"他低声说。

没有人回答。

"你是谁？"

还是没有任何回答。

"我知道你在那儿，快出来。"

他盯着暗处。他觉得他看到有东西在远处缓缓地移动。有人站在那里，犹豫要不要走出来。

"你在害怕吗？"他说。

影子没有回答。突然，他觉得他知道是谁在那里了。

"爸爸？"他说。

影子靠近了一点点。他的身体没有动，手伸了出来。

"别靠近，"他低声说，"你不要再靠近了。"

影子在黑暗中慢慢地朝着他移动。

他点燃了一根火柴。他的周围亮了起来。没有人在那里。没有英恩曼，也没有别的人。只有一些老旧的用具和一些破烂靠在一面墙的边上。可当火柴熄灭，他还是能看到爸爸站在那里。他看上去好像坐下了，弯下了膝盖。

"爸爸？不会再有火灾了，爸爸。你听到了吗？"

没有人回答。

"我说不再会有更多的火灾了。"

他又点燃了一根火柴，父亲消失了，就在火柴照亮的短短几秒钟，他找到了合适的点火的地方。

火柴熄灭了，父亲又出现了，在那边的黑暗里跪在地上。

"你不能在这里，我说过了。"

他看到父亲慢慢地站了起来，在黑暗中突然到了他面前，伸出手。

"你得从这里离开，要不然你会被烧死在这里面的！"

爸爸伸着手，一动不动。

他又点燃了一根火柴，空房间又出现了。在角落里有一辆破旧的套马的车，还有一堆空箱子和木板。他浇了一些汽油在轮子上、箱子上和木板上。在火柴熄灭之前，他走到了门口。

"如果这是你想要的，"他对在暗处的父亲说，"那你就别怪我了。"

屋子再一次亮了起来，这次是彻底的明亮。他又一次选择了最完美的地点，火焰瞬间就窜得很高，好像它一直藏在什么地方，一直等待着这一刻。整个轮子都烧着了，还有木板和空箱子，整个房间变得温暖而有生气。马车开始了燃烧，橡树做的车轮透着红光点燃了地板。火焰仿佛获得了新的生命，这恐怕是因为地板上原来那些干草。很快火焰就烧到了墙壁那里，短短的几秒钟，火焰的力量就加强了，冲到了墙顶，最高的火舌已经舔到了天花板。到了这一步,之后的事情就自然而然了。他背对着门。

"你听到没,爸爸!站在那里祈祷是没用的!"

他盯着火焰,停留了几秒钟。整个房间被一种不真实的、跳动的光线笼罩。他望向屋顶的房梁和纹饰,突然发现横梁交叉处有个小小的黑洞。那是一个燕子窝。他定睛看了一会儿,看到雏鸟的小脑袋从窝边探了出来。他看着雏鸟的嘴一张一合,听到从上方传来的细细的吱吱声,看到燕子在屋顶下的浓烟中迷茫地飞着。

他走出了房间,重重地摔上了门。他颤抖着往后退,手揉了揉眼睛。他的手指上沾了汽油,一下子让他感觉自己的整张脸像着火了一般疼。他跪倒在地上,抓了一把湿润的草去擦眼睛,过了好一会儿,才觉得好一些。就在这个时候他看到了一双眼睛,闪着光的眼睛。

"原来是你啊。"他对着那黑色安静的动物说。他发现外面的田野上有好几头牛。半明半暗中,它们有些站着,有些躺着,只有站着的最近的那一头看到了一切。牛抬起黑色的脑袋,非常没兴趣地看了他一眼,然后又低头去吃栏杆边的草了。

他不能再耽搁下去了。房子里的声音越来越大。他走向自己的车子,慢慢向着学校的方向开去。开出几百米之后,他停下车往回看。胡梅湖那边的天空还是黑的。没有烟,没有火海。什么都没有。

他从学校的路口开出来,在老教学楼外面那座小仓库那边转了一圈。他们曾经在教学楼里的地下室上木工课,在二楼上体育课,还可以偷偷跑到阁楼,在那里藏起来。他在那站了几秒钟,看了看教学楼,然后猛地转身,向着仓库走去。

这一次他做得很简单，他也没时间做别的什么了。这边随时可能有车开过。他把汽油倒在一些干草上面，只用了一根火柴就很快烧到墙上去了。木板墙又薄又干燥，简直像纸片一样好烧。没有什么比这更简单的了。他只花了几秒钟。他的心里仿佛有种沸腾的感觉，他飞速跑回车子，把汽油桶藏到后座，然后冷静地慢慢开车上坡，穿过博德湖，路过位于索罗斯的安德斯和阿格内斯在福格农场的房子。在布朗德斯沃尔的十字路口，他打开了车灯。他已经习惯在黑暗中开车了，车灯亮起的时候，他一下子觉得好刺眼。然后他什么都能看见了：盘旋的昆虫、路边的草、树木和黑暗中交缠的枝丫。他在布朗德斯沃尔左转弯的时候，车灯照进了废弃商店的玻璃窗，他看到那些老旧的货架和抽屉，那里曾经装满了面粉、豆子、谷物和咖啡。不过现在它们被留在那里积灰。他路过阿尔弗莱德和艾尔瑟的房子的时候，他看到了特蕾莎房子的灯光，只有一个孤零零的灯泡亮着。然后他转向右边，穿过大桥和平静的河流，他到家了。他悄悄地走进了房子，到洗手间去清洗自己。他站了一会儿，仔细看他额头上的伤疤，他的手指上还能闻到淡淡的汽油味。他的眼睛里闪着光，所有的疲惫都一扫而空。他的头发里有草屑。他一闭上眼，就会看见在烟雾缭绕的屋顶下盘旋的燕子。然后他关掉灯，四大步就上了楼，刚脱掉衣服钻进冰冷的被子，闭上眼睛，楼下的电话就响起来了。

第四部分

一

奶奶在日记里写道，那是6月3日的早晨：

奥尔加的老房子被烧掉了，外面的仓库也一样。这太不可能了，可确实发生了。这房子现在是贾斯伯·克里斯蒂安森的，但我还很清楚地记得奥尔加住在那里的样子。我记得那时候我和克里斯滕、斯坦纳和奥尔加一起陪一个病人去奥斯陆。那时有个女孩子病得很厉害，我们一路开车送她去奥斯陆的。那是"二战"刚刚结束的时候。可现在奥尔加的房子被烧掉了。上帝保佑我们。

《祖国之友》，6月3日，周六，头版：

今早8点地区治安官克努特·科朗和他的探长们召开了紧急会议，讨论前一天晚上及最近几周在芬斯兰发生的火情。他们的村子里出现了一个纵火犯，当前的行为还主要针对仓库和无人的建筑物。这一天晚上在芬斯兰的劳乌斯兰和迪内斯托两处同时有一处农庄、一处户外仓库和存放干草的仓库着火。

奥斯陆的报纸也开始讨论这个案子：《晚邮报》上登了一条消息，《世界之路报》写了一篇文章，两篇报道基本都很冷静，没有照片。国家广播电台做了一则长一点的报道，但还没有上电视。那是到了星期一晚上才有的事情。

二

我从前听说过有一位女病人被送去奥斯陆的故事,但我不知道当时是爸爸陪她去的。我也不知道他们是从迪内斯托的房子那边接的她。这个病人当时和奥尔加住在一起,她从烟囱中拿了灰带在了身上。

接受精神病患在我们这儿不是什么不寻常的事。他们中的大多数都从克里斯蒂安桑的艾格精神病医院来,他们把这些病人送到农庄来的目的,是希望这边的生活改善他们的病情。这是基于从前的想法,劳动的治愈力。精神病人应该从医院那种灰色被动的生活中解放出来,到充满新鲜空气的环境里去,让自己的身体动起来,做点什么。到阳光、风雨和寒冷中去。或许需要一些时间,但他们终究会好起来的,或许最后能够恢复健康,回到正常的生活中去。此外,如果接收他们,接待的人也能拿到几个克朗的酬劳。这个想法是好的,但事情通常不尽如人意。我听过好几个关于这些精神病患的故事,不过具体的情况不很清楚。我知道奥尔加在那些年里接待过好几个病人,但我几乎一点都不了解他们。他们叫什么,是什么人,在他家都做些什么,住了多久,他们从哪里来的,他们是死了,还是依旧活着。我一点都不知道他们的事情,而所有我问的人也不能告诉我更多事。

大家唯一知道的，就是这个关于灰的故事。

故事是这样的。

这位住在奥尔加家的病人太不正常了，奥尔加实在没法让她继续住下去了。这位病人开始和上帝高声地辩论，而且持续很长的时间。当她好几次想要用耙子把拯救者从天上拉下来的时候，奥尔加实在忍不下去了。她不能让病人继续住下去，艾格精神病院也没有空位，所以他们最后决定把她送去奥斯陆的高乌斯塔精神病院。那有400公里的路，奥尔加没有车，所以她问我爷爷是否愿意开着他那辆1937年美国纳什大使款的汽车送病人和奥尔加去奥斯陆。爷爷说没问题，奶奶也一起去了，还带上了爸爸，要不然家里没人照顾他了。1947年6月中一天的清晨，他们从克莱伍兰的家出发，全家人一起。开了几公里，到迪内斯托的房子那儿转弯处停下。爷爷走出车子，去敲门。过了好一会儿奥尔加才来开门。看起来她和病人一起打扫了整座房子，从地下室到阁楼，唯一剩下要做的事就是把炉子里的灰倒掉，爷爷来敲门的时候他们正准备倒灰呢。大家等了她们一会儿。临坐进车前，女病人把客厅炉子里的灰都收在了一个罐子里，然后把它放进了自己的包。她准备好离开了。这是她唯一想要带走的东西，一盒子灰，她把它放在包里。之后的400公里路程里，她把包放在自己的膝盖上，和别人挤坐在后座。

2004年冬天，在奶奶过世后，我们发现了一张照片。此前我从未见过它。那是一张爸爸的照片，当时他还只有四岁，应该是夏天，他穿着中裤和短袖衬衣。他坐在奥斯陆艺术家大楼外的大狮子雕像上笑着。看到这张照片的时候，我也不知道这两头狮子是不是还在原地，守护入口两旁的旗子。爸爸后来自然卷的头发和小时候照片上的一模一样。照片是汉布雷摄影师拍的，因为手工上色之后又掉了颜色，照片上的爸爸看起来像个小小的铜制天使。我小的时候就完全不相信照片上的人是爸爸。我坚持认为那是个小天使。

这张照片肯定是那次去奥斯陆的时候拍的，或许是在病人和灰被一起送到高乌斯塔精神病院后拍的。他们开了很远的路到了挪威的首都，自然他们想去看看皇宫。去看一下在奥斯陆的皇宫大概是他们最想做的事情，无论是爸爸还是爷爷奶奶，或许奥尔加·迪内斯托也是一样。她这辈子也没去过别的什么地方。那时候距离"二战"结束也就两年，他们想要看一看皇宫，看那些在太阳下站着的穿黑色军装的皇家护卫队，沉默得像是坟墓。然后他们在皇宫花园里逛了逛，看了看艺术家的住宅和狮子雕像。难道还有比坐在狮子背上拍照更棒的事情吗？

这一切就是这样串联起来的。那次长途旅行的故事，爸爸的照片，迪内斯托家的病人装走炉灰的故事。这些故事交织在了一起，它们和火灾也息息相关。那个女人坚持从烟囱里带走炉灰。到了1978年6月3日的晚上，整个烟囱被烧得黑漆漆的，最终孤零零地矗立在废墟上，像是一棵被砍掉了枝丫的大树。

人们收集所有的部分，包括灰烬。

三

我给贾斯伯·克里斯蒂安森打电话,他的妻子海尔佳接的。她知道我是谁,贾斯伯当然也知道,他们俩从我还没出生就认识我了。贾斯伯还记得爸爸带我一起去打猎,打麋鹿,那时手里拿着滴着血的麋鹿心脏的就是贾斯伯。

我花了很长时间解释我想要做什么。我准备要写他们在三十多年前6月2日至3日夜间被烧毁的房子,我希望他们能给我讲讲那个时候的事情。我不知道他们现在是怎么想的,是否愿意提起这段往事,还是依旧很心痛。

他们一下子就答应了。

第二天晚上,他们就和我见了面。

我们聊了很长时间,不仅聊了火灾的事,还有好多别的事。我们的谈话展开了一张越来越大的图景,几乎停不下来。我觉得我突然触碰到了我曾失去的东西。它与我一直息息相关,但同时我却一直不太清楚。我们聊到了我的爷爷奶奶,我的曾祖父西格瓦尔德,他当时在海沃伦那里做皮革,我的曾曾祖父延斯,他脾气是那么好。

不过,我来找他们的目的是了解迪内斯托发生的那场火灾。

那是1978年6月3日晚上的凌晨1点,海尔佳和贾斯伯家里的电话响了。那时候他们还住在诺德兰，几个月前他们刚从奥尔加手里买下了迪内斯托的房子，休整的工作才刚刚开始。贾斯伯给新房买了新的双层玻璃，但还没搬到房子里去，就放在室外，靠在外墙上。贾斯伯的拖拉机停在房子和仓库中间的空地上。

电话是海尔佳接的。她听出了电话那一头的声音，是奥尔加·迪内斯托。她的声音听起来又遥远又轻柔，好像是从另外一个世界打来的一样。

刚开始，奥尔加只说出了短短一句话：

迪内斯托着火了。

等她稍微平静下来一点，她解释说她听到了消防车的声音，然后跑到她在洛巴克内房子外的空地去看。她先看到了佩尔·劳乌斯兰着火的仓库，之后是胡梅湖上方的火焰，那个时候她就明白了。每隔几分钟他们就能听到一声爆炸声，每次爆炸过后火焰就更猛。她一个人站在房前的空地上，知道是迪内斯托自己那座老房子着火了。73年前她出生在那座房子里，她的弟弟克里斯滕8年之后也出生在那里，他们的父母都在那所房子去世，然后脚冲外地被抬出家门。她站在那儿看着一片火海，嘴唇颤抖着。然后她转身回家里，给贾斯伯和海尔佳打电话。没有人跑来告诉她发生了什么事，她自己就看明白了。

贾斯伯和海尔佳很快出发了。他们要开车去看看究竟发生了什么事。他们开过了诺德兰、霍尔特莫、斯托克兰。整个过程中贾斯伯特别平静。他不相信这是真的。迪内斯托的房子？那里和哪儿都不挨着，那么平静安全的地方。奥尔加肯定是在做梦。就是这样。大概是她躺在床上睡不着觉的时候幻想出来的。毕竟她年纪已经很大了。

他们朝着希伦方向开去的时候,天空还很亮,他们能看到晴朗的天空。没有看到烟,也没有火海,什么都没有。贾斯伯更加确信了自己的判断,但几分钟之后,当他们开过劳乌斯兰摩恩的学校的时候,他们看到了汉斯·奥斯兰被烧毁了的仓库,它就在学校的边上。它被彻底烧没了,地上只留下一堆废墟,还在冒着青烟。他们转弯去迪内斯托的方向,几百米之后,来到了被烧掉的佩尔·劳乌斯兰被烧毁的木屋。这里看不到人。一切都被烧毁了,一片废墟上飘着烟,给人一种被遗弃的感觉。他们从房子背后看到奥尔加住的房子,所有的窗户都黑着。直到这个时候,他们才慢慢接受等待着他们的是什么。他们继续开最后的几公里。胡梅湖一片漆黑,很安静,上面飘着一层雾,岸上的松枝摇晃着。没有人说话。他们没有看到火海,一点光都没有。没有人。没有车。他们什么都看不见。好像这一切都是一场梦。大概是在梦里,奥尔加给他们打了电话,告诉他们她的老房子被烧掉了。他们好像正慢慢开车进入这个梦,等他们再往前一点,就会发现自己躺在床上。他们会躺在那儿,盯着天花板,这场梦会从来的方向再慢慢退回去。那样他们就可以起床,重新开始新的一天。

只不过,这一切并不是梦。

当他们靠近最后一个坡的时候,他们发现路上的沙石被翻了起来。在他们前面肯定有辆大车开过。他们终于到了地方,贾斯伯把车停下。他们下车,没关车门,海尔佳什么都没说,贾斯伯也什么都没说。天有点冷,他们很快感觉自己应该多穿点儿的。海尔佳只穿了件薄薄的毛衣外套,贾斯伯穿了件洗旧了的衬衣。他们走了几米来到几个救火队员站的地方。救火队员已经结束了灭火的工作,或者说他们在很久之前就放弃了。他们看上去有点脏，脸上都是尘土和烟火的颜色，衣服也很脏，衬衣都没扣。看上去他们像是刚刚醒来，叫醒他们的事情让人完全无法理解。这些人虽然贾斯伯和海尔佳都认识，可差点儿没认出来。克努特、阿诺德、延斯、皮特和萨尔维，还有几个别的人。海尔佳感到一阵眩晕。没人说话。这块地方已经什么都没剩下了，房子和仓库都不在了，只有地基还在那儿。几块基石被烟熏黑了，但依旧在那里。整个空间突然的变化，让人完全想不起来曾经这里是怎么样的。那座有着白色窗户的房子，运送草料的仓库通道，门上装饰考究的合页，门厅，铺着地毯的走廊，有着白色洗手池的厨房，陡峭的去往阁楼的楼梯。不仅如此，这里整片的风景也不同了，柔软的土地、道路、绿色的原野、四周的森林。在房子和仓库不见之后，这一切好像也都变得不一样了。

他们看到了阿尔弗莱德。他的衬衣完全敞着，能看见苍白的胸口。他走了过来，握住了他们两个人的手。

"我们没能做什么。"

"我都不敢相信会是这样。"贾斯伯说。

"没错，我们也没想到会是这样。"阿尔弗莱德说。

"我们现在怎么办？"海尔佳问，但没有人回答。

人们该说什么？对两个刚刚失去自己房子的人，人们能说什么呢。

"我们来晚了，"阿尔弗莱德低声说，"我们来晚了。"

在昏暗中，他们盯着唯一留下的烟囱。拖拉机还在那里，黑漆漆的，被烧过了，让人联想到那种在阳光下慢慢锈蚀的汽车骨架。这是辆菲亚特65型的拖拉机，好用如新。那四声爆炸就是车胎着火爆炸的声音，这就是奥尔加听到的声音。就是这声音让火海开始沸腾。

这时候，消防车又开回来了。他们听到警笛声越来越近，看到了车顶闪烁着的蓝光，听到马达在最后爬坡时发出的轰鸣声。警笛和警灯直到车停了才停下，车里下来了个年轻男人，更像是男孩。他们很快认出了他，这是消防队长辛斯内斯的英恩曼的儿子。他从消防车里拿出了一大袋子吃的。

"你去买东西了？"有人问。不过男孩没有回答。他把袋子放在地上，然后背过身去。贾斯伯和海尔佳看着他在火场四周转来转去。然后他走回来，在袋子里找什么东西。大家没有注意到，房子和仓库那边还冒着烟，薄薄的灰色的烟，像是蒸汽一样，很快就消失在空气中。

"谁想吃香肠？"男孩大声喊道。

他一直跑到森林边缘才找到了一根合适的细树枝。他把香肠插在上面，走进废墟里原来的客厅的位置。他穿得很少，只穿了一件白色衬衫。他两手张开，好像在玻璃上行走一样。他沿着地基走了一会儿，然后又回头走了回来。已经没有火了，只剩下灰烬和薄薄的灰烟。他大声骂着脏话。他一直把车开到卡德伯格去买香肠，结果回来就一点火都没有了，居然没办法烤香肠！这意味着什么？没有人回答。他笑了起来。灭火的人看看他，都转身走了，装出好像还有工作要做的样子。海尔佳裹紧了身上的毛衣外套。

"没办法，我们只能冷着吃了。"男孩继续说，明显心情不太好的样子。"你们怎么说？冷的香肠！"他从墙上面跳下来，开始从包装袋里拿出滑溜溜的冷香肠分给大家。

四

  1998 年的夏天，我从 6 月份开始就待在家里，看着他的状况一点点变坏。他的眼睛明显越来越大，就在我觉得它已经到极限，在没有肉的脸上不可能变得更大的时候，它居然还在变大。我一直没和他和妈妈说过考试的事情。在我去坟墓的那晚之后几天，我坐火车从奥斯陆回了家。刚回家的几个晚上，我都睡在自己以前的房间，听着从我父母房间传来的声音。爸爸现在一个人睡在那个房间，妈妈搬到了客厅的沙发上。他睡得非常不安稳，经常会很疼。我会听到他和自己说话，但具体说的什么我听不清楚。我在明亮的夏夜睁着眼睛躺着，什么都不想做。我和我在村子里从前的同学完全没有联系。我长大了，他们也长大了，我们走上了不同的路。除了我的书，我什么都没有，当初搬去奥斯陆的时候，我把它们都留在了家里。我在昏暗的光线里翻着那些从前我带着无法解释的热情阅读过的书。我读了一会儿米克尔·封胡斯的《神奇的跳跃》，然后又开始读古尔布朗森的《比约尔达恩》三部曲。我在寻找我 13 岁读它的时候流眼泪的地方，可是我找不到。整个故事好像突然变得空洞，没有意义。我躺在床上读着书，却完全集中不了注意力，看几分钟思绪就开始心猿意马。
  有一天晚上我找到了我的课堂笔记本，把那些写过的笔记页都撕掉，坐下来准备写点什么。我记得很久之前，露丝把我留在教室，曾在我心里种下的那些话。我从来没忘记过它们，可我现在就想试试。我写了一页、两页，然后把它们全撕下来，躺下睡觉。第二天，我把它们都读了一遍，觉得很羞耻，就是那种黑色的羞耻。不过当夜晚降临，我又一次把笔记本放在膝盖上开始写。我不记得自己写了什么内容，或是它有没有什么内容。我只是一直写。那给我一种奇怪的感觉，但感觉很好。那个夏天就这样过去了。爸爸的情况更糟糕了，和他在同一所房子里变成了一种负担。晚上的时候我会开他的车出去，他那辆老式的小货车，开很长的路。在那时候，我也会带着我的写作本，有时候我会停下来写点什么。我开车去布朗德斯沃尔，在那家老旧商店旁左转弯，路过艾尔瑟和阿尔弗莱德的家，在特蕾莎家门口右转，路过那家从来没有人的安静的白色房子。他们都叫那座房子是纵火犯的房子。之后我会路过消防队，斯洛戈达尔的房子，然后接着开往赫纳米尔。之后，我会在军营门口的广场转弯，把笔记本放在方向盘上，继续写。

8月份的时候，爸爸的状况差到妈妈没办法在家照顾他了。他已经在客厅里的一张病床上躺了好几个星期，救护车来接他的时候，妈妈不在家。我觉得她可能是出去买东西了，总之，在他们按门铃的时候家里只有爸爸和我。我去开了门，台阶上站着两个和我差不多年纪的男人。他们说他们来接我爸爸。就在那一刻，我承受不住了。我不记得发生了什么，但我让他们进来，给他们指了路，然后让他们在客厅陪着他，而我自己去了地下室。我听见他们低声交谈，就好像是要策划抢劫。我听到爸爸冷静的声音，我听到金属撞击的声音。我知道他们是想试着把爸爸抬出家里去，但因为门太窄了，他们只好把床放下，再想别的办法。整段时间里，我只是站在地下室里，眼睛盯着前方。我没办法忍受站在客厅，因为我知道这是最后一次，我知道我没办法看着爸爸就这样被抬出这座房子，我也觉得他并不希望我看到这一幕。过了一会儿，好几次来来回回，他们终于把他从前门抬了出去。在他们到了房子外面之后，我安静地走上楼，看到他的脚消失在救护车里。他们关上了车的后门，从两边上了车，开走了。爸爸没从家里带走任何东西，没从这所他自1976年夏天开始住的房子里带走一样东西，甚至没带走一把灰。

我最后一次去探望他是在1998年9月末的一天。那个时候他在诺德兰的休养院有自己的房间，十年前我在儿童合唱团里的时候在休养院给老人们唱过歌。8月的时候，我回奥斯陆了，但我并没有重新开始学业。写作我也放弃了。那些日子我每天都去图书馆看书，我坐在那看书，看着看着就睡过去了。每天晚上我会被一个声音叫醒，告知我他们要关门了。

9月底的周五，我坐火车回了克里斯蒂安桑的家，我心里知道，这是我最后一次见他了。妈妈来火车站接我，然后我一个人开着那辆红色的小皮卡去了疗养院。我开车穿过整个村子，感觉人们都在看我。他们都认识这辆车，村子里没有别的人有红色的皮卡，他们都觉得好像看到爸爸开车过来了。可他们想举起手和他打招呼的时候，才发现开车的并不是他。不过虽然他们看到不是他，也还是打了招呼。我也和他们打了招呼。我路过布朗德斯沃尔废弃了的公共活动中心，现在那里变成了一个阳光房，我想当时那个绿色的讲台不知道后来去了哪里，那个拿着铁锹的男人的图片又去了哪里。男人的头上环绕着天使，我们在台上唱歌的时候，它就挂在我们头顶：我路过了村公所，现在这个地方几乎没人用了，只是偶尔有人打打桥牌，或是农民协会在那里开个会。我开车路过高山农场，那里是新的村公所，是90年代的时候大家齐心协力建造的。我路过了银行，十年之后我将在那里写作，我路过了卡德伯格老旧的商店，那里已经废弃很久了。我突然想起卡德伯格先生穿着蓝色的仓库制服，三角眼，耳朵后面夹着一支铅笔，在柜台后面嘟囔着什么。我记得好多次我和爸爸一起站在柜台前，我站在光滑的地面上，突然手里会被塞进一块巧克力，有时候是霍比牌的，有时候是斯特拉托斯牌的，有时候会是一块味道很好闻的泡泡糖。我整个人都会亮起来。我记得每次卡德伯格先生都会拿下眼镜，用衣服擦拭镜片。这一切都回来了，我的童年，身边的风景，森林，水，天空，这一切的一切都还在那里，沐浴在9月的阳光下。我在奥斯陆的新生活，突然变得遥远了。我把爷爷的外套留在了小房间里，还有我的新眼镜。那些东西我一点儿都不需要，好像是放错了地方。我踩下油门，慢慢开上了坡，丽芙湖在我的下方，一阵风从东向西吹皱了水面。

我出门很早。我把车停在了离喷水池几步的地方。我穿过养老院的走廊，咖啡的香味、旧衣服味和尿臊味一同冲入我的鼻子。房间里电视的声音，笑声和音乐声仿佛是从地底深处传来的一样。

爸爸看起来比之前好了很多，他穿着红色的运动服坐在床边，我打开门的时候看到他的腿在摇晃。

"啊，你来了。"他短促地说。

"我希望我没有来得太早。"我说。

"太早？怎么会。"他回答说。"我除了等你也没什么别的事情要做。"

他说这句话的时候，语气很生硬，完全不像他。但我们也当这一切都没发生过。我带了一袋子雀巢巧克力豆，我知道他喜欢吃，起码以前喜欢吃。我把袋子里的巧克力豆倒进了一个碗里，上次我带来的还剩下半碗。

"你还好吗？"我问。

"我挺好的。"他回答。

"我要脱鞋吗？"我问。

"不用。"他用一样生硬的音调说。"这里也不是我在打扫。"

我们笑了，我觉得好像有必要继续用他刻意的说话方式继续聊下去。

"那你可不能在这儿待太久，你就快要定居在这里了。"

他微微笑了一下，没有像我希望的那样笑出声来，他踩到地上，把脚放进拖鞋，就像他从前在家里的时候那样。当他站在地板上的时候，我才看到他已经瘦成了这个样子：运动服大了那么多，手表挂在手腕上，好像衣服和表都不是他的一样。好像衣服是偷来的，或者就像匆忙中抓了件不适合自己的衣服那样。他摇摇晃晃地走到半开的窗边，手抓住窗框站定往外看。窗口离铁道只有 50 米，他站在那里的时候，正好有一辆装货的火车开过，在火车轰鸣声和震动中，他看上去好像要散架归于尘土一般。等一切都安静了，他慢慢地移动到了窗前，用骨瘦如柴的手指头抓一颗巧克力豆，因为手抖得太厉害，好几颗巧克力豆从碗里面掉了出去，滚得地下哪里都是。我单膝跪地，弯下腰，去捡巧克力豆。有几颗在桌子下，地板中间，最后一颗滚到了床下，躺在一个玻璃容器的旁边。玻璃容器里装了一半深色的尿，巧克力豆就像是一只特别小的海豹，在海面上探出了头。

"我想带你出去兜个风。"我把所有的巧克力豆捡起来之后，我和他说。

"兜风，好。"

"开你的车去。"我继续说。

他点了点头，我没再说什么。我知道我的声音要哽咽了，我和爸爸都不会想听到这样的声音的。

我用放在房间角落的折叠轮椅推我爸爸。我尽量平稳地推着他走过养老院擦得很亮的走廊。从他房间到门口的这段路，只有我们两个人。我推着他好像一点重量都没有，轮椅很轻松地向前滑。他在我前面滑，我在他后面滑。离门还有一小段距离的地方，我小心地放开了把手，让爸爸向前滑了过去，大约能有好几米吧，他都没发现我松手了。他穿着利勒哈默尔冬奥会的一件厚外套，胸口和手臂上都有奥运会的标志，外套像一个袋子一样挂在他瘦弱的肩膀上，每次一动就发出报纸摩擦的声音。他买这件外套是因为他当时想过要去利勒哈默尔。他很希望能观看大型跳雪台上举办的比赛。只是这样而已。年轻的时候他曾在家乡这边的跳雪台看过有人这么跳，可后来证明那太危险了。因为风大的时候人会直接滑到山底下去，所以他们就把那个跳台关闭了。不过那已经是在1960年，科勒·瓦特内里摔倒截肢的六年后，去世的一年后了。三年之后，他们又建造了斯图布洛卡跳雪台。爸爸曾经爬上脚手架，坐在那里蔑视着死亡，不过那时候我什么都不知道。冬季奥运会的时候他最想看的就是跳雪的比赛，不过当时有什么事情没能让他去成，所以他终究没能到利勒哈默尔。不过，起码他买了一件奥运会的外套。在电视上播出艾斯本·布莱德森从跳雪台上跳下的慢动作,在空中滞留,之后是人海,到处都是国旗,看台上到处都是欢呼声的时候,他觉得自己好像也到了现场一样。

我把轮椅折叠起来,放进了皮卡车空荡荡的车斗里。爸爸坐到了副驾驶座位上。

"我们得先去一趟商店,"他说,"我要在6点之前把这些送回去。"这时,我看到他手里拿了一张彩票。

"你还在买彩票啊?"我说。

"这次我必须得买。"他回答的时候没有看我。"现在不买,就没以后了。"我们两个人都觉得这话听起来很不顺耳。

我在商店旁边的环岛停下车,走进商店,把两张彩票递给店员。爸爸在车里等我。我看着他颤抖着画下的格子,虽然很难辨认,但我知道这是有规律的,这七个数字是他仔细研究得出的。从我记事开始,爸爸就一直在买彩票,他甚至还有一本手册来推算中奖的可能性。我的手里拿着那两张彩票。我记得我当时听说有这种书的时候还笑话过他,我笑他居然会天真地觉得自己可能会中奖。可现在我就拿着这两张彩票,为他最后的两张彩票付钱。

"现在不买,就没以后了。"我和柜台后面的男人说。

"大家都是这么说的。"他微笑着回答了我。

"我们要去哪儿?"坐进车里的时候我问爸爸。

"你决定吧。"他这么回答的。

"去城里?"我说。

"去城里。"他回答我。

他的回答像是令人厌烦的回音,我没有再说什么。我感觉自己整个人空荡荡的,好像丢了魂。我踩下油门,左转上了欧洲十八号公路,朝着克里斯蒂安桑的方向开去。轮椅在空荡荡的车斗里前后撞来撞去。我们沿着闪闪发光的法尔湖开,路过了那个曾经演过《南部风云》里一个角色的男孩车祸丧生的地方。很久以前我们开车路过这里的时候爸爸和我说的。我一直记得这件事。我小时候非常喜欢在周末的时候听电台里播的《南部风云》的故事,我觉得整个系列故事里,迷糊的校长图尔达尔、讨厌的老师布兰特和里面轻松愉快的音乐家,都好像来自我爸爸无忧无虑的童年。

"我觉得咱们可以去看看船回港。"路过韦斯特路的时候我说。他没有说什么,我觉得这就是同意了。我在高桥那边右转,在威尔汉姆·克拉格的雕像旁边停下车。我拿出爸爸的轮椅,把他推上了小山包。很快,我们两个人坐在了克拉格塑像的前面,望向峡湾的风景。我们肩并肩地坐在一起,他坐在轮椅上,我坐在板凳上,身后是高大的克拉格的铜像。他始终盯着一个方向。阳光温暖地照着我们的胸口和脸庞。爸爸的双手折叠,放在大腿上,我突然发现从没见他这样坐着,好像年事已高,时日不多,而不是他只有五十五岁的样子。他静静地坐着,望着鸽子和小鸟从烂掉一半的苹果上吸食果汁。他坐着,我也坐着,一切都那么安静,虽然我们身后20米就是欧洲十八号公路,面前是整个海湾和港口。一切都那么宁静,我们看着船开出去,在峡湾里留下长长的白道,刚开始是很清晰的,渐渐变得模糊。我们就这么坐着,斯塔万格的火车晚了十五分钟到站,我们看着黑色的鸟儿在花丛边盯着我们,眼睛如钻石一般亮。

"你还没和我说你的考试怎么样了？"他突然说。我的血液突然凝固了，我舔了舔嘴唇。

"挺好的。"我有些疏离地回答。

"你拿了什么分数？"他继续问，在离开医院之后第一次看了看我。

"我拿了什么分数？"

"是的。"

"你是说成绩？"

"对。"

"我得了优秀。"我说。

"你拿了优秀？"

"是的。"我回答。

"那你之前为什么不说？"

"我也不知道。"我这么回答。

"你居然拿了优秀。"他边说，边看向峡湾。我没有回答，我也向那边望过去，和他一样。

"那我就放心了，起码我知道你的路没走偏。"在那一刻，我觉得不管自己愿不愿意，我都要哭出来了。我突然站起身，对着他的肩膀说我把东西落在车里了。我朝着车子的方向走，大步流星，我努力想把从身体内部冒出来的情绪压下去。我在车旁站了一会儿，直到身体中那阵情绪过去，才往他那边走去。

我在那时做了个决定，或者是我身体里的什么东西做了个决定。我不知道。我也不确定我做了个怎样的决定，或是为了什么。我唯一知道的，是之后会发生什么事。

大概晒了一刻钟的太阳，我推着爸爸往车那边走。车里放着低声的广播，我们又开回了诺德兰的养老院。我们没有再讨论关于考试或是未来，我们什么都没说。我只是感觉到他变得更平静了，他获得了平静。

我推着爸爸穿过停车场，小鸟在水边玩耍，等我们走近了就飞走，停到一旁的树上等我们走过。我们走进大门，轮椅无声地滑过光滑的地面。爸爸房间的门口贴着一张写着他名字的纸，用胶带贴着，每次有人进出都会飘起来。它任何时候都有可能掉下来，或是轻易被撕掉，换成别人的名字。或许这也就是它存在的原因。

爸爸出去一趟之后已经很累了。在他要站起来的时候，我必须用力扶着他才行。我发现他已经变得这么轻，扶着他的时候好像一点重量都没有。我能清楚地感觉到冬奥会外套下他凸出的肋骨。我扶他躺到床上，他的头靠着枕头，闭上了眼睛。我对他撒了谎，在最后的时刻我向我的爸爸撒了谎。但谎言让他获得了平静。就是这样。现在他一动不动，只有大大的眼球在活动着，他穿着明显太大的外套躺在床上。拉链开了一半，我能看到他里面穿着的红色运动服，上面白色的"彪马"字样仿佛要从他胸口跳出来。好像他会再次整个身体腾空，从跳雪台跳起，腾空翻转，脸上迎着风。

五

1978年6月3日,星期六的下午,布朗德斯沃尔的村公所被改成了警察的办公地。警察被从周边几个村子抽调过来,加上克努特·科朗和两名从克里斯蒂安桑市过来的技术人员,总共大约25人。他们从地下室里搬出了更多的桌子和椅子,放在曾经的大厅里。边上的双层壁炉上还留着一个麋鹿的头,北边两扇门之间的墙上挂着之前的村长们的照片。

大家几乎一点线索都没有。唯一有的是对两辆车的描述。他们说应该有一辆车是黑色的大众甲壳虫(或许吧),另外一辆应该是大一点的美国车(可能是福特格拉纳达)。

两辆车都曾经出现在事件可能发生的时间区域里。这两辆车就是他们所有的线索了。

周六早上,所有住在村子西边的人起床的时候都发现自己家电话不通了。显然第七起在劳乌斯兰摩恩的汉斯·奥斯兰家仓库的火灾把它附近的电话线烧化了。看起来当时能打电话报警还是很幸运的,再晚一点电话就不能用了。周六下午电话局赶到了现场,两个工人站在梯子上在废墟上方拉起了一条新的线路,解决了问题。

五点钟的时候所有人的电话终于又有了嘟嘟的声音。

大家都同意应该安排执勤。所有家里有车的人都在布朗德斯沃尔前的广场上集合，约定各自该往哪个方向开。大家把注意力主要放在了偏远一些的农场上，尤其是那些没有人居住的地方。毕竟纵火犯比较可能向那些地方下手。大家开着车绕着圈，监控所有房子的情况。有时候大家也会停下车来，到房子和仓库旁边转一圈，看看听听是否有任何可疑的痕迹，虽然大家也不知道自己该看或是该听什么。

达格也跟着一起。

他和别人去的地方不一样，那是一个孤零零的农场，这是分给他的任务。他去了住在森林里的皮特的农场，距离我克莱伍兰的家有一公里。开车去那里一定会经过布莱伊沃尔。他就这样，开过哈尔巴克，继续沿着狭窄的十字路一直开下去。到了目的地，他下车，车门也没关。他走到门前拉了一下门，门是锁着的。然后他走到旁边的仓库边，坐在入口处的石头台阶上。花园里的草已经长到脚腕那么长了。院子里有几棵很老的水果树。鸟儿在仓库顶上飞来飞去。蚂蚁在台阶的缝隙里爬进爬出。浅黄色的水仙花开在墙角。他身体往后靠，头靠在最上面的一节台阶上。他觉得心里空荡荡的，非常疲倦，阳光照在他脸上。他想，就这样也挺好的，他可以这样躺很久，很久。

他是回去的时候发生车祸的。下坡的时候车速太快，转弯没刹住，整辆车滑出了道路，撞到了一棵树上。他的脑袋狠狠地撞了一下。后来，他在法庭上说了这件事情，他说这和后来几天发生的事也有关系。因为事故，他的大脑中发生了一些变化，他自己也完全无法控制。医生证明他的脸上确实有一些伤口，大概是车祸造成的，但他的大脑组织没有受到任何损伤。

不管怎样吧。

他撞得不严重，不影响他去找人帮忙。半个小时之后，他的车被一位邻居用拖拉机拉了出来。车只是稍微撞坏了一点点，车的正面稍微撞进去了一点，一边的大灯撞碎了，另外一边的灯光变得往上射了。除此之外，车还是完整的，也还能开。他还是很幸运的。邻居有点为他担心，把手搭在他肩膀上，盯着他的眼睛看了好久。他再三保证自己没什么事。头上磕了一下，脑门儿上有些擦伤，仅此而已。在他后来照镜子的时候，才看到额头的血。他坐进了车，让邻居提高警惕，如果发现什么可疑的就赶紧报告。然后，他开车离开了，车头的大灯直直地照向天空。

然后就是傍晚了，夜晚来临。太阳下山了。

在辛斯内斯的家里，达格坐在房间中央的餐椅上，阿尔玛在帮他额头上的伤口上药。她先用温水洗了洗伤口，然后用棉花给他擦药膏。他皱起了眉毛。

"痛痛痛，妈妈！"

"这肯定会痛的。"她笑着回答。"这才表明有效果啊。"

她帮他擦掉了脸上和脖子上的血。

"这样就好了。"她说。

他站起身来，小心地碰了碰脑袋，然后笑了起来，是那种让她整个人都被融化的笑。

午夜，所有要通过461国道穿过村子的车辆都被警察拦住了。他们在福格农场那里设了一个关卡，有警察在路边执勤,有车靠近的时候他就走出来。他穿着反光背心,车灯打在他身上会亮起来。车子减速下来,他和他们短暂交谈,记下车牌号,然后让车继续开走。他们没有发现任何可疑的事。大家一整晚都没有睡觉。那是星期六的晚上,电视上在转播世界杯匈牙利对战阿根廷的比赛,大家总还有比赛可以看。大家都不敢熄灯,有些人一直坐在门口,听着周围的动静,直到天气冷下来,不得不进房间去加件衣服。最后,他们还是回屋躺下了。到了夜里一点,什么事情也没发生。警报没有响。也没有警铃。天很黑,很安静。雾慢慢地汇集起来,像一层纱一样薄薄地罩在地上。月亮升了起来,照着森林,让那层雾气仿佛都像在发着光。

  天慢慢亮起来。五点的时候天亮了,鸟儿开始歌唱,太阳从东边的森林那儿升起。到了1978年6月4日的早晨。

六

摘自奶奶的日记：

6月4日

　　今天高乌特接受洗礼了。天气很暖和，是个好日子。我很早就出发了，弥撒之后我去了迪内斯托。我看到了曾经在那里的房子。镇子里弥漫着一种奇异的气氛。我在路上碰到了克努特。他觉得镇子里肯定是有个纵火犯。纵火犯？在我们这里？

　　弥撒11点开始。教堂里的人慢慢多了起来。人们走进冷飕飕的门廊，在长凳上找个位置坐下来，蜷缩着身子，翻看着赞美诗，或是抬头往上看。教堂里被叽叽喳喳的低声细语慢慢填满。大家在讨论火灾的事情，尤其是最近四起。森林里的一起，摩恩的仓库两起，还有奥尔加的房子。大家在讨论拖拉机和镇子能听到的四声巨响。好多人都看到了火海，有些人还是从睡梦中被惊醒，然后跑出去看的。
　　特蕾莎坐在琴键的前面开始演奏管风琴了。
　　我全家人都在那里：爷爷、奶奶、姥姥和姥爷。我的父母，爸爸和妈妈。所有人都坐在钟的左侧，风拂过超过两百年历史的木头。那一天并不冷，但在教堂里面，无论外面阳光多么灿烂,都给人一种冷冷的感觉。大家在唱歌的时候,我躺在妈妈的怀里睡觉。他们唱的是《月亮和太阳,云和风》。妈妈怕把我吵醒,自己没敢唱。她坐在那里想着火灾的事情:最近几天晚上她都睡得很不好。她躺在那张狭窄的木床上,想着她把我带到了一个如此疯狂的世界。大家在念《圣经》的时候都站了起来。我也醒了过来,表现得很不安。妈妈把她的小拇指塞到了我的嘴里,后来我就一直嘬着手指,不闹了。

那天大家读的是《哥林多前书》的 26 到 31 段,之后大家又开始唱,到最后才是洗礼的仪式。

爸爸把我抱到洗礼池的旁边,那是黄铜做的。没人知道它从哪里来,也可能是从前那个教堂留下来。18 世纪末的时候,历史悠久的教堂逐渐下沉,人们终于下定决心把它推倒,重新做了地基,把教堂往南边挪了一点儿。妈妈解开了我脖子下方的扣子,小心翼翼地脱掉帽子,爸爸把我横着抱到水池的上方。三十年后,在这个地方,我也是这么抱着我自己的儿子受洗。牧师小心地把水撒到我的额头,画了一个十字,把手轻轻地放在我的额头上,为我和我的人生祈祷。

我一直都很安静。

洗礼结束之后,整个教堂的人都去看奥尔加·迪内斯托被大火烧毁的房子。这也是人之常情。我也被带去了,我在车里的睡篮里躺着,一路睡了过去。

从这一天开始,人们真正开始注意着过火的地方。谣言四起,火灾的现场几乎变成了一个景点。大家会开车很长的路来看它们。这个周日,大家结束了教堂和洗礼的活动之后也成群结队地去看火场——似乎这已经成了一种常规,先去教堂,然后去火灾现场。这种场景很奇怪,一群穿着主日服装的人,围着一块黑色的基石和烧毁了的拖拉机。他们在一起站着,低声交谈,摇着头。然后,他们一个个地转身,回到自己的车里。他们亲眼看到了现场,证实了这不是一个梦。

参加了洗礼的人群之后去了克莱伍兰我们家。太阳高照。大家又吃又喝。晚饭进行到一半的时候,爸爸用叉子敲了敲玻璃杯,站起身来。他做了一个简短的致辞。我问了所有当时在场、现在还在世的人他当时说了什么,但没人能记得起来。大家只是说,那是一段很美的致辞。

致辞很短,但很美。那是当天唯一的致辞。

所有人之后都回家了,他们身后的影子变得很长,太阳慢慢地从西边的山头消失了。夜晚来临,紫丁香的花苞沉甸甸地垂在枝头,混合着黄昏的气息。11点半之前,太阳在斯克雷山上的松树后面闪闪发着光,树木变得清晰透明,天空异常美丽。

我的父母整晚都坐在电视机前。有时候爸爸会起身走到房子外的台阶上,盯着外面,待一会儿听听动静,然后再回到房子里,什么都不说。他们坐在那儿看体育新闻,虽然他们俩并不是特别喜欢体育。如果一定要说的话,可能是爸爸想看,但他只喜欢跳台滑雪。那天晚上电视上放的是阿根廷世界杯,可他们俩还是在那里坐着,小声谈论着当天的洗礼、牧师的讲话,大家所有人去看火灾现场。他们也讨论了我,说我是那么安静,一切都很好。

他们在一起坐了很长的时间,看着几乎听不到声音的电视。爸爸又站起来,走到窗户旁边,在那里站了许久。他一直看着外面。

"你看到什么了吗？"妈妈问。

"没，我什么都没看到。"爸爸回答。

他走出家门，走下台阶，在房子四周转了一圈。暮色已经很深了，露水落在了草地上。他进来的时候，还用手臂摩擦了一下身体，让自己感觉暖和一点。

10点的时候电视上放了一场小提琴音乐会。半夜的时候，电视节目放完了，妈妈打开了收音机，听着新闻。没有新的火灾发生。

妈妈上床的时候我已经睡了好几个小时了。她多么希望这是个宁静的夜晚，毕竟之前的那天晚上也没有事情发生。牧师在几个小时之前还为所有的人都祈祷了。我睡得很熟，安静地躺在我的摇篮里。爸爸还没睡，又在那里坐了一会儿。

"今天晚上不会着火了，"爸爸轻声对妈妈说，"这一切都结束了，我相信。结束了。"

他关了灯就一下子就睡着了。妈妈睁着眼睛躺着，在黑暗里听着身边孩子安稳的呼吸声。

凌晨一点，他们俩同时被一个声音吵醒了。

有人在窗外叫着我们。是约翰。爸爸迅速地穿上衣服，走了出去。他们俩在门口讲了几分钟的话，然后爸爸进了房间，说他必须马上出去一趟。又有事情发生了。瓦特内里的两座住宅着火了，大家不知道里面有没有人，也不知道别的地方有没有着火。纵火犯又开始行动了。或者是纵火犯们。现在的情况太过危急，所以镇子里所有的男人都被叫出去了。大家需要开始沿途进行警戒，并且巡逻。

爸爸离开之前，妈妈起床打开了房子里所有的灯。她检查了一下所有的门都锁好了，然后坐在客厅里，敞着卧室门。她看到爸爸开着车离开,车尾的红色灯光越来越远。

爸爸开车通过了沃兰的急转弯,路过奥斯塔的房子。在劳乌斯兰摩恩,路旁的老学校亮着灯。车开过博德湖的时候,他看到房子里的灯光使湖水上闪着长长的光带。那是索罗斯的光,克努特·福里格斯塔家的灯亮着,布朗德斯沃尔那边的村公所也亮着灯。他看到屋顶上挂着六个亮着的玻璃灯泡。他能看到讲台,虽然看上去又大又重,但大家还是很轻松地把它挪到了一边,他看到了拿着锄头的男人的画。外面的广场上汇集了一群人。他们成群地站在车子的外面,他能认出其中一些。有的楼里面也有灯,好些警车停在楼的外面,他能看到村公所大厅里长长的影子。他更用力地踩下达特桑的油门,继续沿着转弯往下开。到福格农场那边的时候,雾气飘浮在地面上几米的地方。路边的警察让他停车。他摇下车窗,警察的手电筒猛地一下照在他脸上。警察要他讲自己的名字,从哪里开过来,准备到哪里去,然后登记下他的姓名和车牌号,让他开走。就在他到丽芙湖前转弯的时候,他突然看到两起火灾的火光。哪怕这边的雾气很重,他也还是能很清楚地看到火焰冲向天空。后来,很多人都对我描述过那一天看到的火海,那么不真实,可又给人一种奇妙的真实感。他开过卡德伯格之后的下坡路之后,雾气突然消失了,取而代之的是黑烟滚滚,像墨水一样染在天空的底色上。他终于到达现场,熄灭引擎,下了车子,开着车门,慢慢地向火场走去。那里已经有些人在了,但一切都出人意料地安静,只有火焰发出的噼里啪啦的响声和水泵发出的嗡嗡的声音。偶尔会听到火焰里有些东西融化或是倒塌发出的声响。他看到奥拉夫和约翰娜的房子慢慢被火焰吞噬，或许他当时也想起了科勒？那个二十年前和他一同参加坚信礼的乐呵呵的科勒。他还看到了克努森房子的灯光，那座房子也着火了，距离麦塞尔路大概只有几百米。两座房子同时起火，相距几百米。这让人无法相信，但它确实发生了。警察赶来了，还有几个记者。一个摄影师在花园里走了几步，蹲在草地上拍了张照片。那张照片在第二天的《南部日报》上刊登出来了，房子的四周仿佛被光晕包围着一般。几分钟之后，又有一辆巡逻车抵达了现场，这辆车比其他车要大一些，后车门打开了，一个黑影迅速地蹿了出来——是条德国牧羊犬。狗先是围着所有人的腿跑了一圈，嗅嗅鞋子，嗅嗅裤子，再转到下一个人脚边。他在爸爸身旁停下，抬起头，嗅了嗅他的双手。狗抬头盯着爸爸看，火焰映射在他的两只大眼睛里，好像什么都看见了，什么都知道。然后，狗继续从一个人转到另一个人身边，转到这里，转到那里，在鞋子、靴子和裤子间穿梭。等到警察吹了一下哨子，它就向远处跑去了，消失在去麦塞尔的路上。很快大家都得到消息，有空的人得继续出去巡逻，看是否有新的火警发生。大家都明白，就在这一刻，可能在镇子别的地方也有房子正在燃烧，只是没有人知道。只有早点知道消息，才有希望能把火扑灭。没人知道全局，没人知道任何事。大家必须都出去巡逻，一人负责一个方向，而且动作还必须迅速。爸爸坐到了车子里，与此同时，在昏暗中两个年轻人也爬上摩托车出发了。爸爸望着丽芙湖的水面，慢慢开车过了希伦的下坡。他路过康拉德家绿色的房子，从前他总是在地下室里收集蜂巢里的蜂蜜。他路过了邮局和卡德伯格商店，所有灯都亮着，货架上还放着一盏暖色的灯。社区中心的旁边能隐约看到两三个人影在站岗。壳牌加油站、牧师家和铸沙场，还有废弃了的屠宰场外面也是一样。哈兰德那儿的灯从地下室亮到阁楼，他看到有两个人站在原先电话局外面的楼梯上。到处都是人，可一切还是显得那么安静、遥远。丽芙湖上弥漫的雾气被瓦特内里两起火灾的火光映出了一层奇妙的橘色。火海和橘色的光线是爸爸前面道路发生事故前看到的最后的东西。

爸爸及时停下了车，从车里走出来。他看到一辆翻倒在地的摩托车和撞上它的汽车，不过他没看到那两个年轻男孩。他看到了一个警察，就是他让第一辆车停下的。他手里还拿着白底红字的停车牌。最初的几秒钟，一切都是安静的，然后突然有人开始大喊、尖叫。撞到的那辆车里坐着好几个人，他们纷纷开门跑出来，他们没有人受伤。那两个坐在摩托车上的男孩被撞出了一道弧线，倒在了道路两旁，落点相隔了几米。其中一个男孩已经昏迷，另外一个在尖叫。爸爸冲向那个一动不动的男孩，蹲下身，把手贴在他的脖颈处。他的心脏还在跳动。另一辆车从布朗德斯沃尔那个方向开过来，车头灯照到了爸爸，晃到了他的眼睛。在这样的强光下，他看见男孩右边耳朵里流出了一种灰色、黏稠的液体，他完全不敢移动男孩。更多的人过来了。另外那个男孩过了一会儿稍微平静了一点。有一名年轻男子跑着过来，在爸爸身旁蹲下。他穿着一件薄薄的白衬衣，可看起来并没有很冷的样子。他一头金发，一直低声地对昏迷的男孩说着什么。他跪在那里低下身子，把耳朵贴在他的胸口，紧紧握着他张开的手。他就这样跪了很久，好像他从男孩胸腔里听到的声音让他没办法继续做别的。过了一会儿，他站了起来，走到撞上摩托车的汽车旁边。司机显然还没有从惊吓中走出来,他双手抱头,坐在方向盘的后面。穿衬衣的男子蹲在他的旁边,低声和他说话,就好像在给他指明道路那样。过了一会儿,他又站起身,走到另外一个受伤的男孩旁边,陪他待了一会儿,之后再回到我爸爸和昏迷的男孩旁边。爸爸一直监测着男孩的呼吸。他就像个天使一样,我记得爸爸后来是这么说的,那个时候爸爸不知道这名男子是谁,在事故发生后的几分钟里,他在四处宽慰帮助深陷危机中的人。他让处在惶恐中的司机有人陪伴,确保受伤的男孩有人照料,他跪在那个躺在马路上、被车灯照着的昏迷的男孩旁边,低声但很坚持地和他说着话。虽然那个昏迷的男孩一直一动不动地躺在沥青路面上,他们中间看上去好像在对话。"孩子。你呀,我的孩子。"他一直这么低声说着,我不确定是在对谁说,但他一遍一遍地重复着。爸爸在边上坐着,他什么都不能做。仿佛他们身处一个大大的、安静的房间,充满了不真实和恐怖的感觉。低微的声音仿佛从一个人们看不到的地方传来。就这样直到救护车来到现场。男孩由医生接手,脸上戴上了氧气面罩,蓝色的灯光在他的脸上晃动。黑色的房间瞬间解体,穿着白衬衣的天使消失了。

七

我最后做的事是对我的父亲撒了个谎。我站在他养老院的房间里,保证会将他的车子开回克莱伍兰的家,妈妈在那里等我。原先的计划是妈妈晚些时候会来养老院,晚上陪着爸爸。我保证将他的车开回去,停在家门口那棵老白蜡树下,盖上油布,不让太多叶子落在车子上。但我没有这么做。我坐进车里,扭动钥匙,从停车场出发。我没有向右拐,而是向左了。那是朝着克里斯蒂安桑的方向,而不是回家去芬斯兰的路。我开到了我们之前到过的地方,然后继续沿着欧洲十八号公路往东行驶,我穿过韦斯特的高桥,从我们刚刚坐着盯着克拉格的铜像的地方开过,转弯去了轮渡码头。拖车和房车都已经在标着数字的车道上停好了,它们冲着大海的方向等着渡轮。我迅速买了票,开到位置,距离开船的时间已经很近了。每天这趟船都是8点15分出发,会把这些拖车和房车都带到丹麦北部日德兰半岛的希茨海尔斯港口。我跟着这一排车子缓慢地挪动,开上了渡轮的桥。船上有带孩子的家庭,上了年纪的老夫妻,他们挨着坐着,一动不动。然后还有我,二十多岁,一个人开着一辆1984年款的皮卡车,车上都是落叶。我缓缓地跟着那排车往里开,这是我人生中第一次觉得我真的做了什么,我觉得这对我的未来有意义。我坐在方向盘的后面，觉得我现在的所作所为会对我产生影响，我只是还不知道会以什么方式产生影响而已。工作人员指引着我继续往船舱里开，开上坡，最后停在坡上的一辆德国房车后面。这时我才好像突然醒悟——我开车上了去丹麦的渡轮，我完全不知道我在那儿要干什么，要去哪里，我只知道我会穿越海峡。我对我爸爸撒了谎，妈妈在家等我，可我很快要穿越斯卡格拉克海峡。我锁上皮卡车的车门，踩着铺着柔软毯子的台阶离开停车层。已经有一些人在船上四处走动了，有些是去购物的老人，有些是要去参加派对的年轻人，大家都在四处走走看看。我在船的顶层找到了一个酒吧，我要了一瓶500毫升的非常便宜的啤酒，然后就拿着冰冷的瓶子坐着，等着船离岸。我感觉到引擎的震动，那种轻微的震动透过我坐着的凳子，直接传到我拿着啤酒瓶的手指尖。我在那儿坐着，盯着窗外，我眼看着船离岸，眼看着城市西边的山脊从我眼前掠过。我很安静地坐着，喝光了瓶子里的酒，然后又要了一瓶。我完全不担心老家的人可能会看到我，虽然实际上我在去丹麦的渡轮上被看到的可能性，比在奥斯陆小酒吧里大很多。船还没有开出城市区域里的峡湾，我一个人待在酒吧里。我想着爸爸的车子停在我身体下方的某个地方，我看到乌克斯岛在我眼前慢慢滑过，船很快开始了摇晃，我知道我们已经开到外海了。

我觉得是因为想到爸爸的车和究竟让我开始回顾往昔。我记起了八几年的一个秋日，我和爸爸一起去打猎的事情。

那一天的事情我记得特别清楚，哪怕到现在也是一样。

那是一个秋日的清晨，我们两个人在厨房的圆桌子上吃了早饭。只有他和我，咖啡壶发出咕嘟咕嘟的声音，奶锅里冒着泡泡。只有他和我。我们用面包刀切了十片全麦面包,第五片放肉片,第四片用油纸分开,第三片放煮熟的鸡蛋。只有他和我。金秋的清晨,窗外草地上落下了那年最早的霜。

我们每个人都背了个包,里面有可以折叠的小凳子。爸爸把午饭便当放在最上面,两个保温杯装了咖啡和可可,还有一块黑巧克力,包装上画了一只单腿站立的鹤,不知道是在睡觉还是只闭上了眼睛。爸爸在门外拿上了猎枪,枪托是木制的,黑色枪管的口径差不多和我小拇指那么粗。

我们就这样出了门,外面比我想得要冷得多。脸上冻得很疼,靴子在湿润的草地上留下了黑色的脚印。不过这是正常的,脸上就是应该会疼,背包就是会很重,每走一步都会撞击我的胯骨。霜降之后,一切就应该如此。清晨的时候雾气蒙蒙,皮卡车的挡风玻璃上结了一层乳白色的霜。可那个时候,这对我来说是那么地新鲜。

我们两个人孤零零地坐在树林里之前的事情我不记得了。我们去了一个坡上,我记得我们能从那看到海斯湖,从远处看,湖面黑漆漆的,很安静。那个时候天气有点冷,太阳已经照亮了南边的山坡,霜也开始化了。我靴子边灰色的草闪着光。我坐在爸爸身后,膝盖都冻僵了。我一动不动地坐着,就像爸爸告诉我的一样。我看着爸爸的背影,看着他和他的猎枪,我有点无法想象他和我就这样带着上了膛的猎枪在森林里等待。好像不应该是这样,我们应该在别的地方,应该在我自己的房间里,躺在床上捧着一本书,而爸爸,则应该在客厅里看芬斯兰日志或是古尔布兰森的三部曲,或是坐在厨房里往窗外望。不管怎么样,反正不应该在这儿——在森林深处,膝盖上还放着一把上了膛的猎枪。我不记得我们在那里坐了多久,突然有两头大动物从小森林里跑了出来，从我们眼前跑过。从我们这个距离看来，它们就像是两条船无声地从树干中间滑了出来一样，可当它们靠近我们的时候，我听到了它们踩断树枝的咔嚓声，摩擦低矮的草丛的沙沙声。爸爸举起了枪，吹了一声长长的口哨。口哨声让它们停下了。我几乎从没听过爸爸吹口哨，这让我觉得很惊奇，完全忘记了要堵上耳朵。然后他瞄准了。我一直不相信会有动物出现，可它们出现了。我一直不相信它们会停下，可它们停下了。它们不知从什么地方冒出来的，停了下来，爸爸瞄准了它们。这一切都是那么地不真实。我没有看它们，但我知道它们没有动。我看着爸爸，看着他的脖子、耳朵、苍白的微微颤抖的脸颊。然后他开枪了。动物跑了，很快就消失在树丛中。我很确定他打偏了，而且我什么都听不见了，脑袋里好像有什么在颤动。我当时觉得恐怕我这辈子耳朵都听不见，要和这个嗡嗡声做伴了。然后爸爸很稳地从树桩上站起身来，重新上膛，说：

"你去那边看看。"

"可它们跑掉了呀。"我回答说。

"去那里看看。"他就这么回答。

"哪儿？"我问。

"去，"他说，"跟着它们。"

他关上了猎枪的保险。我犹犹豫豫地穿过长得很高的草，跳过一道裂缝，站在大树中间一块长满青苔的小土包上。

"我什么都看不见。"我喊着。

"再走进去一点儿。"爸爸说。

我又往深林里走了一段，穿过一块泥泞的地，又来到一块小高地,这里让我可以环视四周。

麋鹿就倒在前面几米的地方。在一摊烂泥中,它一动不动,眼睛瞪得大大的,像是玻璃一样透明。

"它死了!"我大喊。

爸爸没有回答,我从我站的地方也看不见他。

我还是无法理解怎么会变成这样。只是一枪,只有一枪。两头麋鹿毫无征兆地往前跑,而现在其中一头躺在了这里。浅红色,几乎像是粉红色的血从它鼻孔中流出来。其余地方看不到有什么伤。我小心地靠近。我感觉躺在那里的麋鹿,睁着黑色的眼睛看着我的一举一动,仿佛它就在那里等着我靠近,等我到近旁的时候,说:

就是你。

爸爸走过来的时候看起来非常平静,似乎这种事情他已经做过很多次了。可我很清楚,这也是他的第一次。他背着猎枪穿过草地,走向我。他像一个真正的猎人一样走近那头麋鹿,拿出了那把刀。他站在那里看了一会儿麋鹿。这是一把蓝色的刀,是我们几天前在卡德伯格那里买的。当时爸爸让我选,其实也就是从红色或是蓝色里选一把,我选的蓝色。可我没想过它会用在这个时候。爸爸很坚决地拔出刀,捅进了麋鹿柔软的脖子,它一动不动。

我坐在酒吧里,手指尖都能感觉到船的震动。我回想起那把刀捅进脖子,再被拔出来。他拔出刀,一股暗色的带着泡沫的血涌了出来,直到流尽。这些场景历历在目。刀。血。刀。血。我喝掉了第四瓶啤酒,站起身,付完钱走出了吧台。浪有点大,我走路摇摇晃晃也没人注意。我在酒吧外转了一圈,不知道自己要去哪里。我记得模糊的面孔、游戏机发出的声音、商店里的人群、走廊里的安静。

我记得呕吐物、酒精和香水的气味。我不知道我们已经在海上多长时间，还有多长时间我们会靠岸。后来我到了一个新的酒吧，或许是个迪斯科舞厅。我不知道几点了，但估计是晚上，因为我从一扇窗户里看到了月亮。我坐在一张被固定在地板上的桌边，要了一杯酒，音乐声震耳欲聋。我的脑子转得很慢，好像它们有自己的生命，不受我控制。我坐在那里，可我却不在那里。我看到我的手抓起酒杯，我感觉到我的嘴唇碰到了光滑的杯边，我感觉燃烧的液体进入我的口腔，穿过脖子。在脑海中，我看到爸爸穿着胸前印着"彪马"的衣服躺在床上，我看到妈妈坐在家里等着，我看到她从厨房的座椅上站起身，走到窗口，再走到门口，我看到她打开门，走下楼梯，静静地听。

那里还有几个别的人，可我感觉所有人都坐在那里看我。我记得我喝完了瓶子里的酒，站起身，指着坐得离我最近的那个人。

"你看什么看？"我冲他大喊，我不记得他说了什么，或者他是不是回答，我只记得我在桌边砸碎了手中的瓶子。它在我手中轻得不像话，我手拿着碎裂的瓶颈，满桌子都是玻璃碴。我模糊记得好些人都站了起来，双手抱胸，很生气的样子。我记得那一刻所有人的注意力都在我身上，起码我附近的那些人是这样。然后我捡起一小块玻璃，洋洋得意地在别人面前举起了它，然后像是吃一颗药那样把它放进了嘴里。我非常清楚地记得它在我舌头上的感觉，我想象着它是块糖果，被我含在嘴里慢慢融化，或是被我用牙咬碎。我记得那种冰冷、同时让我自由的感觉，我开始用舌头卷着玻璃碎片在嘴里玩。我记得我站在一边，自娱自乐。我记得我当时既清楚又不清楚我自己在做什么。我记得嘴里鲜血的味道，但没感觉到任何疼痛。我记得我想，如果我张开嘴巴，鲜血会喷出来的。于是，我没有张开嘴，反而转过身，跟跟跄跄但飞快地走出了酒吧。我走过安静的走廊，嘴里还含着玻璃。我上了几级台阶。我碰到了几个夜游的人，但没看清他们的脸，也没听见他们说了什么。我感觉他们是来抓我的。很快就会有人从酒吧跑出来，或是让保安来抓我，给我戴上手铐，在余下的旅程中把我锁在水平面以下的底舱里的小房间。但没有人来。我一个人走到了最上层的甲板，一切都是那么安静，只有那种持续的轰鸣，那是在我身下一直持续不断的马达的轰鸣声。整个世界都在漂浮着，我一个人站着。我觉得我嘴里已经是一片血海。我找到了通往外面甲板的门。它很重很重。我记得门缝中传出的呼啸风声，大风紧紧地压着门。但我还是把门打开了，夜风像雨一样席卷而来。我沿着栏杆跌跌撞撞地走，来到了三条救生船边。外面一个人都没有。估计已经是午夜了。我想找月亮，可月亮不见了，可能是落到海中去了。我已经在船尾了，风把船冒出的烟都吹向我的方向。我闭上眼睛，又看见了那头死去的麋鹿，它躺在草地上盯着我。我记得后来发生的事情。我们还只有两个人，其他的猎人肯定在路上，他们一定听到了枪声，知道我们大概的位置。可我们不能等他们，我们必须用最快速度把内脏清空。爸爸知道的。我站着看爸爸试图把麋鹿翻过来，肚子朝上。它又滑又重，又滑到那一边去了。是它的头的问题，它总是摆来摆去，然后就把整个身体也带过去了。我们中必须有人稳住头。我跪下去，往前了几步，把鹿头放到我两腿之间。可这还不行，我还必须得靠得更近，才能更好地控制它。所以最后，我只能把鹿头整个儿抬起，抱着它。当它整个头的重量都靠在我怀里，我觉得它比我想象中要轻很多，而且我还感觉到了它的温度。几分钟之前，这个脑袋还在森林里听着四周的声音，迎着风，耳朵转动着。它听着，看着四周，或许它已经发现了我们，可那也来不及了。子弹穿过它的身体，在它的身体里开了一朵花。爸爸刚开始的时候好像有点不太肯定。他手里握着刀，刀锋上还满是刚刚捅进鹿脖子时沾上的血。他用刀划破了下腹底部的位置，那里比较柔软，毛浅而稀疏。他嘴里嘟囔了几句，小心地用刀一点点往下划。鹿皮被割开，出现了一个口子，里面一片灰白色的薄膜压迫着这个口子。就在这一刻，我感觉鹿的头轻微地颤动了一下，或许是它的眼睛中划过了一道光，然后就什么都没有了。开口扩大的同时，灰白色薄膜的袋子好像也越来越大。然后我们能看到它的大肠，都压迫在爸爸划开的口子上，热气升腾。一股臭气扑面而来。我想咽口口水，但我办不到。我想移开视线，我也办不到。我坐在那里，怀里抱着放松的、沉重的麋鹿的脑袋，眼睛盯着那把刀缓慢地破开肚皮。爸爸把外套脱了，把衬衫的袖子挽起，他抓住胃和肠子，想要把这些都从麋鹿的身体里掏出来，我听到了一种咕噜咕噜的声音，和任何我曾经听过的声音都不一样，就好像是有什么东西被放了出来，倾倒在森林的地面和他的靴子上。我不知道我们两个人独处了多长时间，但我们快完事的时候别的猎人从林子里走了出来。我记得下一个场景是心脏被掏了出来。贾斯伯帮的忙，因为他知道心脏确切在什么地方，还有要怎样才能将一颗心脏完整地切出来。贾斯伯也脱掉了外套，卷起衬衣的袖子，整个人靠在被掏空了的麋鹿旁边。他在爸爸刚才跪着的位置，爸爸去冲洗手和手臂。我记得我看着他，看着冰冷的沼泽里的水冲掉这些血，仿佛那些是他的血一样。贾斯伯把身子更深地探进麋鹿的身体，血都沾到了他的手肘上。他突然站起身，手指尖夹着铅子弹，就是它射入了麋鹿的身体，最后他站起身，手中拿着一颗深色的心脏。他举起来让大家都能看到，一个完美的洞穿过这颗心脏。

我站在斯卡格拉克海峡中的某个地方，身体靠着栏杆，盯着下面的水纹。风吹动我的头发，柴油的烟雾荡漾，海水像被烧滚了一样冒着泡。我张开嘴，吐出嘴里的玻璃碴，我感觉到黏稠的血从嘴边流下来。我那样站了很久，直到再没有血流下来，知道一切都空了，完完全全地空了。然后我爬上栏杆，闭上眼睛，紧紧地抓住，然后放松了身体。

八

1978年6月5日,周一凌晨的2点半。发生车祸的道路被清理干净了。两个骑摩托车的男孩被两辆救护车送去了克里斯蒂安桑的医院。其中一个男孩重伤,但情况还算稳定,另外一个戴了头盔,只是轻伤。瓦特内里的火海在烧,奥拉夫和约翰娜的房子已经变注定要变成废墟。爸爸开车回了家。他一个人拿着猎枪在门外的楼梯上坐了很久,然后进了家门,在客厅里坐着。天快亮的时候,他终于上床睡觉了。整个镇子里到处都有车子在开来开去,只是没有发现新的火灾。

大家都很确定瓦特内里那两座房子烧完,事件应该就到此为止了。两座被烧毁的房子,一对夫妻失去了全部,另外还有一场严重的摩托车事故。

这总该够了吧?

达格慢慢地向着布朗德斯沃尔方向开去。额头上的伤口有点跳动的感觉,但已经不疼了,他把拳头放在方向盘上,打开了广播。现在正在重播的是剪辑过的奥地利对西德的比赛录音。在福德农场旁边的道路上,他被警察拦住。警官拿手电筒照了一下他的脸。

"你是谁?"

"我是消防队长的儿子。"他说。

"你要去哪里?"

"我要回家。"

警察犹豫了一下,关掉了手电筒。

"你得修一下你的车前灯,"他说,"你车灯的光是冲上面的。"

警察让他通过了。

路过布朗德斯沃尔的村公所的时候,广播里的比分是2比2。他到了商店边的十字路口,但没有向着辛斯内斯的方向右转。他没有像自己说的那样回家,而是接着开过从前的医生办公室——就在克努特·福利斯塔德家的二楼。那里之前只有两间房间,在等待室里就能听到诊室里发生的事情。五十年代的时候,科勒·瓦特内里就是在约翰娜的陪伴下在那个房间检查的腿。

到了坡顶的时候他关掉了车前灯。这也没什么关系,周围已经很亮了,他可以看得很清楚。他感觉到一种舒适感从体内生出来,延伸到了手臂上。他把车里的空调打开,手指在方向盘上敲击着。在阿根廷,现在是汉斯·克兰克尔拿球,距离比赛结束只有几分钟的时间了。克兰克尔带球冲向球场右边,那里没有防守队员,他继续单刀冲向60米线。球场里的呼喊声更高了。电台的声音不太清楚,他试着去调频,但却把调频弄乱了。除了电台发出的沙沙声,周围突然变得一片安静。他听着这沙沙声又往前面开了一段。他的身体很轻松,感觉血液轻轻地撞击着额头上的伤口。他不觉得累了,只感觉整个人轻飘飘的——很轻松,很愉快。他把车速降了下来,哼起了一首没头没尾的歌。

他在安德斯·福德农场的房子那边向右转,停下车来,调着收音机,直到找到了一个更好更清楚的频段。克兰克尔带球晃过了穆勒和鲁梅尼格,制造出了空当。他一脚劲射,整个球场沸腾了。

他下了车。这座房子在高处,在路旁的一个坡上,房子里一片黑漆漆的。窗户黑着,台阶的两旁边有两棵树,枝繁叶茂。他先是悄悄地走到房子的后面,他知道大门在那里。他轻轻推了下门,门锁着。他回到车里,本应该要扭动车钥匙的,可又临时改变了主意。他悄悄地从车上下来,来到了房子正面的台阶,几步就跨到了门口。他面前是一扇老式的八块玻璃的门。他小心地推了一下,门锁着。他迅速地冲回车子,从衣服堆里面拿出了汽油罐,几秒钟后又上了台阶。他站在那儿听了一会儿。希伦这边的地面上笼罩着一片雾气,那么干净,那么洁白。他注意到天上的星星,明亮,遥远,像是在另外一个世界。突然,他举起罐子一角猛地砸向门最下方的一块玻璃。这门很旧了,玻璃一下子就碎了。他屏住呼吸,都能从耳朵听到自己的心跳。罐子的盖子很紧,他费了很大力气才把它打开。他又等了几秒钟才开始行动。周围一片寂静,里面没有人呼喊,没有快速的脚步,除了汽油泼洒出来的声音,什么都没有。在他把罐子里的汽油倒在黑暗的走廊里的时候,他感觉到手和手臂那儿产生了一种陌生的麻木感。

就在这座房子里,阿格内斯·福德正叫醒身旁熟睡的丈夫。丈夫安德斯那时候已经77岁了,他一直是个稳重的男人。她拼命地摇他,他才醒了过来。

"他来了。"她在黑暗中低声说。

"哦,不会的。"他嘟囔着。

"是真的。"阿格内丝说。"我从厨房窗户里看到他了。

他就在外面。"

她没时间继续等下去了,她裹上了睡袍,急匆匆地从小房间出来,穿过厨房到了客厅。

她在那里看到了阳台上玻璃窗外的黑影。站在外面的男人弯着腰,姿势很奇怪,但他很安静,几乎没有动。她闻到了汽油那种特别的气味,听到汽油从破掉的玻璃流到地上的声音。一切都静止了。心跳也停止了。她的脑子一片空白,甚至来不及害怕。她站在原地,好像被冻住了,就像是几个小时前约翰娜·瓦特内里那样,透过火海看着另外一边的黑影。几秒钟之后,他们面对面了。他们之间只有几米的距离。她终于吸了一口气,开始尖叫。而就在这一刻,他划亮了火柴,举在手中的火柴照亮了他的脸、下巴、嘴角、鼻子、眼睛。

他把火柴扔向了她的方向。

天开始亮了,可鸟儿还没开始歌唱。在布朗德斯沃尔的大房子里,阿尔弗莱德12点多离开之后,艾尔瑟一直坐着没有睡。她不知道发生了什么,只能看到镇子东边有火光。午夜刚过,火警响起来之后,她看到有车灯的光透过了卧室的窗帘。她冲到床边去看,看到消防车开过。

"它冲着希伦去了。"她大喊。

阿尔弗莱德出门之后,她没有回到床上,她的三个孩子都在阁楼里睡觉,最小的只有10岁。她打开电视,把声音调小。她坐在沙发的尽头,盯着屏幕上的一群球员在场上奔跑着,他们似乎遵循着某种她不明白的规律。时不时地,她会走到门口的台阶上驻足倾听。她什么都没看见,什么也都没听见。如果她走到房子的东边,应该就能看到火海映红的天空。但她没有去，她不敢离开房子。她最远只到了家门口，他们家冲着西边，所以她只能看到特蕾莎家窗户里透出的光。阿尔玛和英恩曼的房子在一个小山包后面，看不到。

最后她披着毯子又坐回到沙发上。她觉得有点困倦，但打定主意不去睡。她就这么坐了很久，结果不小心睡着了。

3点半的时候她突然被惊醒了。

她一下子冲到门厅，抓起外套，冲到了台阶上。她正好看到有车开过路口，车灯晃到了她的眼睛，之后转弯，向着门厅那边过去了。那辆车的车前灯明显坏了，光线是冲着天上去的。她一下子没认出来是谁，直到他从车里走出来，才觉得安心了很多。

"是你吗，"她说，"你不是开着消防车去的吗？"

"车停在瓦特内里那儿了，"他回答道，"我们需要它来灭火，所以我就开了自己的车。"他搓着手向她走去。他看起来显然是冻坏了。

"我想你大概想知道最新的消息吧？"他说。

"最新消息？"

"是的。"他边说边靠近。

"什么？"

"纵火犯在索罗斯也放火了。"

"索罗斯？索罗斯的哪儿？"

"阿格内斯和安德斯家。"他平静地说。

她站在那里一动不动，血液好像凝固了一样，好久才觉得它又开始缓缓流动。

"安德斯和阿格内斯家，"她重复着这句话，不敢相信他说的,"离这里好近啊。"

"他从窗户里把汽油倒进去,然后点的火。"他说。

"我在沙发上睡着了。"她低声说。

"今天晚上睡觉很危险。"他回答说。

"这太疯狂了。"她低声说。"这是疯子才干得出来的。"

"是的。"他边说,边靠得更近。"是疯子才干得出来的。"

在灯光下她看清楚了他的脸。他的眼睛闪着光,头发乱糟糟的。他的脸上和衬衫上都沾着烟灰。她突然觉得他看起来很像他小的时候。她还记得那个时候他经常会跑着穿过空地,在她的厨房喝果汁。阿尔玛和英恩曼听话乖巧的好孩子。

"你撞到了?"她说。

"没什么,"他回答,"不过是点小擦伤。"

"你不进来暖暖身子吗?"

他摇了摇头。

"那个干了这些事情的人,"他开始说,"那人……那人,我们会抓住他的,早晚会的。他逃不掉。"

"现在这事真让人难以置信。"她说。

她裹紧了外套,抬头看孩子们卧室的窗户。她回头的时候,他正盯着她,就在她转头的这短短几秒钟之内,他仿佛变了一个人。

"你知道现在可能发生最坏的事情是什么吗?艾尔瑟?"

"不知道。"她回答得有点犹豫。

"就是如果这里开始着火。"

"这里?"

"对,"他说,"就是这里。"

"你别这么说，达格。"

"我们现在所有的装备都在瓦特内里那儿，"他继续说，"如果这里发生什么事的话……大家赶回来还需要好长时间。"

"那就让我们祈祷今天不要再有火灾了。"她说。

"嗯。"他的眼光一点都没有闪烁。

"我受不了更多的火灾了。"她说。

"是的，"他平静地说，"我们已经见得够多了。"

"我向上帝祈祷，别再发生了。"

"没错。"他慢慢地说着，转身向车子走去。"艾尔瑟，你能做的也就是向上帝祈祷了。"

阿尔玛穿着衣服坐在厨房的窗口，咖啡壶空空的，炉子冷冰冰的。她拿出了一个面包，那是她在星期天早上烤的，那时候一切都还很平静。她拿出了果酱、香肠，还有一些奶酪，等着达格回家了可以吃。

英恩曼和她一起在客厅坐了几个小时，然后上楼睡了。他躺下没过多久警报就响了起来。他穿上了制服，那上面还满是烟火气，可就在他起身要出发的时候，他的胸口刺痛，让他没办法出门。

"我的心脏，达格！我的心脏。"

达格开着消防车出发了。阿尔玛和英恩曼沉默地坐着，听着门外警笛的声音，蓝色的灯光闪过客厅、钢琴和装着奖杯的展示柜。他们静静地坐着，听着警笛声慢慢远去。没有人说话，没说一个字，然后英恩曼上楼去了，整个客厅都弥漫着烟火的气味。

几个小时之后达格回家了。他在门外站了几秒钟，上气不接下气地讲着瓦特内里的两起火灾、福德那边的摩托车车祸,然后他又接着出门了。阿尔玛站在门口,血液冲向太阳穴。

她感觉到了:他的身上满是汽油味。

她从凳子上站起来,走到窗户边。她什么都看不到,玻璃中只映出自己的脸。然后她走到了门口台阶旁,雾气像绸缎一样铺在土地上,天刚蒙蒙亮,但还看不清楚外面的道路。她要走进屋子的时候,听到了车子的声音。那是从布朗德斯沃尔开来的,车开得很慢,减速,然后转弯。车的大灯让雾气产生那种闪闪发光的质感。她看到了车里是谁,但车子没有停下,而是慢慢地向着消防队的山坡开了过去。

她突然做出了决定。她进屋穿上了英恩曼那件大外套,就是那件两边袖子上都有口袋的外套。她出门向着消防队的小坡一路小跑过去。在消防队外面看到车的时候,她没有感觉轻松,也没有觉得意外。她往车子的方向走去,脚步慢了下来,最后终于恢复了正常的速度。车子停在那里,车门开着,但她没有看到达格。发动机还热着,闻上去满是烟火、潮湿的泥土、森林和夏夜的气味。消防队的大门锁着。除了门上挂着的一盏灯之外,周围一点亮光都没有。他不在这里。她站了一会儿,思前想后,决定继续沿着路往上走。这里离斯洛戈达尔家也不远了。她觉得他走在她前面。她想象着他就走在她前面,她跟着他。或者反过来,他走在她的后面,不知什么时候就会追上她,用手蒙住她的眼睛,就像那次在厨房里那样。她觉得她听到了脚步声,可每次停下脚步仔细听的时候,周围都是一片安静。她想着他的脸,想着她听见的他在阁楼上的自言自语。他的声音比平时清亮得多,就好像他又回到了孩童时代。她想着他突然会出现的僵硬、奇怪的神色,遮盖住原本的自己,然后几秒钟之后又消失无踪。

她走得越来越快,最后小跑了起来,外套上所有的拉链都开始叮当作响。然后她看到了房子。它孤零零地在那里,所有的窗户都黑着灯。墙是灰色的,边上一点是仓库,也是灰色的,外观有些模糊,好像在雾海中的一艘旧船。她的速度慢了下来。她平常很少跑步,心脏跳得生疼,嘴里也生出了铁锈味。她走进了花园,站在那棵老水果树下,静静地听着。她靠在树身上,直到呼吸慢慢平缓下来,再继续向着仓库的方向走。她在那里看到了他。他们之间不过十米或是十五米的距离。她踉跄了一下。虽然她其实一直以来在内心深处知道,他会在这里。他的身体保持一种奇怪的前倾,好像在研究仓库墙边地上的什么东西。然后,他把白色的罐子放到了草地上。她听得很清楚,看得很清楚,好像突然获得了动物的听力。这是她第一次有这种感觉。在那一刻,好像所有的一切感官都被增强了。几个月来,她好像都听得看得特别清楚。她半张着嘴,嘴唇动了动,可却没发出声音——一朵巨大的花在她胸口开放了,它张开花瓣,穿透她,痛得让她想要尖叫,却发不出声。她的嘴唇蠕动着,可没有声音。她听到最后的一点汽油从罐子里流出。她听到火柴的摩擦声。她听见火柴被点燃。她看见他的脸被火光照亮。她想起那些她在他睡着之后坐在他床边的场景。她从未告诉过任何人,但她那么多次坐在他的床前默默哭泣。她不知道为什么。只是这样。他平静地躺在那里。他的脸看起来那么开朗又内敛,和她距离那么近,却又无法亲近。她的眼泪就像小溪一样流淌下来。她一直不知道这究竟是因为幸福还是悲伤。这个孩子像是一个奇迹到了他们身旁。他们只能短暂地拥有他。他们终将失去他。这让她觉得那么痛苦,她的脑中除了他们终将失去他,什么也想不了。一股热流从肚中升起,通过胸口,越过嗓子眼儿,却停在了嘴里。她早就学会了静默的哭泣。她站在距离他十米的地方,可她现在已经哭不出来了。她只是站在那里,看到他的手落下,一瞬间被照亮的脸又没入黑暗。他把点燃的火柴扔了出去,火苗一下子蹿了起来,黑暗突然崩塌,亮光包围了他。那金色的、不停跳动的光线让一切的影子都活动起来。他摇晃着后退了几步,可她站着一动不动。火焰迅速爬上了墙壁。他看到附近的树和草丛被火光照亮,仿佛是他们所知一切的集合,他们所知的静默与黑暗,还有她身旁的水果树,连同高高枝丫上盛开的白色花朵。她站着没有动,可同时她感觉自己在往下沉。脚、脚腕缓慢地沉入泥土。刚开始的时候有点疼,可一会儿之后只有淡淡的不舒服的感觉。胸口的花还在盛开,可不那么疼了。几秒之内,整面墙都被大火笼罩。火焰带来的风,冰冷又炙热。风撕裂了火,把它推高,不让它平静。她感觉到扑面而来的风,吹向脸颊,吹向额头。

他转过了身。

他仿佛一直知道她在这里。仿佛他们是一同来到这里的。仿佛她在黑暗的花园里一直在他身后。仿佛一直都知道她曾坐在他床边,在他睡着的时候静静哭泣。两秒钟,或许是三秒钟,他们对视着彼此。他什么都没做,什么都没说,只是垂着双手,看着她。她也什么都没做。她看到他的影子,细长得几乎要碰到她的脚。他的影子仿佛要挣扎着挣脱他,与黑暗融为一体,抛弃他自己一个人站着。火越烧越大，好像这么多年，它一直在仓库里等待被释放的感觉。一切都被释放了。她开始下落。某种程度上说，这大概也是好的。她想象他被火点着了，先是衬衣，再是头发，最后是整个人。他在她眼前燃烧着，脸色如常。她听到屋顶断裂，砸在地上，火花挣脱火焰，冲向已经彻底被照亮的天空。然后她听到了仓库里传来尖厉的、像是唱歌的声音。她从没听过这样的声音，像是一首歌一般的哀号。她看到他笑了，这世上，恐怕只有她能得到这个笑容。然后她转过身，走回家去。

第五部分

一

丽芙湖结冰了。在某一个早晨，湖面突然就结冰了。太阳在9点22分升起，照亮墨色平滑的水面。冰面上有道裂缝，几乎从湖中央连接到岸上。鸟儿降落在冰面上。从远处看，一片黑漆漆，几乎无法分辨它们，它们小心翼翼地靠近裂缝露出的水面，在那里观察了一会儿，边界不甚分明。它们身下突然发出冰碎裂的声音。

那天下午，我去了芬斯兰的教堂。

一进教堂侧门就感觉黑漆漆的。我摸索着往前走，好不容易摸到里面的门把手。打开门，我进入走廊，那里面亮堂很多，走廊的一边是牧师的办公室，另一边是通往教堂的门。那扇门很矮，拉开的时候还吱嘎作响。我从圣坛的背面走进了教堂。圣坛上有些文字，但因为写得太高，我看不清楚。我继续往前走到了祭坛栏杆，望向整个礼拜堂。我觉得除了感觉比印象中要小之外，并没有什么变化。这里面很冷。大家其实建议我在举行过礼拜或者葬礼之后再来，那样起码暖气会留存一段时间。我默默地走在中间过道柔软的地毯上，走到门口再转身走回来。我在一条祷告的凳子上坐下，木头发出吱嘎的响声，就和我小时候听到的一样。这里弥漫着相同的气味，木头、时光和悲伤。我在那里坐了很久。我看到头顶曾经是烟囱的位置有个黑洞。我看到头顶上方四个大钟挂在四角。我记得我曾经幻想，所有死去的人都会坐在那上面，在牧师讲话的时候在上面晃悠着腿。我爷爷刚去世的时候，我就是那么想的。我需要他在这里，我需要他坐在上面，腿一晃一晃的，哪怕是在祈祷的时候。

我在那里坐了大约10分钟，站起身，从走廊穿出，到了教堂的门廊。上塔的楼梯在左手边，第一段台阶上方挂着一盏孤零零的灯，越往上走就越黑，楼梯也越来越窄，到最上面只有一个梯子。我爬到了礼拜堂的顶端，头顶上挂着大钟，又大又重地挂在黑暗中。我用手指轻轻叩了一下，钟的声音还是那样——深沉，却又轻巧而自由。这钟声和奶奶去世、爸爸去世、爷爷去世的时候一样，和那年六月我躺在妈妈怀中吮吸着她的小拇指听到的九声钟声一样。

我爬下塔，又爬上了管风琴所在的阁楼。我几乎不相信那座古老的风琴还在那里，靠在北面的墙。我在风琴前坐下，踩了踩风琴踏板，按了一个琴键。没有声音。我扳动了一个写着"甜美中提琴音"的扳手，它发出了一道细细的声音，仿佛是从细小的裂缝中挤出来的声响一样，很快就消失了。我又试了试"塞莱斯特音色"的扳手，没有声音。坐在管风琴边，我想起了特蕾莎，我试着回想她教给我的东西，感觉真的是很久以前的事了。我只记得她有时会把我的食指和无名指摆到正确的琴键上。我的爸爸受洗的时候，科勒跟在霍尔梅尔后面在这里行坚信礼，为自己的一辈子做好准备的时候，特蕾莎都坐在这里弹琴。差不多二十年后，1978年的6月4日，在我受洗的时候，她也坐在这里弹琴。那天也是火灾的日子。我又试了试另外一个键，这次我听到了低沉颤抖的声音，只要踏板一直踩，声音就绵绵不断。

　　后来，我下了楼，慢慢沿着通道往前走，在这里没有脚步声。我走到最前面，在左边第一排坐下来。爸爸的葬礼上，我也是坐在这个位置的。我闭上眼睛。过了一会儿，我好像听到身后有人的声音。我听见他们走进来，踩在柔软的地毯上，打开凳子外的挡板，小心翼翼地坐下来，翻看赞美诗，或是抬头往前看。我坐在那里，听着整个教堂被人慢慢填满。我想起了在曼托瓦的那一夜，他们也如此聚集起来听我读书。现在是在这里，我知道是他们，他们尽力保持安静，可我还是能听到他们。我一动不动地坐在第一排，他们一动不动地坐在我的身后。我就这样待了几分钟。这么坐着挺好的，等待，等待什么都不发生，我觉得在我身后的他们也是这么想的。我就这样又等了几秒钟。三，二，一。

　　然后，我转过了身。

二

  天蒙蒙亮的时候我醒了过来。乘客们已经开始准备了,很多人拎着购物袋等在出口处准备走了。当我望向刺眼的乳白色的光线的时候,发现船即将停靠在希茨海尔斯的港口。我看到港口里生锈的渔船还冻在水里,港口有辆大卡车正沿着港口的道路往外开。我想从我睡着的板凳上起身,可头疼得快要裂了。当大家都从门口消失了的时候,就剩我一个人留在走廊里。我好不容易站起来,沿着柔软的地毯走下甲板。我坐进爸爸冰冷的车,关上门,系上安全带,冲着光亮处开,这时候,发生的一切才慢慢进入我的脑海。在我迎着晨光开车出去的时候,才感觉到嘴里的血腥味。我瞥了一眼镜子,看到我的嘴唇到脖子上都是干掉的血。舌头肿痛,口腔里满是玻璃割出的小伤口。我觉得我说不出话,这倒也没什么,反正本来我也没打算和任何人说话。我沿着港口的马路往下开,然后往右转开上了海港大街。开了一段路之后左转,沿着那条街开了一会儿,到一个离海不远的停车场停下。这里离希茨海尔斯港口餐厅不远。我在车里坐了很久很久,用脑袋撞着自己的手。我试着回忆过去十二个小时里发生的事情,从我离开诺德兰养老院,离开爸爸开始,到我开车上了渡轮,翻过栏杆,身下就是沸腾般翻腾的海水。从那里开始到我发现自己在过道的板凳里醒来，我什么都不记得了。我不知道发生了什么，是谁在黑暗中发现我在外面，或是我内心中的什么东西告诉我自己，不能这样下去了，你必须停下，你必须振作，你必须爬回栏杆里，到温暖的地方去。

我不知道。

我在那个荒芜的停车场里待了一个多小时，直到我觉得自己能站起身来了。我打开门，裹紧了身上的外套，走到了码头。天气很阴冷。海面上挂着一层灰色的薄雾，海水很平静，黑黝黝的像是石油一样。我迎着海风走了一圈，直到头脑觉得清醒起来。我走到了码头餐厅，点了一杯咖啡。餐厅的服务员看到我，一脸惊讶。当我站在狭窄的洗手间里，我才明白是因为什么。我的眼睛红肿充血，像动物的眼睛，干涸的血沿着脖子流下，留下了一道道痕迹。我在洗手间里花了很长时间把自己洗干净。洗手间里有一小块干裂的肥皂，我试着用它打出泡来洗脸，虽然感觉很疼。之后，当我拿着咖啡杯坐下来的时候，我感觉整张嘴都疼，喝到嘴里的咖啡一股铁锈味。我一个人坐在角落里，吧台那有两个当地的酒鬼在喝着啤酒。

在希茨海尔斯剩下的那个上午留给我的感觉就是灰暗和荒芜。我去渡轮的售票处买了下一班船的船票。做完这件事，我就回到车里，在车前的储物箱里找东西。我唯一找到的纸是一沓爸爸的空白彩票的奖券。不过，对我来说这也够用了。那里面有几支笔，其中有一支还能用。在灰暗的、空荡荡的希茨海尔斯的停车场里，我写下了下面的文字。

"天空展开了。牛在树林的边缘，望向房子。天空中的云移动得很快。我望向窗外，我坐在开着的窗户边看，看着风吹动老橡树粗壮的树枝。我写着。云，树枝，写着字的手。

"绝妙。

"热红酒的甜香扑面而来。牛消失在树林里。一队深色的队列消失在深色中。一头又一头。消失了。一头又一头。我冻僵了。风吹动着闪闪发光的树冠。阁楼里一块松动的木板发出吱嘎吱嘎的声音。水面上传来白色舞动的身体和来自天空的音乐。"

我坐在那里又读了一遍自己写的东西，做了点小的修改，但文字基本上没动。它们被写在爸爸没有填写过的五张彩票纸的背面。这是我第一次在读完自己写的东西之后，不觉得羞愧。有种不真实的感觉，飘飘然的。不真实，但美好。我又去码头那儿走了一圈，脑袋里还是觉得像有东西在捶打一样的疼痛。一切依旧是灰暗、荒芜的，港口的水面像之前一样沉静光滑，水面漂浮的垃圾也同之前并没两样，海面上灰色的薄雾如旧。可还是有什么东西不一样了。我边走边想我刚才写的东西——那些写在彩票背面的文字，那些我一会儿回到车里就想立刻再读一遍的文字。我在港口走着，看到周围一切都是灰蒙蒙的，鼻子里闻着海风和柴油的气味，但我知道，有些东西已经不一样了，而且能从我身上看出来。如果这时候有人走过来问我时间，他们就能看到，在我的一个眼睛里闪着钻石一般的光芒。

3点的时候，我坐到车里发动车子去港口。我的车排在第一位。渡轮还没有来，在等待的时间里，我想再写一点东西。我又读了一遍之前写的，想接下去再写几行。一个小时之后，看到轮渡的时候我已经写了10张彩票。把车开上船之后,我找了一个僻静的地方,又读了一遍写在彩票上的文字。我感觉到了船离岸时马达发出的轰鸣声,可我却无心望向窗外,也无心看灰色的城市消失在灰蒙蒙的雾中。我好像在另一个世界里。我全身心扑在手中的纸上,读着,改着,写着。不过只有第一段文字是让我满意的,在那里有着独特的风景。在那之后写的就比较寻常了。

在航程中,我在座位上从模糊的窗户往外看。我感觉精疲力竭,但又睡不着。我只是坐在那儿,感觉身体随着马达的轰鸣震动着。我的头不疼了,完全正常了,就好像脑壳被打开,大脑被重新放了进去一样。喝咖啡的时候,我也不再去尝铁锈的味道。渡轮靠岸之前,我坐到了自己的车里,等渡轮的大门打开。我看到码头的灯光,渡轮冒出的烟被吹向城里的方向。我把车挂上挡,虽然我还和从前一样,可我知道我已经变成了另外一个人。当然,在我开出船舱,在秋夜里回家的那时候,没有人看到这一点。

第二天凌晨4点多的时候,我的父亲去世了。他的最后一句话是,现在我感觉像在天堂里了。就像奶奶日记里写的那样。那是他打下的最后一针吗啡,抽着的最后一根香烟,烟灰飘在毯子上的时候说的。我为他做的最后一件事就是对他说了谎。我还没来得及告诉他,我成了诗人。

三

6月5日,在《祖国之友报》上整版都在讲最近的三起火灾,还有安德斯和阿格内斯的福德农场纵火未遂。

标题是:芬斯兰,恐慌中的村庄。

头版有两张照片:其中一张是约翰娜坐在克努特·卡尔森地下室里的照片,她穿着一条睡裙,手撑着头,眼睛空洞地盯着前方。她已经放弃了一切。另外一张照片是她几乎被烧毁的房子,废墟的前面能看到五个人。我不知道那几个人是谁。

最后的版面上讲了那起摩托车的车祸。撞坏的摩托车翻倒在它撞到的汽车的后面。照片是在救护车即将离开车祸现场时拍的。达格不在那里。我爸爸也不在那里。

最后的版面上还有一张两名警察正在拍摄安德斯和阿格内斯的福德农场楼梯的情况。当时天还很黑,其中一个人拿着手电筒,另外一个人上身前倾,手上举着一个老式的相机——就是老电影里看到的那种,上面还带着一个方形的闪光灯的相机。

最下方的照片是地区治安官科朗和安德斯·福德以及警察特雷夫·乌尔达交谈的照片。乌尔达是带着警犬来的。警犬先是在麦塞尔那边搜索,几分钟之后回来了。然后他们在安德斯和阿格内斯的房子门口放开了它。它在台阶上站了很久，闻了闻在那里留下的火柴，然后跑下台阶，向着博德湖的方向跑去。它离开了很久，然后开始在湖的东边的某个地方狂吠。那里出现了很明显的回音，好像对面也有狗叫一样。然后它突然跑了回来，没有什么新的行动。

最后狗被带到斯洛戈达尔仓库的旁边。当时那边的火还没有熄灭，火光在它的眼睛里闪烁。这显然让它有点困惑。它先朝一个方向跑去，又跑向另外一个方向。它闻了闻墙角、果树，然后沿着小路跑去了消防队的方向。它仔细嗅了消防队的四周，然后朝着阿尔玛和英恩曼家的方向跑去。它在花园里面又跑了一圈，又是低吼又是咆哮，然后它又跑了回来。当时大家把所有力量都用在扑灭教堂管风琴手家的大火上，水柱冲向西面的墙和屋顶，大家都聚集在一旁。与此同时，斯洛戈达尔家仓库的火熊熊燃烧，最终整座房子倒塌，火海映红了天空。警犬蹲在消防车旁，爪子刨着其中一个车轮，大声叫着。

从照片上看起来，治安官科朗先生显得很疲惫，也很困惑。他在接受采访的时候说，所有的这一切非常复杂，并没有任何线索。我们唯一知道的是，这一切有可能是一个年轻人做的。所有案发地之间相距不过十公里。他使用的是汽油。有人看到过一辆没有开大灯的车。除此之外，什么线索都没有。这让人觉得很绝望，这个纵火犯冒了很大的风险。最后三起火灾发生的时机，正是警察封锁镇子里的交通，几乎所有人都醒着或是外出巡逻的时候。这让人觉得这个人似乎是希望自己被抓住的。

这很复杂，但其实又很简单。

从中央警察局来的两名警探是那天早晨从奥斯陆赶过来的，他们下午两点的时候才到达，然后驻扎在布朗德斯沃尔原来的村公所里。天开始变阴了,大家在阿格内斯和安德斯家门口竖起了很大一块防雨布,以防下雨。他们家门口的走廊里满是汽油味,满地都是玻璃碴。阿格内斯和安德斯站在一边静静地看着。她双手抱在胸前,他的手插在口袋里。在这种情况下,他们还是非常镇定的。过了几个小时,他们在自己的房子里就像是陌生人一样。什么东西都不准碰,不准移动。来了好些记者,大家都想采访阿格内斯,因为她亲眼见到了纵火犯。她当时距离纵火犯只有几米,中间只隔着一道玻璃。在火柴微弱的光线下,她还瞥了一眼纵火犯的脸。事实上,那不是第一根火柴。他们在入口处的台阶上还发现了其他两根火柴。一根点燃之后就熄灭了,另外一根烧了一半。很显然,他一次点燃了一根,然后把它扔向门口。只是这两根火柴都没有成功,它们碰到了草地滑到了楼梯边。

大家都想让她描述一下纵火犯。

他是个年轻人,长得挺精神的。她对其中一个记者半开玩笑地说。记者很认真地把它记了下来,第二天就这么见报了。纵火犯是个年轻人,个子很高,长得很帅。他从未知中出现,又突然消失,只留下了熊熊的火焰。整座村庄被恐慌笼罩着,或是被这两根燃烧的火柴笼罩着。最后那根火柴是被他扔进窗户的。那个时候他已经发现了她。她尖叫了,可他只是在那看着她,听着她叫,依然扔出了火柴。这让人毛骨悚然。如果那根火柴真的穿过了玻璃上的洞,几秒钟之内她就将被火海包围。奥拉夫和约翰娜也是一样,还好他们逃了出来。但他们依旧经历了火海。

警察决定瓦特内里和索罗斯两边晚上都派警察值守。奥拉夫整个晚上的大多数时间都躺在床上尖叫。约翰娜坐在床边，但也没办法让他平静下来。喊叫声从他身体里爆发出来，好像要把他撕裂一般。她试着握住他的手，但他一直挣脱开。他冲着她尖叫，他冲着墙尖叫，他冲着上帝大喊。他整个人就像是被扭曲了，好像身体里有什么东西要撕裂出来，但却出不来。他不想被撕成两半。最后诺德兰的医生开车过来看他，给了他一些镇静剂。医生也给了约翰娜几片镇定的药片，但她拒绝了。到了早上，奥拉夫终于睡着了，约翰娜坐在床边，握着他的手，眼睛盯着他平静的脸。她就这样坐了半个小时，或许是更久的时间。她觉得自己整个人都空了。她低头盯着丈夫的脸，他虽然老了，还是好看的；他的头发白了，脸颊凹陷，眼睛红红的，额头平滑，没有皱纹。他的皮肤看上去很薄，充满透明感，他整个人好像就要融化了。她问自己，自己是不是真的认识这个男人。这是和她生活了一辈子的奥拉夫吗？这是和她一起生养了唯一的孩子的男人吗？这是眼睁睁看着他们快乐的儿子慢慢生病、死掉的奥拉夫吗？这是他吗？

他那么远，又那么近。他的手是温热的、平静的。她把他的手握在自己手里，闭上了眼睛，她听见窗外有蜜蜂飞过嗡嗡的声音。她听见楼上鸟的声音和轻声说话的声音。这一切都显得那么陌生，虽然这里离她平常在早晨待的地方不过五十米。从前早上的这个时候，她通常是在做咖啡，打开收音机听当地新闻。她切面包的时候，奥拉夫会走进来。他会把袖子挽得很高，因为之前在柴房劳动，虽然手上散发着香皂的气息，但还是有点脏。然后他们会各自坐在桌边吃早餐。奥拉夫喜欢拉开窗帘，望向丽芙湖，或是望向还在开着花的樱桃树。

最后她在他们为她准备的另外一张床上躺了下来。她知道自己在流血,但她不想站起来。血一直流,她觉得自己好像飘了起来。她感觉不到疼痛。在她睡去之前,她把头转向了一边,嘴唇微微动了动。这就好像是有人静静地走进了这个房间,坐到床边,把手放在她的额头,轻轻地呼唤着她的名字。

四

奥斯塔是怎么说约翰娜的？她不会笑，她也不会哭。她什么都不能做。

哦，阿尔玛。她能做什么？

她走回了家。那是凌晨4点钟。天亮了起来，鸟儿开始歌唱，可她什么都听不到。她飞快地从斯洛戈达尔家走下来，在她身后仓库的火慢慢烧了起来。她能听到火焰噼啪作响的声音，但她没有回头。她路过了消防队，走下坡，路过车库，路过门厅。她跨上四级台阶，走进屋子。她脱下了英恩曼的防风外套，把它挂在走廊边的挂钩上。她走进洗手间，用冷水洗脸，她洗得很仔细，很久。她没有抬头，只是不停地搓着、洗着，直到脸颊变得麻木。她关上了灯，关上了门。她走上楼，躺在丈夫的身旁。从他的呼吸声中，她能听出来他是醒着的，但她什么都没有说。他们两个人一动不动地躺着，门外的鸟叫声越来越响。他们两个人一动不动地躺着，门外不断有车辆开过，朝着斯洛戈达尔的方向驶去。他们两个人一动不动地躺着，直到有人按响了他们家的门铃。她猛地坐起身，下楼打开了门。

是阿尔弗莱德。他满身都是烟火味。

"阿尔玛。"他说。

"是你啊。"她说。

"斯洛戈达尔的仓库烧毁了。"

"哦。"她说。

"阿尔玛,"他问,"你还好吗?"

"嗯,我很好。"她说。

阿尔弗莱德犹豫了一下。

"英恩曼在吗?"

"他在。"她心不在焉地回答。她望向阿尔弗莱德的身后,初升的太阳照在西边的山脊上。

"我能和他说点儿事吗?"

她上了楼,站在卧室的门口。英恩曼侧身躺着,呼吸声很重,但她知道他并没有睡着。

"阿尔弗莱德来了。"她轻声说。

"你告诉他我去不了。"他回答道。

"斯洛戈达尔的仓库烧毁了。"她说。

他没有回答,但她察觉到他整个人僵住了。她看着不整齐的床、挂在凳子上的衣服、敞开着的衣柜的门,他的西服和她黑色的冬天穿的外套露在外面。英恩曼还是躺着一动不动,但她知道他听到了。

"我说斯洛戈达尔的仓库烧塌了。"

"嗯,我听到了。"他回答道。

"你不能就这么躺着。你是消防队长。"

英恩曼和阿尔弗莱德边走边轻声交谈,他们走了几百米,路过消防队去往斯洛戈达尔的农场。阿尔弗莱德和他讲了灭火的情况。他说他们最终救下了那座农场的房子,只破了几扇窗,漆泡涨了,碎了几块瓦片,房子基本上保持了原样。

"挺好。"英恩曼这么回答，没再说什么。

阿尔弗莱德告诉他，有好几个记者已经来过了，电视台的人也来拍过了。

"很快全国都会知道这件事了。"他说。

英恩曼没有说话。

当他们走到仓库的时候，他们已经很久没有再开口了，他们默默地站在一旁，看着现场。他们能说什么呢？火场周围的地面上一片焦黑。

阿尔弗莱德问他："你还好吗？"

"嗯。"英恩曼说。"我得坐一会儿。"

阿尔弗莱德和他一起坐在了台阶上。两个人有点儿挤。他们坐了很久。一句话也没说。太阳从东边升起来了，夜晚的雾气慢慢散去。人们能看出来这里晚上发生了很多事，草地被踩平了，房子边上的墙角散落着一些垃圾和空瓶子。英恩曼坐在那儿，闭上了眼睛，感觉温暖的阳光落在脸上。

"达格给我们提供了很好的后勤保障。"阿尔弗莱德说。

"是吗？"

阿尔弗莱德接着说："我们一直有饮料喝，还有巧克力吃。他现在好像是新的消防队长一样。"

"嗯，他确实是。"英恩曼回答道。

有辆车开过来停在了大门口前。两名男子从车里下来。教堂的管风琴手比亚内·斯洛戈达尔，另一个是他的父亲莱内特·斯洛戈达尔，那个老教师和教堂的工作人员。他们在凌晨得知火灾的事情，就立马从克里斯蒂安桑开车赶了过来。他们两个人在初升的阳光下看着眼前被烧毁了的仓库。儿子向前迈了几步，父亲紧跟在后，他们两个人仿佛不属于这里，好像是他们开错了路，来错了地方，现在去问阿尔弗莱德和英恩曼自己究竟在哪里一样。他们四个人凑在一起说话。阿尔弗莱德告诉他们现在大家所知道的信息。火是4点多一点烧起来的，那个时候天刚蒙蒙亮。没人听见或看见什么。没有车。什么都没有。警察的巡逻之前几分钟刚从这里路过。火仿佛就像是自己烧起来了的一样。

之后四个人去了谷仓的坡道，走到了最上面。废墟上依旧有烟升起，灰色透明的烟雾升到空中，轻轻消散。

"妈妈的缝纫机没有了。"比亚内轻声说。"我们把它放在仓库里的。"他边说边指向空气中的某个地方。

大家好一阵子没有说话。路那边忽然出现了一个人影——达格。他看起来很高兴，身体很轻盈，从花园的水果树下走过的时候，还跳起来拽了几片叶子，又很快把它扔在了地上。当他看到与阿尔弗莱德和父亲站在一起的是谁的时候，他的表情突然变得严肃了，好像第一反应是想要扭头就走，不过又改变主意，步伐坚定地继续往这个方向走了过来。他径直走到了谷仓的坡道，和两个人握了握手。先是比亚内，再是莱内特。

"是你啊？"莱内特说。

"嗯，是我。"达格回答。

"你都长这么大了！"

"你都变那么老了。"达格这么回答。

然后他们都笑了。虽然只是一下子，但也是好的。

"这真让人难过。"达格说。

"我刚刚和他们说，妈妈的缝纫机没了。"比亚内说。

"嗯，我还记得她踩缝纫机的样子。"达格说。

莱内特说：

"我还想着是不是能有些什么留下来。"

"这真是太糟糕了。"达格回答说。

然后他们大家一起从谷仓坡道上下来了。

达格掰了一根烧焦了的桦树树枝在灰烬里扒拉，其他的人都看着他，没有人说话。莱内特擦了擦汗，英恩曼开始往回走，阿尔弗莱德跟着他。之后斯洛戈达尔父子也走了。大家走向了停在一旁的车子。达格很快跟上了他们，手里拿着那根树枝站着，好像在等待一个机会把它送出去一样。

"警察必须抓住这个人。"他说。"不能让一个人恐吓所有人。"

"嗯，这不行。"阿尔弗莱德说。

"这是个疯子。"

"是啊。"莱内特说。

"这，这肯定是一个冷血的人。"比亚内说。

"可没人做点什么！"达格大声说。"没人！为什么没人做点什么？不能继续这么下去了！"

"是，不能这么继续下去了。"阿尔弗莱德跟着说。

"一个疯子，疯子。"

短暂的停顿。

"一个疯子！"

"是啊。"阿尔弗莱德说。

"达格，咱们该回家了。"英恩曼说。"我们得吃点东西，你和我都是。"

"我刚才忘了问，你现在在做什么？"莱内特突然说。

"我在做什么？"达格说。

"是的。你曾经志向很远大的。"

"我现在什么都不是。"达格回答了。

"并不是这样!"英恩曼大声说。

达格打断了他。

"爸爸,是这样。"他平静地说。他微笑地对所有人说,"我现在什么都不是。"

五

在《林德斯内斯日报》6月5日的照片里，英恩曼站在消防车旁，他脸上的表情很难解读，但这个时候他肯定已经知道事情究竟是怎么一回事了。采访中没有什么值得注意的，所有的信息都是客观中立的。标题是《我们的设施非常完备》。他介绍了几乎是全新的消防车：水泵是齐格勒牌的，能向空中喷出25米的水柱，消防水管有800米长。他们配备了三台可移动的水泵，功率最大的可以每分钟喷出一千升水，另外两台分别是两百升和一百五十升。他强调说，他们村拥有的设备是无可挑剔的，纵火犯幸好是在他们村，他看起来很为此感到骄傲。随后他被问到最近几起火灾的事情，尤其是前一天晚上，警报在教堂边上都能听得到。最后的一个问题是：连续两天应对这么多起火灾，你们是不是很疲劳了？

回答是："确实。我们累了。非常累。"

最后他们决定教堂管风琴手比亚内·斯洛戈达尔晚上需要在自己房子旁边值守。警察说纵火犯有可能会回来完成他之前没完成的工程。因为房子还好好地在那里。他们给了他一把猎枪，没有肩带的那种，他们让他藏到房子旁边的一些灌木丛后面，如果纵火犯出现的话，他就立刻对空中鸣枪三声。他们这么说好了。

然后,大家就等待着夜晚的降临。

索罗斯那边,安德斯和阿格内斯·福德的家旁边也有人站岗。白天的时候有些人听说发生了什么来到现场看。下午的时候达格也跑过去看了。那时刑警们正在门口支起来的防雨布下面工作。达格站在外面和安德斯说了会儿话,后来阿格内斯也走了过来。阿格内斯拿了很大一盘薄饼给大家分发。站在远处的一个警察手里正拿着一块饼吃。安德斯不想吃,达格拿了一块。

"谢谢。"他看着她的眼睛对她说。

晚些时候,阿格内斯想尽办法去除屋子里的汽油味。它已经散布开来,弥漫在整间房子里,让人头晕。她擦了好几遍地板,用沙子、肥皂、各种方式,可汽油已经深入到地板缝里了,气味从木头里不断挥发出来。虽然警察已经走了一会儿了,但门还敞着。一点儿风都没有,热气从布朗德斯沃尔和劳乌斯兰摩恩的山谷里散发出来,连鸟都不叫了。

这是星期一下午的5点。

差不多这个时候,阿尔弗莱德被警察带走了。

艾尔瑟收到消息,让她转告阿尔弗莱德去村公所。她被要求用特别日常的口吻和他说这件事,不要让他疑心自己是嫌疑人。他深入地参与了所有这些火灾的扑灭工作。

阿尔弗莱德被带进了老村公所里的大房间,这里临时被布置成办公室,有一张桌子、三把椅子和一台打字机。他被要求坐在其中一边的凳子上,两名警察坐在他的对面。审讯开始了。过了好一会儿,他才明白自己是被审讯的对象。

不过,说这是审讯也不太准确,整体的气氛是比较轻松的。他们从印着村工会标志的咖啡壶里给他倒了咖啡，从前这里就是开会的地方。他们请他讲一讲最近的三起火灾，瓦特内里的两起和斯洛戈达尔的仓库。所有他说的话都被仔细记录了下来。一个警察背对着他们，用打字机记录着所有的问题和答案。阿尔弗莱德很冷静地叙述着，有时候会停下来一会儿，身体前倾，咳嗽一声清清嗓子。他们问他最近三天睡了多长时间。他回答得很诚实，他不知道。他们问他是不是非常累了，他说确实是。他们问了他在森林里发生的火灾，为什么他觉得火是早上烧起来的，而不是晚上，毕竟另外的火灾模式是这样的。他说他并不知道。他被问到他有没有觉得火灾有什么规律，他也不知道怎么回答。他还被问到为什么他要参加消防队。他说他是志愿参加的，因为觉得这件事很有意义。他们接着让他详细说一下什么叫作有意义。他试着说了说。最后他被问到他对最近三天事件的看法。他想了一会儿，身体往前倾，说："不真实。不真实。完全不真实。"

大概二十分钟之后，他们让他离开了。在他站起身之前，他问：

"你们为什么要找我谈话？"

"这是调查工作的一部分。"他们是这么回答的。

"这意味着我是嫌疑人吗？"

"这不意味着什么。"

然后他就走了。

他到家的时候，艾尔瑟刚把晚餐摆到桌子上。他一边吃饭，一边和艾尔瑟说了审讯的事情。他说他觉得警察可能认为是他干的。她抬头看了看他。她看了看他的手、他的嘴、他的脸。她看着咖啡杯的热气在她眼前萦绕。

然后她大笑起来。

他们听了6点钟的新闻。火灾的新闻是第二条。第一条是法国里昂城外一起重大的火车事故,已造成8人死亡。然后是芬斯兰最近发生的四起火灾,两起够得上谋杀的火灾。四位老人几乎命悬一线。治安官科朗接受了采访,他的声音很坚定,很有自信。他说警察暂时没有具体的线索。他提到了两辆可疑的车辆,阿格内斯·福德对犯人的描述:年轻的、瘦的男子。这就是大家暂时掌握的信息。最后治安官希望大家在晚上都能出来站岗。芬斯兰火灾的新闻就是这样。然后就是世界杯的消息。奥地利被淘汰了,法国、西班牙和瑞典也被淘汰了。

艾尔瑟站起身来关掉了收音机,阿尔弗莱德喝掉了杯中剩下的咖啡,准备去客厅里躺一会儿。

这个时候她看到有个人影穿过了田野。她一下子就认出来这是谁了,可她有点不敢相信他怎么那么苍老。英恩曼一个人从田地里穿过,这是他们两家之间的捷径,但他们很少这么走。阳光照在他的背上,在他面前投下一个四倍长的影子。艾尔瑟觉得不经意间,他看上去好像一下子老了十岁,好像就在几天里,他一下子过了70岁一样。可能是他走路的样子,弓起的背,弯着的腰,或许是手臂缓慢的摇摆,他看起来完全就是一位老人的样子。

阿尔弗莱德和艾尔瑟平静地坐在厨房里,等着门铃响起。然后阿尔弗莱德站起身,开了门。

"你来了?"他说。

英恩曼一下子没开口说话。他穿着那件黑色的工作服,他去灭火的时候都会穿那件衣服,上面沾满火烧过的气味,这差不多算是他的制服。就这样过了几秒钟,他伸出了手。

"你看这个。"他说。

阿尔弗莱德很快认出来这是消防队用的刷白的汽油桶的盖子。几个小时前他刚刚灌满了几桶这样的汽油。英恩曼的手黑黑的,沾了很多土,盖子是白的。

"我……这是我找到的。"英恩曼说。

"哦。"阿尔弗莱德回答说。

"所以我来告诉你。"

"你想和我说什么?"阿尔弗莱德低下头看着他这个老邻居,站在闷热的阳光下。

"我想和你说,我知道他是谁了。"

阿尔弗莱德必须扶他到钟下面的凳子上坐下来。艾尔瑟给他拿了一杯水。他喝了一点点,就把杯子放下了。他身上闻起来满是烟火和泥土味。刚才汽油桶的盖子掉在了台阶上,阿尔弗莱德走出去把它拿了进来。英恩曼坐在钟下面的凳子上,把盖子捏在手心。过了很长时间,他才开始讲话。他刚才一个人又到被烧毁的仓库那里去了,在那里搜寻了很久。他走到了仓库坡道上面,就是前几个小时他们和比亚内和莱内特一起站着的那个位置,仔细观察废墟的情况。然后他突然发现了这个东西。他不明白为什么除了他之外,之前没有人发现它。它就落在仓库旁边的草地里,很容易就能发现。他站在仓库坡道的顶上,觉得坡道似乎应该更往上一些。他不明白为什么汽油桶的盖子会在下面的草地上。他在那里,感觉夏天轻柔的风扑面而来。他抬起目光,看着对面长在仓库旁边的桦树。离仓库最近的树枝被折断了,别的树枝都烧黑了,就像是干枯的骨头。那些还留在树上的叶子是棕色的,干枯的树叶在风中摇摆发出沙沙的声音。

突然他明白了。

或者应该这么说,他既明白,又不明白,这两面交织在一起。

他是这么告诉阿尔弗莱德和艾尔瑟的。他的头往后仰,靠在钟下方的墙面上。他闭上了眼睛,又睁开,他的眼睛变得低垂,灰暗理智。它们是唯一知道真相的。

"阿尔弗莱德,我和你说了这些,麻烦你去找治安官吧。我自己做不了。"

六

特蕾莎去找她。她觉得事情有点不对劲,她知道阿尔玛肯定在家,因为她从窗户里看到她进的门,但别人按门铃她却不开门。最后她试着推了推门,门没有锁。她在走廊里叫了一声,也没有任何反应。她小心地往里面走了几步。厨房里没有人。墙上的钟静静地走着,桌上有个咖啡杯,厨房的案板上有些要洗的餐具,擦手的毛巾搭在水龙头上。特蕾莎想要退出去的时候,突然听到楼上有动静。她上了楼梯,看到其中一扇门开着。阿尔玛穿着衣服躺在床单的上面,外套扣了一半,连鞋子都没脱。

"阿尔玛?"她小声地说。

她不知道自己为什么要这么小声,或许是因为她穿着鞋子躺在床单上的场景,或许是因为直勾勾睁着的眼睛。阿尔玛没有动,但特蕾莎能听出来,刚才肯定是她在喊,她很确定这一点。

"阿尔玛。"她又轻声叫了一声。这次不是个问句,是在叫她。阿尔玛僵硬地躺着,好像一尊破碎的塑像,但头发很美地铺在枕头上。她张着嘴呼吸,眼睛直勾勾地盯着天花板上的灯,胸口不断起伏。

"是他,"她低声说,"是他。"

特蕾莎站在床边,可阿尔玛好像没看见她。

特蕾莎低下身子,阿尔玛仿佛突然注意到有人进了她的房间。她的嘴唇剧烈地蠕动着。她发出的声音很嘶哑,好像是从一道细细的裂缝里挤出来一样:

"我动不了。"

然后她就一个字也没说了。

特蕾莎在日记里写了她是怎么帮她脱了鞋,先是左脚,再是右脚。一些沙子和泥落在了床单上。她把它们掸到地上,然后好好地把鞋放在门口。她帮她把外套的扣子解开,拉开衣服,帮她把右手拿出来,再是左手,好像给一个睡着了的孩子脱衣服一样。但是阿尔玛没有睡着,她就这样躺着,盯着天花板的灯,神游天外。特蕾莎把她的外衣都脱掉,然后拉过英恩曼的被子给她盖上。

"你休息一会儿吧。"她低声说。她觉得阿尔玛微微点了一下头,但什么都没说,阿尔玛只是睁着眼睛躺在那里。

这时候,特蕾莎听到楼下传来轻微的音乐声。是钢琴发出来的,很快特蕾莎就听出了这是什么曲子。她看了一眼阿尔玛,这时候阿尔玛的眼睛已经闭上了。她静静地在那里躺着,额头很光滑,她的头发里有些碎屑,她看起来突然比她实际年龄小了很多。这就好像她被楼下传来的音乐声安抚,音乐声带着她飞升了一般。

特蕾莎站起身来,走下楼。音乐声更响了一些。她站在客厅里,望向坐在钢琴边的人影。

"你弹得很好。"她说。

他重重按了一下琴键,又突然松手,好像它们突然变得烫手一样。音符声在空气中流连了一会儿,消散。

"你觉得我弹得好吗?"他问。

她点了点头。

"这是你很久之前教我的。"他说。

她又点了点头。

"你想我再接着弹吗?"

他并没有等她回答,就转过身面对琴键了。他弹了几个和弦。这时她才突然发觉整个客厅里充满了烟火的味道。他自己穿着一件白衬衣,袖子折到手肘,背后有一道长长的裂缝,她能透过它看到里面浅色的皮肤。他的头发乱糟糟的,手很脏。她忘记了仔细聆听,像她给所有学生上课时候那样。她忘记去听技术、表达和演奏方式。她整个人沉入了音乐之中,或者说是音乐沉入她身体里了。她站在那里,盯着在弹琴的达格,盯着他脏脏的手指,但它们没有在雪白的琴键上留下任何痕迹。

她没有听见敲门的声音,几乎没注意到有人从走廊走了进来,有人在喊叫。她和达格几乎是当一个警察进到客厅里才发觉有人来了的。阿尔弗莱德进来了。最后是英恩曼。这时候他的手才离开琴键,周围一片寂静。他看着进来的每一个人。没有人说什么。英恩曼的脸色灰暗,特蕾莎从没见过他这个样子。他站在门口,身体倚靠在门框上。她觉得他随时都可能会失去平衡,摔倒。他没摔倒,他向前走了几步,到了客厅的中间。看上去,他好像把整座房子都扛在了自己肩膀上。

"达格。"这是他唯一发出的声音。

"你得跟我们走。"警察说。

"去哪里?"达格说。

"你最好跟他们走。"阿尔弗莱德平静地说。

达格轻轻地合上钢琴盖,却在最后一刻重重压下,发出"砰"的一声巨响。琴身中发出一种低微的轰鸣。然后,他站起身,警官小心地抓住他的手臂。在他离开房间的时候,他转过身对着特蕾莎笑了一下。

第六部分

一

丽芙湖静悄悄的。没有鸟，只有天、风和冰。气温已经降到了零下25度。我写很短几句话，手指就会冻僵。天亮得越来越早。二月来了，三月来了，风开始往西吹，天气慢慢变得暖和起来。

我试着把所有一切都联系起来。

奶奶在1998年1月22日的日记里写道，那是爸爸肺里被抽出4.5升液体之后的一天：我爱这个世界。

只有这样。他依旧是她的孩子。

我也依旧是他的儿子。

我记得在奥尔加·迪内斯托仓库的那一夜。我是和爸爸一起去的，当时所有的麋鹿猎物还被吊在天花板上，总共有三头，其中一头麋鹿是爸爸一枪打中的，不过我认不出来是哪一头。三头猎物后腿被挂起，被剥掉了皮，露出深红色的肉。然后它们被慢慢放了下来，一头接着一头。三个人拉住绳子，另外两个人把它们逐渐分成小块。他们用钢丝锯割开脖子，积聚在猎物身体里的血就喷了出来。他们拿了另外一个装饲料的袋子在下面接着。一阵酸甜的烟草味和血腥味。滑轮吱嘎，猎物又往下降了一点。人们用锯子割下了很大的一块。身体越来越小，最后人们把剩下的部分平均分成了两块。两个人抓着两条腿，把剩下的身子分成了两半。肉从尸体上被分割开来，送到案板那里继续处理。砍刀用力砍着腿骨，砍着肋骨，他们不停地洒水，让切割顺利些。我记得当时那里散发的气味，我不确定我是喜欢这种味道，还是觉得恶心。最后他们把肉块放到了案板上，在那里把骨头、筋和血管都切干净。他们在那里把子弹挑出来，挨个儿放在桌子边。子弹在射入动物身体之后都变样了。有些看上去像是开放的小花，有着破碎的小花瓣，有些像是特别小的带血的小鸟。它们被排得很整齐，看起来很有价值的样子，可最终不会有人要它们，它们终将被扔掉。

我在奥尔加·迪内斯托家的仓库站了一会儿，我看到动物身上的肉被分割开来，准备让大家分掉。有一大堆装的都是骨头和关节，这是给狗吃的。另外有一堆特别大，需要好几个人一起才能搬动。然后他们开始报名字，在场的人一起把这些给分了。大家带了桶、篮子、大袋子等来装这些肉和骨头。然后他们从仓库的斜坡走出去，消失在夜色中。贾斯伯这样走了，斯古德也这样走了，还有约翰和一些我叫不出名字的人。他们聚集在肉堆旁，又消失在仓库的斜坡上。我和爸爸也是这样。他的名字被人叫到，我走到那堆属于我们的一大堆肉面前。我帮着把肉块装到桶里，那些肉又滑又冰，有血淋淋的大块肉、关节和带着孔的骨头。我们把东西集在一起，把桶装满了，爸爸拎起了桶。我能看出来这个桶特别重，在走那个特别滑的下坡的时候，我必须支撑着他，一起往下走。我们走到下面的时候，在黑暗中看到了那些被扔掉的麋鹿的头、皮毛和大块的骨头。爸爸打死的那头麋鹿的头也在那里。它的眼睛还在盯着我，但它已经没了光泽，完全是黑的了。我们继续朝着我们的车走去，我觉得那只黑色的眼睛一直盯着我们，看我们究竟是谁。

在我们看自己的时候，我们看到的究竟是谁呢？

这持续了三秒，也许四秒？

然后就看不到了。

二

爸爸去世之后,我去看了奶奶,我是在那个时候和她讲了爸爸那一年秋天打死了一只麋鹿的事的。我们都想要聊聊爸爸的事情,聊聊我们记忆中的他是怎么样的,他曾经说过什么,做过什么,他究竟是怎样一个人。我和奶奶说我们两个人在一起的感觉,我们互相并不理解,但我们相处得很好。那个时候我十岁,爸爸在那之前从没打过麋鹿,之后也不会再去打。可就在那唯一的一次,他用一颗子弹洞穿了麋鹿的心脏。

我说完了之后,奶奶坐着一动不动,眼睛里仿佛闪耀着钻石。她说:

"我之前都不知道这件事。"

"嗯,那你现在知道了。"

我要走的时候,我和她说:"我现在开始写作了。"

"写作?"她问。

"嗯,我想成为作家。"

她安静了一会儿,然后说:"虽然爸爸去世了,你也别毁掉自己的人生啊。"

愤怒从我的身体里升起,但我努力压住了火。

"我不会毁掉自己的人生。"我冷冰冰地说。

"没人能用写作养活自己的。"她说。

我没有回答,我在她海沃伦的房子冰冷的走廊里,我觉得她是理解的。我和她说是因为我知道她自己也写作。

"你是要做律师的呀。"她用那种想把我点醒的口气说。

"我不会成为律师的。"我用特别平静但坚定的目光看着她。我觉得这能让她明白我是认真的。

"你会写作吗?"她很困惑地问。

我拿出一个信封递到了她手上。那里面装着在那个灰暗的清晨,我在爸爸的车里写下的文字。我用打字机打了一遍,然后把纸折了好几折。她手里拿着那张纸,我转身走出大门。她跟着我到了台阶上,在那里看着我发动车子,开上大路,我在拐弯之前回头看了一眼,她还没有进屋去。

后来,奶奶没有再说起过这些文字的事。她去世后,我整理她的房子,我在她的很多纸里面找到了这个信封。信封被打开了,里面的纸被展开过。她读过,或许她也理解了,但她什么都没说过。

是的,她理解了。

三

刚开始,他否认了一切。他坐在几小时前阿尔弗莱德坐过的凳子上,详细地说明了他参与的灭火行动。最先是电话铃响了,然后是警报,到现场。水泵、水管、水、火焰、房子,所有聚集在那里的人,所有人的脸被火光照亮,看不出特征。也可能正相反:所有的特征都因此变得更鲜明了。你认识到场的人吗?不认识,哦,或许。他没有时间去一一辨认。你认识那些房子被烧的人吗?不认识。你认识奥拉夫和约翰娜·瓦特内里吗?不认识。安德斯和阿格内斯·福德呢?不认识。或者应该这么说,他知道他们是谁——阿尔玛每两个星期会去给他们打扫一次卫生。而且,这个村子那么小,大家都知道谁是谁。

他们问了他为什么会参加消防队。他身体往前倾。为什么?

他说他从来没有做过要参加消防队的决定,但不知不觉间就变成这样了。这可以说是他成长的一部分。在他还很小的时候,就被爸爸英恩曼带着去火灾现场,他说他看到过房子整间被烧毁,那个时候就生出强烈的将来要参与灭火的想法,希望有一天能够从火焰中拯救燃烧的房子。不过他没有提到狗的事情,没有提他听到的声音,他觉得像歌声一样的声音。强烈的愿望?是的,他说是的,强烈的愿望。

他们询问了他在机场的工作，为什么他申请去那里工作。为什么？他是消防员，然后他需要一份工作。而且那里能看到飞机飞起来，落下去。飞机怎么了？这个问题他回答不出来，但他喜欢飞机。工作寂寞吗？是。你喜欢这份工作吗？是。你喜欢一个人待着吗？是。喜欢总是一个人待着吗？当然不是。经常吗？是。他们问了他在波斯桑格部队里的事情。那一刻他明显僵硬了一下，不过很快又恢复了正常。他们问他为什么提早离开了部队，回到了家。他被开除了，他边说边往前挪了一下，拿起面前的咖啡杯喝了一口。你对未来的计划是怎么样的？他耸了耸肩。走着看吧。他们也就这么记录了下来。他们问了他头上的伤。他说他出的事故，但没有像后来和别人说的那样，说他在撞到头之后脑子里一直有东西在敲打。然后他又说了一些关于世界杯足球赛的事情。他们问他是不是一直在关注比赛。是的。你最喜欢什么队？没有喜欢的队。他们把他说的都记录了下来。然后他们问到了在森林里的火。为什么他觉得森林里的火是早上烧起来的，而不是晚上？他说不知道。然后是有关迪内斯托、瓦特内里的两起，以及斯洛戈达尔仓库的火灾，还有索罗斯纵火未遂的火灾。阿格内斯·福德看到了纵火犯。是的，他说。她说那是一个年轻人。大概和你差不多大？大概？是的，他回答。这会是谁呢？你觉得会是谁？一个疯子,他说。一个疯子？怎么疯了？一个需要帮助的人。帮助？是的。一个需要帮助的人。

太阳要下山的时候他们停下来休息了一会儿。他跟着两个警官到门口的台阶上抽烟。天气很好，晚饭的时候下过一场大雨，这会儿空气很清新，很热。路上几乎没有车，也没有人。达格从一个警官那儿借了个火,他把身体凑过去,用手护住火苗,直到烟被点燃。他深深地吸了一口,吸到肺里,再从鼻子里呼出,眼睛都眯了起来。他们在外面站了大概有五分钟,或许更久。没人特意说什么。他们就在那儿抽烟。看上去,他们从没想过他可能会突然逃跑,跑进边上茂密的森林里去。抽完烟,他们把烟蒂往地上一扔,拿脚底踩灭,然后一起走回房间,继续审讯。

大约7点半的时候,挪威国家电视台的《每日新闻》报道了挪威南部芬斯兰村的三分钟新闻,讲了最近几周内有个纵火犯在这个地区活动。电视上拍出来的图像很舒缓,人们能看到平静的被森林环抱的村庄、夏日的阳光、瓦特内里被烧毁的房子、安德斯和阿格内斯在索罗斯的房子,玻璃被砸碎了,还有斯洛戈达尔的仓库,阿尔弗莱德站在那里喷水。

这所有的一切让人费解。

这个时候,比亚内·斯洛戈达尔正藏在自己房子后面的树丛里。他把猎枪小心地放在地下,端正地坐在一旁。猎枪装了子弹,他也知道怎么拉开保险栓。太阳西沉,好多虫子在空中飞舞,密密麻麻地组成无法形容的形状。他带了一本书,好在天黑之前消磨时间。不过这个时候要静下心来看书有点难。这种情景简直太荒谬了。他,克里斯蒂安桑的管风琴手,奥斯陆音乐学院、纽约茱莉亚音乐学院和荷兰海牙音乐学院的毕业生,埋伏在自家房子旁边的树丛里,边上还放着上了膛的猎枪。几天前,他刚在克里斯蒂安桑的大教堂里为国际教堂音乐节做了开幕演出,与他合作的是英格丽德·比昂纳姐妹，他们演了佩尔戈莱西的《圣母悼歌》。现在他坐在这里，听着动静，虽然他也不知道该听什么样的动静。前一夜他坐在大教堂里，现在他坐在树丛里，不知道之后会发生什么。如果在他房子那边出现了陌生人，他该做什么？哦，他要向空中开三枪。三枪。万一没人听到枪声呢？这也不是不可能的事情。大家都觉得肯定会有人听到枪声。而且纵火犯听到枪声，起码会感到害怕，逃跑。计划是这样的。所有的一切都感觉那么不真实。天气慢慢凉下来了，他把大衣裹紧了一点。时不时地，他会抬头看一眼。是不是有什么声音？是树枝断裂的声音吗？是不是有人从那边走过来了？没有，什么都没有。他往下看，看到仓库的废墟。那里不再冒烟了，但潮湿的灰烬上方汇集了一群蚊子和小飞虫，青烟般舞蹈着。时不时会有一辆车开过，到这里放慢速度，缓缓开过，就为了看一眼火灾后的现场。没人发现他，也没人知道他藏在这里。时间已经11点了，早就黑得看不了书了。他要很努力才能在黑漆漆的森林里找到废墟。他小心地拿起枪，放在了自己的腿上。

天已经完全黑了。在克努特·卡尔森地下室里，奥拉夫·瓦特内里从床上起来。他在约翰娜的床边站了一会儿。他睡得很沉，没有做梦。他不知道自己究竟睡了多久，但他记得他之前躺在床上尖叫。现在的他很平静，很清醒，就好像他之前是在另外一个世界，现在回来了，用一双新的眼睛来看这个世界。他穿上了裤子，套上了件新衬衣。他觉得那双黑色的鞋子还很硬，走起来不太舒服。他套上了毛衣，戴上帽子，安静地走了出去。他和外面在站岗的警察说了几句话，然后就朝着奥德·希维尔特森的房子走去。他能从那个地方看到自己家房子的废墟。他觉得穿着新衣服的他像是个陌生人，好像离开了很久，没有人认识他，而且还做了错事。他的感觉就是这样，他错了，他记不清自己的房子究竟在哪里，那座他生活了三十五年的房子在哪里。他安静、小心地靠近，就像是不想吵醒住在废墟里的人一样。他手插在口袋里，慢慢地往回走。然后停在大概20米开外的地方，站了很久，望着自己家。他好像永远都看不够。他看啊，看啊，看啊。他之前说过，他想来看看自己被烧掉的房子，一个人，但他并没想过会在晚上来。现在他站在这里，什么都没想。他觉得整个人空空落落的，但奇怪的是他又很清醒。他又往前走了几步，新鞋很硬，在地上一步一个脚印。然后他又停住，继续看。他的目光仿佛穿越了一切。确实也是。他现在能从客厅、走廊、台阶看到厨房。他小心地走进花园，走近被烧焦的木板、灰烬和破碎的玻璃覆盖的台阶。他在那里坐了下来。他在自己房子外的台阶上坐着，可房子已经变成了空气。他什么都没想。草地上有露珠，丽芙湖上弥漫着一层雾气，就和着火的那天夜晚一样。他突然看到了一个不太清晰的人影。他很快明白了这是谁。他慢慢地站起身，掸掉裤子上的灰和玻璃碴。这个人影走进花园，靠近只剩下树桩的樱桃树。奥拉夫站在台阶最下方，但人影没有再走近。他们一动不动地站着，看着对方，可没有人说话。该说什么呢？已经过去二十年了。大概过了两三分钟，人影慢慢变得模糊，变淡，最后消失在夜晚的空气中。奥拉夫又在那里站了几分钟，他等待着，可没发生什么。最后他去了柴房。这里基本没有被破坏。他打开门走进去，在被喷了那么多水之后，这里面有一股腐朽潮湿的气味。脚下的地很软很黑。有一瞬间,他觉得自己仿佛是在鲸鱼的肚子里。不过他知道自己要找的东西在哪里。他从一堆杂物里摸到了自行车,车铃还被碰响了。他用了点力气把自行车拽了出来。这辆车状况还不错,只是落了灰,有点生锈,两个轮胎瘪瘪的没有气。他把车子靠在柴房的墙上,就像曾经科勒在厨房桌子上做作业,自行车就停在一旁,好随时骑着去希伦玩那样。他试了试铃铛,声音还和从前一样清脆。如果现在的他需要,就可以到这里来拿,他这么想。漏气的车胎也是一样。反正他已经化成空气,车胎里没有气有什么关系呢?

四

从村公所的窗口看出去，天已经黑了。大片的玻璃变成不清晰的镜子。坐在里面的人抬头，会在镜子中看到灰白色不清晰的脸，从房间的另外一端看着自己。他盯着他，他也盯着他，直到忽然意识到：哦，这是我自己。

审讯已经进行了好几个小时。汽油桶的盖子被拿出来，放在了他面前。这是个白色的盖子，在旁边用黑色画了FB，字有点抖。他没有特殊的表现。你知道这是什么吗？知道，他说。你知道这是在哪儿被发现的吗？不知道，他回答。这里他停顿了一下。一辆车开过门外的道路。他的身体前倾，喝了口咖啡。你知道是谁发现它的吗？这一次，他没有回答，只是耸了耸肩。他的面部表情发生了变化，表情变得僵硬。这就好像他的面部表情要崩塌，但又不能崩塌，变得越来越生硬了。

然后，他们给了最后一击。
是你父亲。是你父亲找到它的。
然后，他崩溃了。
23点17分，这个时间被记录在审讯记录上。嫌疑犯认罪了。审讯在23点25分结束。他们向嫌疑犯宣读了说明，嫌疑犯也接受了。他们通知了警车，之后把他送到克里斯蒂安桑的监狱羁押。村公所里突然有了一种如释重负的感觉。大家都出去透气。达格也和他们一起出去了，只是这次他手上被戴上了手铐，也没有人给他递烟抽。他们联系了挪威通讯社，午夜的时候挪威国家电视台播放了一条短新闻。近日在西阿格德郡芬斯兰村造成恐慌的纵火犯已在今晚被警方逮捕。很快，各大报纸都开始打电话来问询。克努特·科朗平静地坐在电话机旁，回答所有人的问题。现在还太早，他没有太多可以透露的。他是谁？谁是纵火犯？是镇子里的年轻男孩。没有别的能说的了。男孩被送到克里斯蒂安桑，第二天将根据"危及他人生命纵火罪"上庭接受审讯。他一直叫他男孩。他也没有什么别的能说的。其实归根结底就只有四个字。

抓到他了。

1点多的时候，运送他去克里斯蒂安桑的看守所的警车到了。两个警官进到村公所里，其中一个警官点了点头，然后他慢慢起身跟着他们走了出去。天有点凉，最近晚上都是这样，他很平静地走向了等待中的警车。他能看到田野那边艾尔瑟和阿尔弗莱德的房子，灯黑着，十字路口的商店也黑着灯，小教堂也黑着。警官拉开了警车的后门，手轻轻地按在他的头上，动作虽然慢，但很坚定地把他按进了车里。他最后看到的是一片不知从哪里来的白色雾气，一动不动地笼罩在田野上方几米的地方。

五

地区治安官克努特·科朗 1978 年 6 月 7 日接受了《祖国之友报》的采访，他透露纵火犯来自芬斯兰，被判羁押 12 个星期。报纸上没有写他是谁，也没有写他是消防队长唯一的儿子。

在报纸头版最下面有一条有关摩托车车祸的短消息：年轻男子仍旧在昏迷中。

科朗在采访里说他在最近三天都没有睡觉，他很高兴这一切都过去了。他也强调说这是一场巨大的悲剧。

"所有的一切都让人难过。"

从某种程度上说，这才是一切的开始。

同一天早晨，有辆车在辛斯内斯发动了。这是一辆暗红色的福特格拉纳达。保险杠有些瘪，车标上面蹭掉了一块漆，沾着一点泥土和树皮，其中的一个车前灯有点斜。英恩曼开着车，阿尔玛坐在他的旁边。他们都沉默着。她把包放在膝盖上，手紧紧抓着它，好像生怕有人会从她手里把它抢走。车子往左拐，路过已经废弃了的商会，它的阳台空荡荡的，旗杆上也是空的，好像从记事起这里就已经是这样了。他们开下坡，路过村公所，现在这里也空荡荡、静悄悄的。接着他转了好几个弯，路过福德农场旁的田野。到了那里他才加速，通过旧车场之后，很快就看到了闪着波光的丽芙湖。它还是和往常一样，在阳光下波光粼粼。他们在卡德伯格的商店门口停了下来，下车，走上了商店的五级台阶。商店两边都有台阶可以上下。他们进了店，看到卡德伯格一个人站在柜台后面，耳朵后面夹着根铅笔。他微微但友好地冲他们点了点头，英恩曼也点了点头。店里没有别的人，卡德伯格也没有招呼他们，让他们自己看。他们只是想买张卡片，上面有花的那种。阿尔玛从柜台旁的架子上找到了一张合适的。图样很简单，没有线条，正面画着一朵闭着的玫瑰。她把卡片递给英恩曼让他付款，然后走出去上了车。在继续出发之前，她在卡片上写了："我们的心意。"和他们两个人的名字，阿尔玛、英恩曼。然后他发动车，慢慢爬上坡，路过了邮局。阿尔玛低头望向丽芙湖，水面被清晨的微风吹皱，闪着光。这又会是一个美好的夏日，估计会挺热的。太阳已经升得很高了，她感觉汗从背后流淌下来。他们路过了康拉德浅绿色的房子，开上了小山坡，进入瓦特内里。在那里右转，开到了一条小岔路。那里是克努特和阿斯劳德·卡尔森的家。阿尔玛觉得头有点晕。她把放在包里的卡片拿了出来，下了车。他们两个人在阳光下站了一会儿，盯着自己落在地上瘦长的影子。英恩曼从裤子口袋里找出一把梳子，梳了几下头发，把头发从前头梳到后头。他俩一起走到了门口。英恩曼走上前去敲了敲门。他们等待着。自从他们开车出门，他们中没有人说过一句话。阿尔玛终于开口了：

"我做不到。我真的做不到。"

他们听到里面有脚步声，一个不清晰的身影靠近了不平整的玻璃，门打开了——是约翰娜。虽然她已经洗过脸了，但当时的热浪还是给她的眉毛留下了黑色的痕迹。她没有了牙齿。她看了看英恩曼，然后看了看阿尔玛。她认出了他们，脸色突然明亮了起来，好像苍老的年龄和痛苦在那一瞬间减轻了很多，变得不值一提。这甚至都像是一个微笑。她说：

"你们能来太好了。"

然后她打开了门，里面奥拉夫在等着。然后他们俩走了进去。阿尔玛在前，英恩曼在后。她小心地关上了门。除了鸟叫，没有一丁点儿声音。

没有人知道他们四个人说了什么。

第七部分

一

原来,他是三个人。在他后来写给芬斯兰人的信里面,他把自己分成了三个人。

达格。

然后是男孩。

然后还有我。

男孩,英恩曼从前总是这么叫他的。

或许是男孩点的火,然后达格来灭火的?我不知道。或许正相反,是男孩来灭的火?但我又是谁?

刚开始的时候,达格从监狱里寄出了很多信。信先是写给那些房子被烧了的人。他给奥拉夫和约翰娜·瓦特内里写信。他给贾斯伯·克里斯蒂安森写信。他给比亚内·斯洛戈达尔写信。他给安德斯和阿格内斯·福德写信。

他还给别的人写信。给特蕾莎,给阿尔弗莱德,还有更多的人。不过没人知道他总共给多少人写过信。大多数人在看完信之后就把它丢掉了。他们觉得他的信像脏东西一样,不希望留在家里。他们把信处理掉了。很多时候信写得很不连贯,但从某种角度上看,信又写得很好。当我问贾斯伯信里写了什么内容的时候,他必须仔细想一想。

是啊,他究竟写了什么呢?

有时是关于对上帝的看法,对那些虔诚的人和不信上帝的人的看法。他自己也是不信上帝的。日子一天天过去，他坐在克里斯蒂安桑市中心市政厅的二楼，写啊写。6月9日，那个在希伦出车祸的男孩在医院的重症病房醒过来了。那天晚上，他的眼睛突然就睁开了。他活了下来，不过因为他的大脑从耳朵里流出来了一部分，他和从前不一样了。

一周又一周。6月25日，在经过加时赛之后，阿根廷在爆满的布宜诺斯艾利斯纪念碑球场赢得了足球的世界杯冠军。他没有看比赛。他在另外一个地方。他从窗户里能看到海，能看到飞机缓缓降落。他能看到大教堂的尖顶，往楼下看能看到广场和去穆勒酒吧的入口处。星期六的晚上他知道那里会有从芬斯兰来的人，所以当他看到有人在门口抽烟大笑的时候，他会把窗户打开一条缝，对着下面的他们喊话。

几个月之后，信慢慢少起来了。最后终于不再有信。最后，什么也没有了。大家最终在晚上醒来，突然觉得这一切只是一场梦。

秋天到了。火烧过的废墟像是黑色的伤疤，夏天的时候，青草已经慢慢开始生长，覆盖了灰烬。9月份贾斯伯拆掉了迪内斯托的大烟囱，瓦特内里的地基墙被挖了起来，石头也被运走了。冬天来了。一月份约翰娜去世了。她最后的时光很宁静，就像她儿子当初一样。在那几天之后开始下雪，那是在夜里，所有人都熟睡的时候。大片大片的雪花落下，覆盖了森林，覆盖了房屋，白白的、安静的，在大家的梦里盘旋。第二天大家醒来的时候，世界已经焕然一新。

二

　　1979年2月19日，开庭了。市法院的大法官索尔·奥格差几分到了现场。所有相关人员都已经到场：检察官，刑侦队长哈康·斯考格沃尔，辩护律师比约恩·穆尔德内斯。除此之外还有两名心理医生，主任医生图尔·桑德·巴肯，来自艾格医院，副主任医生卡斯坦·诺尔达尔，来自精神科诊所。达格坐在辩护律师的旁边，看起来很平静，甚至有些高兴。好几次他靠近辩护律师，在他耳边轻声说几句话，然后又靠回到座位靠背上，手升到空中伸展一下，满意地笑了起来。案件开庭之前，门被推开，走进来一位大约六十岁的女士。她穿了一件黑色的外套，上面缀满了小水滴，在她后面跟着一名男子，头发梳得整整齐齐。他也穿着黑色的衣服，手里拿着一把合拢的雨伞。他们及时赶到了。阿尔玛进到屋子里的时候突然停顿了一下。她的眼睛需要适应一下室内的光线。她拢了拢头发，抹了抹衣服上的水珠。她的目光直勾勾的，但看起来很疏离，好像她其实身处另外一个地方似的。她的视线仿佛能穿透眼前坐着的七个人，她能看见他们，但又好像没看见他们。或许这本来就是一回事。英恩曼甩了甩雨伞上的水，微微地向法官、检察官和专家点了点头，虽然他也不清楚谁是谁。他向达格微微笑了一下。法庭的工作人员引领他们越过检察官坐的那一排。他们到最后一排找地方坐了下来,那里为公众准备了几把椅子,现在只有《祖国之友报》的记者坐在那里。

开庭了。

检察官开始朗读起诉罪名,一共有十项,大概读了半个小时才读完。整段时间里达格一直坐着,专心地看着检察官。他听得很认真,好像对此充满了兴趣和好奇,好像他终于能明白究竟发生了什么事。检察官念完之后,他第一次直接对着达格说:由于被告有严重精神疾病,不承担其犯罪行为的刑事责任,所以我不问你是否认罪,我只问你起诉书中的内容是不是你做的。

回答很简短:是。

对刑警队长的陈述,他只有一些小小的修改。

就是他干的。

之后他们开始详细核对所有的火灾情况。他被要求对一些细节问题做出解释。他非常自愿地给予修正,补充信息,好像这是在说别人的事,好像他只是一个旁观者、证人。慢慢地,事实的真相越来越清楚。整个上午,当冬雨变成雨夹雪,最后变成大雪的时候,所有火灾的情景已经被描述得很清楚:从划亮的火柴到被完全烧毁的房子。从他从辛斯内斯的消防队拿到汽油罐,到他自己拉响警报,打开消防车的警笛和蓝色的警灯。所有的一切都再现在大家眼前一样。所有的问题和详细的回答似乎又让火着了起来。他又回到那里,一个人在黑暗中看火慢慢烧起来。它噼啪作响,呻吟着探向天空,火海延展开去,火焰中发出高亢清亮的声音,如同歌声那样。

11点半休庭了一会儿。

阿尔玛和英恩曼一直沉默着，他们几乎一动不动，还是在那儿坐着。记者、检察官、辩护律师和另外两位专家站起身来，从走廊那出去了。达格也继续坐着。一会儿之后，房间里只剩下了他们三个人。达格回过头冲他们笑了笑。英恩曼身体前倾，眼睛盯着地板。

"家里怎么样？"达格问。

"嗯。"阿尔玛说。"这个……"

"爸爸，你还在修车吗？"

"是的。"他回答。"我在修车。"

"妈妈，你还给我的奖杯除尘吗？"

这一次她没办法回答，只是微笑。这是短暂但温暖的微笑，只有她能给予他，也只有他能接受的微笑。这持续了几秒钟。突然她崩溃了。她身体突然往前倒，好像无法呼吸。英恩曼抓住了她的手臂，工作人员也赶了过来。达格站起身，但留在原地没动。他看着自己的母亲被搀扶出房间，他听到她痛苦的声音在长长的走廊里回荡。

12点多的时候重新开庭了。英恩曼和阿尔玛都回到了房间里，他们不离开。她的头比之前抬得更高。她的眼睛穿透一切，所有人，她不和任何人说话，也不做任何解释。

开庭的时候，他们要求达格站起身来，然后又让他坐下。他微微靠着座椅靠背，检察官念了一段他的生活简介。出生于1957年，长于60年代和70年代初。他是一个善良、爱帮助他人的人。学习成绩很好，所有的科目都很优秀。没有任何犯罪历史。简而言之，这是一个前途光明的年轻人。

然而。

3月12日，判决下来了。在那之前一天我刚刚满一岁。

那是一个很冷的三月天，风从东北方吹过来。在一个月前开庭的那个法院宣判，这一次阿尔玛和英恩曼都没有到场。阿尔玛在几天前给他寄了一件新毛衣，这天他被带进法庭的时候就穿着这件新毛衣。

大法官奥格没有浪费任何时间，一开庭就宣读了判决书。达格坐在那里，听得很认真。

判决里没有任何判刑和赔偿要求。只有五年的精神病院监禁。

然后就结束了，只花了几分钟的时间。达格站起身，和辩护律师还有另外两个从艾格精神病医院来的医生一起走出去了。这就结束了？没有判刑？没有坐牢？没有赔偿？什么都没有。只有五年的精神病院监禁。在这个冰冷的早晨，在他走在法庭新打过蜡的地板上的时候，几乎是神采奕奕。五年。五年意味着什么呢？他出来的时候也只有27岁，人生就在眼前。这简直好得不像是真的。送他回艾格精神病医院的车在阳光下等着他。他带着满心的欢喜朝车子走去。他想唱歌，想弹琴。在这欢乐中唯一的美中不足是阿尔玛和英恩曼没有在这里看着他，看着他们唯一的儿子，接受审判。

三

这一切究竟是怎么开始的？

是我在劳乌斯兰摩恩学校的阁楼里发现自己照片的时候吗？是在曼托瓦的广场上，所有那些死去的人来听我读书的时候吗？或是比这更早？

我坐在丽芙湖前，试着把所有事情串联起来。雨断断续续地下了四天，霜又结了起来。很快4月到来了，夜晚变得温和，有了些亮光。空气中是春天的气息。很快冰就会融化。我翻着奶奶的日记本。在爷爷去世后一年，日记的内容变得没那么情绪化，唯一的例外是十年后爸爸生病去世的时候。最后的部分只有一些简单的日常叙述，天气、风、和她讲话的人、房子和花园。那些干巴巴的信息或许没有什么价值，可就是在这些微小的记事中，我觉得我和她的距离更近了。

是我和她还有爷爷的距离更近了。他们的人生从奶奶整齐的记事中缓缓浮现出来。

爷爷人生中最后一个夏天，他获得了一份夏季工作。虽然他已经退休了，但突然克里斯蒂安桑的城市观光车要招一个司机。城市观光车是一辆小小的白色的车，穿越克里斯蒂安桑的城区，从教堂前的广场穿过国王大街，路过圣乔瑟夫医院，我就是在那里出生的，经过阿拉丁电影院，在剧院左转弯，沿着海边开一段，经过克里斯蒂安国王城堡，然后再转弯朝着广场开回去。他们想要找一名经验丰富的司机。爷爷从"二战"前就开始开车了，经验就很丰富。而且他开一辆纳什牌大使款的老爷车，经常开去奥斯陆。

他去应聘，然后得到了这份工作。奶奶在1987年5月在日记里写下了这件事。我是从爸爸那里听来的，他告诉我的时候脸上带着微笑。我不知道我该感到骄傲还是尴尬。应该没有谁的爷爷是在开游览车的吧？而且也应该很少有谁的爷爷穿着白色的制服，戴着白色的司机帽。我既骄傲又尴尬。这两种感觉交织在一起，变成一体，不可分割。

爷爷的照片被印在了克里斯蒂安桑的宣传明信片上。他穿着白色的制服，站在城市观光车的旁边，身后是大教堂的尖顶和市场上摆满了鲜花和蔬菜的摊位。背景里还能看到市政厅的顶。几个月之后他从那儿掉下来，去世了。后来我在卡德伯格的商店柜台旁边看到过那张明信片，它被放在卖明信片和卡片的旋转货架上，转起来还有吱嘎吱嘎的声音。整整一沓印着爷爷照片的明信片和其余那些麋鹿、山妖、南部那些小城市港口尖顶木头房子的明信片放在一起。他去世很久之后，照片还一直被放在货架上。我记得很清楚，那种融合着骄傲又尴尬的感觉消失了，我的心里点起了一根静静燃烧的蜡烛，那么疼痛。第二年的夏天，城市观光车还在继续运营着，不过司机是另外一个穿着和爷爷一样的白色制服的人了。虽然司机换了，可明信片上还是爷爷的照片。我觉得这好像持续了好几年。每次当我走进卡德伯格商店里的时候，那张明信片都像是在提醒我，爷爷已经不在了。我非常希望它能消失，希望有人能把它一张张买走，写上一句话，寄给什么人。没有人这么做，它一直都没被卖出去。明信片一直在那里，爷爷的样子没有变，身后白色的游览车闪闪发着光。有时候我想把它们一次性都买下来。我不用去银行把我的储蓄罐砸碎存钱，我可以自己砸碎了，然后把里面的硬币一枚枚摆在卡德伯格的柜台上。问题是我不知道卡片可以寄给谁。我不能写给我自己的朋友，这太奇怪了，没人会没头没脑地寄张卡片，而且我们都住得太近了。我大概只能寄给不认识的人。我可以从电话号码簿里随便找一个我喜欢的名字，给我感觉像是好人的名字。我可以写句问候的话，然后寄出去。我想象着收到卡片的人会久久盯着这张明信片，看爷爷线条分明的脸，读我上面写的话，脸上浮现出微笑。

在日记本里我发现了几张我之前没见过的照片，它们紧紧地粘在日记里，好像有什么特别的含义。其中一张爷爷站在水中的一块礁石上，大概是在胡梅湖那里。人们是需要游过去才能看到这块礁石具体在哪儿的。它距离岸边大概有30米的样子。从照片上看起来，他仿佛站在水上一般。另外一张照片是奶奶的，她也站在同一个位置上。应该是他先游过去，到了那里站起来，等着岸上的人给他拍照，然后她游出去，他游回来。也许是她先他后？拍照的时候他的头发已经全白了，在深色森林的背景下他显得很瘦。奶奶穿着黑色的泳衣，我还记得那件泳衣。他们当时肯定很高兴这个发现，看到照片洗出来的时候一定很开心。那个时候他们大概60多岁，所以应该是在1980年左右拍的。他们两人都非常喜欢游泳。

我读着她的日记，穿越时光，走过1998年的春天、夏

天和秋天。在爸爸的葬礼后两天,她写道:

下雨,刮大风。晚上高乌特来了,真好。

只有这么一句话。就是那晚我告诉她我开始写作了。

再往下翻就到了她生命的尽头。最后一篇日记是2003年10月28日,星期二:

我打了一针。天气晴,温和。

我坐在宁静的丽芙湖边,回想着她最后的几个星期。

我当时在布拉格,那是2004年1月底的一个夜晚,我坐在城里的一个教堂里。我不记得教堂的名字了。我是偶然路过看到有音乐会的海报,就走了进去。我临时起意,在门口买了票,走进去找了个位置。那个傍晚,外面的人都裹紧了外套。零下15度的天气,天空中飘着零散的雪花,轻盈地飞舞在广场、老城和我刚刚路过的挂着天文钟的市政厅的上空。管风琴手弹了一段圣母颂。或许是古诺的版本?1945年圣诞节,特蕾莎和比亚内·斯洛戈达尔在芬斯兰教堂里表演过的。这段音乐让我体会到一种特别的宁静。

那时,奶奶已经住进了挪威南部的医院。几个小时前,医生为了对她的肺部做个活检,将一根软的金属管伸进了她的呼吸道。这是一项预防性的检查。因为之前他们在她的支气管里检查到一些问题,他们觉得是组织病变,可那其实是她的主动脉。

几秒钟之内,肺部就充满了血液。

我从没想象过奶奶会死。起码不是那时候，不是我身处布拉格，坐在教堂里被纯净的音乐、安宁和寒气笼罩的时候。她不会死。

我是对的。

医生成功地打通了另外一条气道，让她能够重新获得空气。她醒来了，对俯下身来听她说话的医生解释自己刚刚去了哪里：海边的沙滩。当我听到她这么说的时候，我立马想到了胡梅湖。我知道这听起来像是编出来的。她从小木屋旁边下到湖边的公共浴场，游到湖里那块礁石旁，站起身来，站在水面上。她站在那里，特别想要继续游下去，可突然有东西拽了她一下，她就醒来了。

她请求医生让她回去，医生笑了笑，这个可能医院帮不了忙。

好像是这一夜，我坐在那里聆听的来自布拉格的音乐给了她几天的时间。

一点点，一点点，再一点点。

突然又流血了。

那是2004年2月4日。

最大是爱。这是奶奶在信里写的希望爷爷去世的时候刻在墓碑上的字。虽然我那时只有十岁，我记得很清楚她说要在墓碑上刻什么字。她和爸爸谈话的时候，我正好在厨房。这给我留下了很深的印象，到现在我都记得很清楚。当时我装作听不懂他们在说什么，但其实我是明白的。她要说的是，只有这个适合刻在墓碑上，那是唯一能描述她感受的句子，这也是最后刻在她名字下方的句子。

奶奶还在日记里写下了这句话。那是在1988年12月

15日，爷爷去世差不多一个月的时候。那天晚上下起了雪，之后天晴了，清透而寒冷。

　　最大是爱。

后　记

　　这一切始于 2005 年 8 月的一个星期天。当时因为我要完成一本书的写作，所以在老家芬斯兰待了一段时间。那时我在写有关弗里德里奇·约尔根森的故事，一个能和死者对话的人的故事。

　　就在那个星期天下午，我决定出去走一走，整理一下思绪。我当时一个人住在克莱伍兰的老房子。我锁了门出去，一直走到公路边，然后继续向着学校的方向走去。当我路过奥斯塔家的时候，我突然看到学校后面有直升机飞过，它在松树林那边转了一圈，缓缓降落在了劳乌斯兰摩恩的草地上。那个时候写作太投入的我都不知道现在已经可以坐直升机看村庄的全景。那是芬斯兰节的节日，每两年举办一次，有好几千人会来这里看动物展览，逛二手市场、游乐场，还有坐直升机观光。我走近草地的时候，已经决定要去坐。直升机孤零零地停在那里，像一只忧伤的大昆虫。我有点意外并没有人在排队。直升机孤零零地停着，飞行员刚刚爬出来，在和另外一个人讲话。我这才知道，这是今天最后一次飞行了，起码要两个客人才能飞，等我来了，人数才刚刚好。我坐在前面，另一个男人坐在后面。我注意到他穿了一件红色的外套，坐进狭窄的座位时窸窣作响，我感觉到他的膝盖顶到了我的座椅。我戴上耳机，地面工作人员小心翼翼地关上了舱门，我扣上安全带，它像十字架一般扣在我的前胸。马达发动，一股浓浓的柴油味飘了出来。我紧张地望了一眼飞行员，很快我从耳机里听到了他冷静的声音，头顶的螺旋桨开始旋转，马达轰鸣。飞行员小心地拉动了操纵杆。直升机震动了一下，缓慢地离开了地面，轻若无物地升上了天空。这一切变换得太快了：从我在家投入地写作，到我决定出门走走，看到直升机，到现在我缓缓上升，距离地面四十、六十、八十米，先是越过我从前上学的学校。几年之后我会在那儿发现自己的那张老照片。我们越过图书馆，在那里道路分成了四个方向，越过车辆和人群，越过奥斯塔家，最后越过那些高高的大树投下的长影子。我那时27岁，那是我第一次从空中往下看。我像是坐在一个玻璃球中，田野就在我脚下。虽然周围有巨大的轰鸣声，可耳机里传来飞行员的声音是平稳温和的。他问我想去哪里，我指了指克莱伍兰的方向。我们在空中转弯，那一刻我感觉轻飘飘，身子被安全带绑在座位上。我们又越过了学校，越过国家公路，突然到了我家的上方，这让我觉得熟悉又陌生。我们飞得更高了。我望向四周，飞过了曼达尔河，我看到北边的曼弗洛湖、西北方向的欧伊娜湖。突然飞行员来了一个大转弯，我感觉自己又要飘起来了，心脏被拎到了嗓子眼儿。在我右脚边我看到了教堂。我的曾祖父母丹尼尔和英恩伯格就安眠在那里。除了几张老照片，他们什么都没留下来。照片里有一张达尼尔抓着一只打来的野兔的照片，他抓着兔子的后腿，好像它时刻还会蹿出去一样。然后我们又转向东边，很快飞过了海思湖和狗狗坡。爸爸当时就是在那里射中了一头麋鹿。然后我们飞过了劳乌斯兰，越过了斯图布洛克的山坡，爸爸曾在60年代在那里待过。我们飞过了奥尔加·迪内斯托的房子和仓库，当然很久之前那里就住着我不认识的人了。我们又向北飞，我很快在左手边看到了教堂。我看到了两片墓地，其中一片的形状像是戴在教堂上的王冠。爷爷奶奶还有一些曾在曼托瓦去世的人都安眠于此。距离教堂一段距离处还有另外一块长方形的墓地，科勒还有我爸爸安眠在那里。当然在那个时候，我只认识他们其中的一个人。

差不多是这个时候，我回了一下头，看了一眼我身后的男人。大概几秒钟后，我意识到：

这是他。

我们突然又上升了。我看到了森林和周围所有的小湖。一块雨云轻飘飘地把雨点洒下地面。我看到嘉德湖、科维丹斯湖，平滑得就像是流动的锡。我看到斯托姆湖、松恩湖。我看到丽芙湖、特雷尔湖、胡梅湖，在森林中像镜子一样倒映着天空。在这期间，我一直在心里对自己说：这是他。这是那个纵火犯。我们在空中转向了迪内斯托，这是一个大转弯，我感觉我被压到了飞机的一边。最后我们飞过博德湖，缓缓降落到地面。当我双脚终于落到地面的时候，我才感觉到了自己身体的重量。

他全程一直沉默地坐在我的后面。我看着他穿过草地，路过所有在那里停着的汽车。他从艾格精神病医院放出来后就搬回了村子里。我小时候的大部分时间里他都住在这里。所有人都知道纵火犯是谁，我也知道。我只是刚才没有认出他来。

那是我距离他最近的一次，一起坐直升机。另外还有他写给阿尔弗莱德的信。信是这么写的：

克里斯蒂安桑　1978年12月6日

亲爱的：

　　这大概是你第一次收到一个纵火犯的信。你可以自行决定要不要把我当成是一个坏人。当然，我希望你不要这样。我估计会在监狱里待很长时间。我对警方坦白了一切，我之前没有过犯罪记录，在审讯中态度良好，这大概能帮我减轻一些刑罚。其实对最后的那一夜我已经记得不太清了，一切都像是一片迷雾。你是知道一切的。我听说你曾想来探望我，如果你真的能来，我会很感激。我并不是特别孤独，但除了自己和自己说话，没有人可以说话的时间会过得特别慢。非常希望你能给我写信，但要记得在信封上写上寄信人的名字。再见，问候所有我认识的人，我一切都好。

　　他试着回归到正常的生活中去。在监禁期间他接受了护士培训。他挺适合的，因为他一直都很善良。他完成了监禁，回到了辛斯内斯的家里，但他很快发现大家都很怕他。他应聘了很多工作，但没有一家单位录取他。他试图摆脱自己和自己的过去，去了挪威北部。他在那里住了几年，也结了婚，但还是不成。离婚之后，他又回到了辛斯内斯。那时候阿尔玛病了。他们说她得了腿病，最后严重到两只脚都必须截肢——把腿锯掉。他们是这么说的。她最后的时光是在轮椅上度过的。阿尔玛去世的日子正好是迪内斯托火灾的十周年，就是奥尔加房子和仓库着火的那天。达格试图过自己的日子。他大部分时间都待在自己的房间里听音乐，英恩曼则一个人坐在客厅里。利勒哈默尔冬奥会的时候，他们两个人默默地坐在客厅里看电视的转播。他们从来没有讨论过16年前发生的任何事。1995年的春天，英恩曼在修车厂门口突然倒下了。达格当时在现场，为他做了急救措施——他是受过护士培训的。可惜这也于事无补，英恩曼死在了自己的工作间。他去世的时候，达格跪在他的身旁。在他放弃了抢救之后，他站起身来，平静地走到那根柱子边，按动开关，警报的声音从天而降。

他继续一个人住在辛斯内斯，在那神奇的小圈子里。他终于得到了一份固定工作，为市政做垃圾清运。他每天早上特别早就开始工作，开着市政的蓝色卡车，把大家的垃圾扔到后车厢里。他喜欢这份工作，它好像就是为他设计的一般。他很快有了一个固定的动作流程，工作的速度越来越快，谁都没有他做得快。他总是会在这里或者那里节省出几秒钟的时间。他会从车里跳出来，冲进院子，把垃圾袋扔进车里，然后继续往前开。他收我们家的垃圾，也收爷爷奶奶家的垃圾。我记得的，我记得有人和我说过这件事。是他。我也记得大家对这件事有一些不满。那个清晨开车来的人是谁？是纵火犯吧？不就是他当时把村子搞得人心惶惶的吗？二十年前，他烧了八座房子，差点儿害死了四个老人家呢。不就是他吗？现在他每天开车收垃圾。他比谁干得都快。过了一段时间，开始有人投诉。他开车开得太快，弄得垃圾都从车上掉下来洒在了路面上。我有一次从公交车上下来的时候就在路上看到了一个垃圾袋，但我没有把这一切联系起来过。他开得越来越快，也掉落越来越多的垃圾。他会冲进院子，跳出车，跑过去拿起垃圾，提起来扔进车厢，跑回车里，继续往前。下一家，又下一家。越来越快，越来越快，就像个陀螺一样。他又一次超越所有人，高处不胜寒了。

最后他被解雇了。他一个人坐在自己家里，那座又大又空的房子里。然后有一天他把房子卖了，搬走了。虽然后来有人搬进了辛斯内斯那座白色的房子，它依然被叫作纵火犯的家。他开始了生活的自由落体。他曾是父母热切期盼到来的孩子，被深深爱着的孩子。他曾是那么善良，那么受众人喜爱的孩子。他曾是那么好的一个年轻人。他曾经有大好的人生摆在眼前。他现在还有什么呢？

他人生中第一次，也是最后一次坐了一趟直升机，从上空看了自己曾那么喜欢、和自己深深联系着的村子，这个他已经再也待不下去的村子。他坐在那里看着下面和森林交织在一起的大路和小路。他熟悉那里所有的道路，那让他在27年前的夜晚一次又一次躲过追踪。他看到那些白色的房子和涂成红色的仓库。他看到消防队几乎完全被树木遮挡了起来，他看到斯洛戈达尔家、特蕾莎家、艾尔瑟和阿尔弗莱德家，他看到了老村公所、布朗德斯沃尔的会议厅，不过现在它已经不再是会议厅了。他看到了辛斯内斯的房子，它孤零零地矗立在那里。他看到了这所有的一切。但他没有看到任何人。

两年之后他死了，那是2007年的春天，火灾的29年后。他一个人躺在床上，胃里的主动脉破裂了。血液像墨水一样流入身体内部。这其实并没有什么痛苦，几乎就像是睡着一样，意识模糊，离开。夜晚和安眠来临，就像一个朋友来了。

我坐在废弃的银行阁楼里，望着丽芙湖。我把书桌往房间里挪了一下，这样我往外看的时候只能看到天空和水面，这给我一种站在船上的感觉。我看着从海那边飘过来的云朵，窗外的桦树在风中摇摆，它的影子像从前一样落在墙上。这是春天。我已经快完成了,没有再多要写的了。我站起身,走到窗前,手摸着玻璃。

就这样吧。

特蕾莎在阿尔玛人生中的最后一个夏天写下了一件事。她们依旧是邻居,从厨房的窗户里她能看到英恩曼早晨推着阿尔玛到门口晒太阳。她会在那里独自一人坐一整个早晨,直到房子的影子遮住阳光,英恩曼会把她推进去。有一天特蕾莎看到阿尔玛在路上向着田野的方向去。有个年轻人推着她的轮椅,等他们走近一点的时候她才发现他是谁。她都不知道他已经回家了。这是她最后一次看到他们俩在一起。他们好像没有说话,两个人的目光都直直地向着前方,两个人的影子重叠在一起。整件事情是写在一封信里的,落款日期是 1988 年 5 月 23 日。十天之后阿尔玛去世了,她躺在棺材里的时候,没有了腿。我不知道特蕾莎这封信是要写给谁,她一直都没有把它寄出去。信的开头写的是:亲爱的。让我写下这一切,在我焚毁之前。

图书在版编目（CIP）数据

在我焚毁之前 /（挪威）高乌特·海伊沃尔著；邹雯燕译. —北京：中国国际广播出版社，2019.10（2024.1重印）

（北欧文学译丛）

ISBN 978-7-5078-4534-1

Ⅰ.①在… Ⅱ.①高… ②邹… Ⅲ.①长篇小说－挪威－现代 Ⅳ.①I533.45

中国版本图书馆CIP数据核字（2019）第178233号

著作权合同登记号 01-2017-7130

©2010, Tiden Norsk Forlag. Published in agreement with Oslo Literary Agency. Simplified Chinese Translation Copyright©2019 by China International Radio Press Co., Ltd
All rights reserved

This translation has been published with the financial support of NORLA.

NORLA

在我焚毁之前

出 品 人	宇　清
总 策 划	王钦仁
策　　划	张娟平　凭　林
著　　者	［挪威］高乌特·海伊沃尔
译　　者	邹雯燕
责任编辑	张娟平
装帧设计	Guangfu Design｜张　晖
责任校对	张　娜

出版发行	中国国际广播出版社有限公司 ［010-89508207（传真）］
社　　址	北京市丰台区榴乡路88号石榴中心2号楼1701
	邮编：100079
印　　刷	天津鑫恒彩印刷有限公司
开　　本	880×1230　1/32
字　　数	150千字
印　　张	9.5
版　　次	2019年10月 北京第一版
印　　次	2024年 1 月　第四次印刷
定　　价	56.00元

版权所有　盗版必究